诺贝尔文学奖作家文集·纪德卷

主编／张 谦

背德者
窄 门

[法]纪德／著
李玉民／译

L'Immoraliste
La Porte étroite

漓江出版社

"诺贝尔"与漓江血脉相连
——"诺贝尔文学奖作家文集"序

张 谦

"诺贝尔文学奖作家文集"从 2015 年 10 月问世，迄今已囊括 24 位诺奖作家作品，出版平装本 4 种、精装本 32 种，在制及储备选题 30 余种，成了读书界一个愈加引发关注的存在，被读者区别于漓江[①]之前的"老诺""红诺"，亲切地称为"黑诺"[②]。所以，确实到了一个梳陈、小结我社"诺贝尔文学奖作家文集"出版情况，向大家汇报的时间点。

"诺贝尔"是漓江的基因和脉动，是时光深处的牧歌，是漓江人为之集结的号角。中间我们有过十来年的停顿和涣散，"诺贝尔"不知道去哪儿了，历史的演进回环往复，背阴面的不可理喻，本身就是存在的冰冷逻辑。2012 年我回到社里，开始几年做不了什么事，

---

① 无特殊说明，此文中均指漓江出版社。
② "老诺""红诺""黑诺"，不同阶段漓江版"诺贝尔"系列丛书。"老诺""红诺"均指"获诺贝尔文学奖作家丛书"。"老诺"（精、平装）的装帧设计者是翁文希，奠定了读者心中最早的漓江版"诺贝尔"品牌形象；"红诺"（精、平装）是上海装帧设计家陶雪华的设计，启用烫金元素，与微呈橘红色的封面相映生辉，彰显气派；"黑诺"（主推精装）指"诺贝尔文学奖作家文集"，是我社主力美编、装帧设计家石绍康的设计，内敛雅致，独具匠心，以黑色为主体衬色，烘托出作家肖像的大师气场。

当时的社领导提醒说："不要搞什么套书，一本一本地做！"所以2015年4月最早出来的加缪《鼠疫》平装本，上面没打丛书名。也是2015年4月，我被接纳为社班子成员，担任副总编辑。2015年10月，第一本落有"诺贝尔文学奖作家文集"（以下简称"作家文集"或"文集"）丛书名的图书诞生了，它是加缪《西绪福斯神话——论荒诞》（平装本）。当年年底，刘迪才社长到任，带着上级管理部门"把漓江做大做强"的精神，旗帜鲜明抓主业，抓核心板块和漓江传统优势外国文学品牌。"作家文集"在2016年接续做了两本"加缪卷"平装本《局外人》和《第一人》以后，开足马力做精装。记得问世的第一个精装本，是美国作家辛克莱·路易斯的《大街》，拿到样书的那一刻，直觉告诉我：路子对了。

然而并不是找对了路子就没有繁难，是的，时代变了，市场变了。在对诺贝尔文学奖新晋得主的追捧几成赌局的当下，文学出版即便携资本入场也不够了，成了资本加运气的博弈。此时回过头来再看上个世纪八十年代的漓江，那出版江湖中的一抹清流，乘着改革开放的春风，在中国图书市场所开创的"诺贝尔"蓝海，抓住了稍纵即逝的"窗口期"，成就了不可复制的"漓江现象"[1]。

"书荒"时代进场，带领漓江同仁做"获诺贝尔文学奖作家丛书"的刘硕良前辈，"使得建社不久又偏居一隅的漓江出版社，以有计划和成规模地推出外国文学优秀作品，很快成为全国外国文学方面的出版重镇。这是一段值得人们津津乐道的出版佳话，也是一个

---

[1] 见李频《改革开放出版史中的"漓江现象"》，我社即将出版的《围观记》序一。

值得大书一笔的出版传奇"①。改革开放伊始，解放思想，实事求是，读者重新经历了思想启蒙，无异于继十九世纪末严复翻译《天演论》以后国人再次"睁眼看世界"，"我们没有失去记忆，我们去寻找生命的湖"②。漓江当时提供给读书界的诺贝尔文学奖读物，重在一人一卷的快捷出场，速成阵容，从小对史、地感兴趣的刘硕良，围绕题中之义，于无形中给读者提供了第一印象的新鲜概念和地图式导览。从1983年年中开始推出诺奖丛书头四种——《爱的荒漠》《蒂博一家》《特雷庇姑娘》和《饥饿的石头》③，到二十世纪末，总共出了八十余种。"让中国读者了解到世界上除了巴尔扎克、托尔斯泰、高尔基，还有很多优秀的作家，诺奖作家就是其中很重要的一个组成部分。"④

那是一个百废待兴，连常识都需要重新建构的时代。彼时，压力来自外部，更多以阻力形式呈现。"漓江的开拓并非一帆风顺，诺贝尔丛书的上马就遭到一些大义凛然却并不甚明了真相或为偏见所左右的人士的非议"⑤，但形势比人强，改革开放的大潮激浊扬清，建设的主流压倒了破坏，给各行各业满怀豪情的建设者提供了施展才华的空间。漓江因此而实现了勇立潮头满足读者的需要（而且读

---

① 见白烨《"围观"与"回望"的意义》，我社即将出版的《围观记》序二。
② 见北岛诗作《走吧》。
③ 其中《爱的荒漠》和稍后出版的《我弥留之际》《玉米人》一起，荣获新闻出版署主办的首届全国优秀外国文学图书奖一等奖。
④ 见《一个闪亮的名字联系一个时代的文学记忆——刘硕良：把诺贝尔介绍给中国》，《新京报》记者张弘采写，2005年4月5日《新京报·追寻80年代》。
⑤ 见刘硕良《改革开放带来的突破和飞跃——漓江出版社诞生前后》，《广西文史》2008年第4期。

者面很广，工农兵学商[①]），并与未来将要实现影响力的成长中的各界精英达成了精神源头的水乳交融和灵魂共振——很多后来成名成家人士，皆谈及上世纪八十年代受过漓江版外国文学图书滋养，有的几度搬家，甚至远涉重洋，至今书架上仍小心珍藏着漓江的老版书。

就这样，我们前有光荣的家史，前辈的激励，后有加入世贸组织后对于头部资源的白热化市场竞夺，有业界同行在经典名优赛道的竞相追逐，想要在其中脱颖而出，确非易事。当初外在的压力，变成了现在内在自我提升的动力：你敢不敢自己跟自己比，有没有勇气和能力对标漓江光辉岁月，提振传统并发扬光大？种种繁难之下，依然得努力往前走，这也便是人生的挑战和乐趣所在。

今年是做"诺贝尔文学奖作家文集"的第八个年头，也是我正式就任漓江总编辑的第一年。九十高龄的刘硕良老师从年初就开始屡屡打电话给我，让我挂名该文集的主编。我一直坚辞不受。"诺贝尔"差不多是漓江的图腾级存在，我只是站在前人的肩膀上继续仰望星空，尽本分做点添砖加瓦的事情，岂敢妄自掠美。即便是当年主编"获诺贝尔文学奖作家丛书"的刘老师，退休以后也就功成身退，不再在漓江版"诺贝尔"上挂主编名。这几乎是中国当下通行的国情。也就是说，"作家文集"出版八年，眼看渐成气候，却没有任何人挂主编名，只是在翻开每本书的卷首，有一页"出版说明"——

[①] 见《"获诺贝尔文学奖作家丛书"读者反映》，刘硕良著《三栖路上云和月——为新闻出版的一生》，漓江出版社，2012年9月1版1次。

"诺贝尔文学奖作家文集"系我社近年长销经典品种，是对二十世纪八九十年代我社品牌图书、刘硕良主编的"获诺贝尔文学奖作家丛书"的继承与发扬，变之前一人一书阵容为每位作家多卷本。如果说老版"诺贝尔"是启蒙版，那么新版就是深入版，既深入作者的内心，也满足读者的深度需求，看上去是小众趣味，影响的是大众阅读倾向。这就是引领的意义，也是漓江版图书一贯的追求。

然而吊诡的是，如果用因退休机制的作用被动不在场的刘老师，来为正在进行时的"作家文集"的无主编状态背书的话，我忽然发现，并不能自圆其说。同时，自己在班子任上八年，如果不依规依制给该文集一个担当和交代，那所有参与这套丛书出版的漓江人，就会变成一个失语的群体，八年来大家的辛苦鏖战，也会失去应有的分量和表达，转瞬消失于历史的虚空当中。于是和刘社长达成共识：丛书是本届班子主持做的，主编由我来挂，即便过些年轮到我也解甲归田，在岗一天就要担当一天，就由我这个亲历者来理一理来龙去脉吧。

加缪是一切的开始。无论从作品的分量还是作家的魅力，尤其是在年轻人里的观众缘来考量，作为撬动一套书的支点，加缪都是不二选择。更何况，2015 年我们推出《鼠疫》时，加缪作品刚刚进入公版期没几个年头，真乃天无绝人之路！

我试图通过加缪获得一种视角，这个视角能穿透我所生活的海量信息时代貌似超级强大的无限时空，定位非中心城市的个人存在意义。①

这里的"个人"，也喻指在时代的洪流中需要敲破坚冰重新出发的漓江。加缪卷我们出了五种，论品种数是文集中比较丰满的——《鼠疫》《西绪福斯神话——论荒诞》《局外人》《第一人》《卡利古拉》，除了前四种既做了平装，也做了精装，后面品种一心一意只做精装——因为相信在优质精品道路上的勠力追求，一定可以加持图书的可收藏性。《鼠疫》《局外人》《第一人》是存在主义文学大师加缪的小说代表作，而2018年10月推出的《卡利古拉》，则是文集中比较少见的戏剧品种，它和哲学随笔《西绪福斯神话——论荒诞》一起，使加缪卷作为诺奖作家的小文集，实现了文体多样化方面的鲜明追求。这个追求在福克纳卷上继续得到体现，福克纳卷截至目前一样出了五种，除了国内读者熟知的经典——李文俊译《喧哗与骚动》《我弥留之际》，还补充了国内首译《士兵的报酬》《水泽女神之歌——福克纳早期散文、诗歌与插图》和《寓言》。其他品种数达到四五种体量的，还有路易斯卷、纪德卷、斯坦贝克卷、丘吉尔卷、泰戈尔卷、显克维奇卷。两三种的有黛莱达卷、米斯特拉尔卷、聂鲁达卷、吉勒鲁普卷、梅特林克卷、拉格奎斯特卷、蒲宁卷。由于受限于作家本身的创作规模以及我们发掘的速度，目前尚有普吕多

---

① 见沙地黑米（本名张谦）新浪博客读书笔记《在隆冬知道》，2015年6月5日。

姆、吉卜林、艾略特、保尔·海泽、塞弗尔特、叶芝、拉格洛夫、皮兰德娄、夸西莫多、蒙塔莱等卷只是单一品种的体量。当然，每位作家小文集的规模（品种数）依然是活性的，现状的陈述并不能规定未来的变化，我们的核心思路，是每位作家做三至五种。

由于漓江推出的诺贝尔文学奖获奖作家都是外国作者，所以出版"作家文集"有一个不可避免的环节，就是要找到合适的译者。唯有如此，才能将诺贝尔文学奖作家作品尽量以"信、达、雅"的方式介绍给国内读者。

在译者的选择上，我们注重新老搭配。托前辈的福，漓江拥有的传统译者资源称得上是国内"顶配"。老一辈翻译家令人肃然起敬，他们往往具有很深厚的文学素养和优雅的个人修养，译文水准很高，经得起岁月的沉淀和时间的考验，我们非常珍视与他们的合作。而年轻一辈的翻译家也有优势，他们的语言和思维都能贴合当下读者的习惯，亦多全球化背景下的旅居、旅行，能较多接收并释放当下外国文学和文化的辐射，在对原著文化背景、思想内涵的传达体现上，能有推陈出新的理解。

"作家文集"最先启动的加缪卷，用的就是漓江译者老班底里的李玉民译本。其他像潘庆舲、姚祖培合译辛克莱·路易斯《巴比特》，李文俊译福克纳《我弥留之际》，黄文捷译黛莱达《邪恶之路》，赵振江译米斯特拉尔《柔情》，王逢振译赛珍珠《大地》，杨武能译保尔·海泽《特雷庇姑娘》，都是"老诺"阵容里的保留节目。在"黑诺"里，漓江与这批王牌译家译作再续前缘。此外，"作家文集"还见证了一代翻译家的成长——胡小跃译普吕多姆《枉然的柔情》，裘小龙译叶芝《第二次来临——叶芝诗选编》，分别是"老诺"里普吕多姆《孤独与沉思》和叶芝《丽达与天鹅》的升级版，当年漓江看好的青年翻译家，已然成为译界翘楚，译本也得到更丰富的增补和更成熟的修订。也有老朋友新加入的译本，比如倪培耕原译泰戈尔《饥饿的石头》是"老诺"阵容里的，到了"黑诺"更名为《泡影》，都是泰戈尔短篇小说选；同时"黑诺"再添倪译泰戈尔长篇小说《纠缠》。福克纳卷除了收入李文俊之前在"老诺"就有的代表译作《我弥留之际》，"黑诺"还增加了李译《喧哗与骚动》《押沙龙，押沙龙！》。青年译者的新作有一熙译福克纳《士兵的报酬》，王国平译福克纳《寓言》，远洋译福克纳《水泽女神之歌——福克纳早期散文、诗歌与插图》，顾奎译辛克莱·路易斯《大街》，等等。

也有一部分老译家，其译作的版权流转到其他出版机构去，与"黑诺"失之交臂，或者年深日久几近失联，或者凋零如秋叶片片——时光总有理由分开我们，才显得在一起的机缘实在是难能可贵。

现在年轻人外语好，除了做文学翻译，还有很多更实惠的选择，所以真正像老一辈翻译家那样，把译事当成毕生的事业追求，在这个领域安于寂寞悉心耕耘的并不多，或者说，漓江还没有迎来与这个群体的高频次、大规模相遇。我们现有的中青年译者队伍，一来人数远不够多，二来除了翻译本身，想法会比老一辈多一点——漓江很惭愧，至今没能把这份文化事业做成生财有道、惠及万方的大产业。好在文学哪怕历来就与眼前利益没太大关系，这个世界热爱文学的人也一直层出不穷。之所以在这里把家底摆一摆，也是为了方便下一步遇上有缘人。

译本体例上,"黑诺"尽量做到向"老诺"学习,"每卷均有译序和授奖词、答词、生平年表、著作目录,力求给读者提供一个能真实地反映诺贝尔文学奖及其每一得主风貌的较好版本"[①]。老漓江的优秀传统要保持,有章可循是一种福分。

一个素朴有力的团队,会带来别样高效的支撑感。我们的青年编辑队伍正在老编辑的带领下茁壮成长,他们是漓江的秘密花园,正在蓄能无限,漓江的未来,有他们书写,靠他们传扬。

在这里,必须致敬一下给漓江"老诺"担任过策划编辑和责任编辑的主力核心团队,他们是当年的译文室成员:宋安群、吴裕康、莫雅平、金龙格、沈东子、汪正球。

1995年,沈东子策划过一套泰戈尔"大师文集"6卷本,除了后续加入"黑诺"的倪培耕几种译作,亮点是直接去信季羡林先生,取得了授权,收入季译《炉火情》一种。丛书虽然没打"诺贝尔"标签,却开启了做诺奖作家小文集的思路。

1998年,漓江出了三套诺奖作家小文集。时任总编辑宋安群策划了《赛珍珠作品选集》,向美国哈罗德·奥柏联合会购买了版权,出版了五部小说、一部传记和一本文论。本人担任过其中《东风·西风》和《赛珍珠传》两种图书的责任编辑,还为赛珍珠母亲的故事写过责编手札——

---

① 见刘硕良《新时期有数的宏伟工程——"获诺贝尔文学奖作家丛书"序》。

美好的人和事，因为人们的珍爱而获得自己的历史，在这个意义上说，历史，就是人们对于美的牵挂和担心。时乖命蹇，说变就变，我们珍爱的事物能够留存多久？一旦大限到来，让碎片有了碎片的安息，人心也就有了人心的解脱吗？[①]

吴裕康策划了君特·格拉斯"但泽三部曲"（《铁皮鼓》《猫与鼠》《狗年月》），经德国 Steidl 出版社授权出版。有意思的事情就此发生了：我社在 1998 年 1 月至 1999 年 4 月出完这三种书，1999 年 9 月 30 日，瑞典文学院将诺贝尔文学奖颁给了君特·格拉斯。所谓猜题和押宝都很准的名编辑、大编辑，漓江早年就有现实榜样。

汪正球策划的"川端康成作品"，洋洋大观出了十卷。

以上四种诺奖作家文集，都没打"诺贝尔"标签，装帧设计也各有套路，却都绕不开内在承袭的同一种思路。所以说，在漓江做"诺贝尔"，是有传统的，可追溯的，漓江人血脉里的遗传密码，在不同时期阐发着基因的显隐性。

从 2023 年算起，诺奖作家未进入公版期的尚有 60 多人，这是一片资本角逐的热土，对这个领域作家作品的竞夺，不是漓江的强项。众人还没睡醒的时候，漓江前辈就已经外出狩猎了；现在的漓江人，专注于在家种田——我们无富可炫，有技在身，到手的都不是战利品，而是作品本身，值得像农人看待种子那样，悉心培育，精耕细作，用时间打磨，为每一部好作品寻找好译者、好编辑、好制

[①] 见《我们珍爱的事物能够留存多久》，作者米子（本名张谦），《读书》1998 年第 10 期。

作，直至它找到那个两情相悦的读者。

犹如观潮，漓江现在挤不进前排，索性站远一步，不追刚刚出炉的"当红炸子鸡"——新科获奖者。同时代的读者本来很想读到同时代优秀外国作家的作品，但这有个前提，就是译本要好。而"当红炸子鸡"的临时译本，前有市场期待，后有合同追魂，难得沉下心来从容打磨，多半是急就章似的翻译，反正搭配的也是快餐面似的阅读，说白了就是一场对诺奖新科得主生吞活剥的消费——真正的赢家，既不是作者、译者和读者，也不是编辑，而是商业。当然，在这个领域深耕多年，早有准备的同行是个例外。漓江与所有认真的同行惺惺相惜。

公版书是退潮后海滩上的贝壳，经历过海浪的洗礼、时间的检验，哪些受人欢迎，比较容易感知，可以从容选择。而同时代的作家作品，一时被潮头卷得高高，抛得远远，过了当红的这个时间节点，就被读者抛诸脑后，这样的例子不胜枚举。事实证明，由于作品本身或是翻译的质量问题，有的新科获奖作家作品，确实不如早年诺奖作家作品那么富有感染力。

说到这里，很有必要广为派发一下英雄帖：如果有诺奖作家、优质译者、原著出版社，以及权威版权代理机构听到漓江的声音，认可我们的理念，那么，您好，欢迎加入我们共同的事业！

"作家文集"精装本批量问世以后，我们分别在 2018 年和 2019 年年初的北京图书订货会上，以"执子之手——漓江与'诺贝尔'的不了情"和"'诺贝尔'与漓江血脉相连"两个专题向公众亮相，后者还荣膺该届订货会评出的"优秀文化活动奖"。2018 年 9 月，百道网特为这套书，对我本人进行了专访报道①。

　　成立于 1980 年的漓江出版社，在改革开放的春风里应运而生。建社不久就做"诺贝尔"，诺贝尔文学奖系列丛书，记录着一代又一代漓江人在向我国读者推介世界文学宝藏方面前赴后继、坚忍不拔的努力。"诺贝尔"和漓江人的职场生涯、美好年华紧密生长在一起，是漓江集体记忆中不可分割的一部分；漓江边的中国小城桂林，因为文学，因为诺贝尔，和斯堪的纳维亚半岛上的北欧古国瑞典就此牵连在一起——世间缘分，多么热烈美好，也足够千奇万妙。

　　金秋十月，在给此文收官之际，传来了法国作家安妮·埃尔诺获奖的消息。看来诺贝尔文学奖依旧不改我行我素之风——有多少百炼成钢的陪跑，就有多少新莺出谷的未料。谨以此文向充满无限可能的未来致意！漓江胸怀天下，初心不改，要以海纳百川的宽阔胸襟努力借鉴、吸收并呈现人类一切优秀文明成果。

2022 年 10 月 5 日　桂林

---

① 《曾经强悍的"诺贝尔旋风"影响过莫言、余华等，新一代出版人如何再创阅读高潮？》，百道网，2018 年 9 月 10 日。

安德烈·纪德
(André Gide, 1869—1951)

年轻时的纪德（1893）

纪德画像（保罗·劳伦斯 / 作，1924）

纪德和女儿卡特琳（1947）

纪德和萨特（1950）

位于法国上诺曼底大区库沃维尔的纪德墓

作家·作品

纪德为我们所做出的最可贵的贡献,是把上帝的没落和死亡体验到底的决心。他本可以像其他许多人那样,对一些概念进行赌博,在二十岁时就确定他的信仰或他的无神论,并且终生保持下去。与此相反,他要检验他和宗教的关系;把他引向他最终的无神论的生动的辩证法,是一种缓慢的发展,这在他之后是可以变化的,而不是由一些概念和观念规定死了的。他和天主教徒的无休止的讨论,他感情的流露,他的含有讽刺意味的反复,他的讨好,突然的决裂,他的进步、停滞、旧病复发,他作品中上帝这个词的暧昧,即使在他只相信人的时候也拒绝放弃这个词,他全部严格的经历,归根结底要比一百种论证更能启发我们。他为我们经历了一种生活,我们只要读他的作品便能重新体验到。他使我们得以避免他曾落入的陷阱,或者像他一样摆脱陷阱。……纪德是一个不能代替的典范,因为他与别人不同,他选择了变成他自己的真理。

——萨特《活着的纪德》

作为艺术作品,这本书(《窄门》)真是没什么可说的了。从头至尾都是逻辑严密的。关于书中所表现的基督教问题,我还有许多疑问:您究竟持何种观点呢?您的这本书是基督教作品吗?您是否仅仅把上帝刻画成一个残酷而沉默的暴君呢?对我来说,您的书是关于新教的一份无价的资料,它使我明白了很多以前对我来说模糊不清的东西。新教没有圣事,上帝和人之间的关系是没有实质的。这不再是一种各个部分都颇有功效的、真正意义上的宗教。人必须靠自己的努力来获得一切，上帝的介入很少而且不确定。那些想接近上帝的最高贵的灵魂只会陷入焦虑。

——保罗·克洛岱尔写给纪德的信

纪德在欲望的驱使下，想要做一些有悖世情和常理的事。纪德把自己身上互相对立的两种行为倾向归因于两种力量的互相作用。一种是代表一切真善美的上帝的力量，一种是代表黑暗和邪恶的魔鬼的力量；上帝的力量是一种约束的力量，魔鬼的力量是反约束的力量。每当纪德感到无法摆脱自己身上的恶习时，他认为那是受到魔鬼控制的结果。当纪德意识到魔鬼的力量使他更容易得到快乐时，纪德渐渐学会了用魔鬼的力量来对抗上帝的力量，有时纪德甚至愿意以魔鬼的代言人自居，因为那会使他更有理由来追求自己想要的生活方式。但是尽管魔鬼可以为纪德的行为充当挡箭牌，可却无法消除他内心的矛盾和负罪感。

——勒巴普《纪德传》

纪德的不受约束的思想在《背德者》中得到充分的阐发。……小说的描写是倾向于人可以任凭本能的驱使自由行动的，尽管小说的名字将米歇尔称为背德者，而且在小说结尾，作者写道："我解脱了，可能如此；然而这又算什么呢？我有了这种无处使用的自由，日子反倒更难过。"这句话只写出主人公的惶惑心情，他带着一种多少有点忏悔的心情叙述往事。然而作者并没有对这个背德者给予谴责，相反，他谴责的是家庭、社会和宗教的约束给人性带来的损害。

——郑克鲁《社会的批判者——纪德小说的思想内容》

目 录

纪德卷总序

001／纪德，全方位独特的人／李玉民

背德者

011／第一部
051／第二部
100／第三部

窄 门

125／第一章
138／第二章
157／第三章
167／第四章
179／第五章
199／第六章

206／第七章
222／第八章

附　录

253／纪德生平与创作年表／李玉民　编译
278／四十年从此起步［重版后记］／李玉民

纪德卷总序

纪德,全方位独特的人

李玉民

  生来就与众不同,无穷变化的理想人物,你的确创造出来了,安德烈,但既不是《伪币制造者》中的小说家爱德华,也不是《窄门》中苦恋的青年杰罗姆,而是你自己哟,安德烈·纪德先生,"不枉此生"的现代传奇人物忒修斯。

  这是二十多年前,编《纪德文集》时,写的总序《纪德的写作状态》的收束语。一段还算着边儿,但是流于笼统的赞语,无论说得怎样诚恳,终究遮掩不住对纪德认识的不足。别人看不出来,自己心里明白。

  在编那套五卷本文集的前几年,还编过《纪德散文精选》,写了一篇题为《同几个纪德对话》的序言。十数年后,这篇序言被我的授业老师桂裕芳先生发现,她特意给我(冬季在广西北海)打电话,大大出乎我的意料,只为对我说句:"你怎么写得这样好!"而且重复几遍,流露出为师的骄傲。

  我只能愧领,内心不禁庆幸,就凭翻译几件作品,对纪德实在一不知半不解,怎敢按通常的做法,论起纪德来呢?自知一论起来准露怯,不如半认真半戏谑,以平常心态,逗乐似的发问:面对好几位,究竟哪位是你真纪德。

  这种讨巧的办法,只可一不可再。二十多年来,随着纪德作品的单行本出版增多,应出版人的要求,又写了三两篇感悟性的序言,如

《请进纪德迷宫》《纪德是个不可替代的榜样》。第二篇译序,以这样一段文字发端:

> 在二十世纪法国作家中,若论哪一位最活跃,最独特,最重要,最喜欢颠覆,最爱惹是生非,最复杂,最多变,从而也最难捉摸,那么几乎可以肯定,非安德烈·纪德莫属。纪德的一生及其作品所构成的世界,就是一座现代的迷宫。这座迷宫迷惑了多少评论家,甚至迷惑诺贝尔文学奖评委们长达三十余年。

用了这么多"最"字,哪一条扣在别的作家头上,都可以成为标志性的特点,全给纪德用上了,仿佛也不甚给力,最后只好用抽象的概念"最难捉摸"了。

首先,我翻译纪德的作品越多,就越深有体会;其次,更有说服力的例证,就是比对法国两位文学大师:罗曼·罗兰和安德烈·纪德,生卒年代相近,分别以等身的著作享誉文坛,可以说等量齐名。然而,一九一五年的诺贝尔文学奖,就授予了罗曼·罗兰,要等三十二年后才轮到纪德,足以证明就连诺奖有文学慧眼的评委们,也得许久许久才捉摸透纪德。

现在我想明白了,在译序中对诺奖评委们不该有微词,或略带嘲讽的语气。尤其二〇一八年,我编译《纪德生平与创作年表》时,节译了献给纪德的授奖词。这篇"满怀感激之情"写出的授奖词,应是上百篇授奖词中最感人、最诚恳、最深刻的一篇。我因翻译而细读,深受感动,悔不该以己浅见,非议坚守百余年而不变色不变味的世界文学大奖。

在本文中,我还要纠正一点。此前写的那些译序,凡是涉及家庭，都接受了这句断章取义的引语："家庭啊，我憎恨你们！"没有认真辨读下文，就想当然认为，这是少年纪德逆反心理的表现，尤其怪怨母亲反对他对表姐的恋情，于是用通例去判断青年纪德对家庭的态度。我的这些译序，虽然尽量限定为个人感悟，类似见解也容易误导读者。在这里，有必要引述纪德的原话，以正视听，也纠正我在误区的错觉：

> 还有人竟然来说，我这是在抱怨家庭，怪怨自己的家庭，绝对是莫须有的事儿。我完全庆幸，生在这样的家庭，家人对我始终呵护，照顾十分周全。就个人而言，我在家里绝对没有受到一点委屈。
> 我倒认为，在《伪币制造者》一书中，有些段落谈及这种自私的家庭，准确解释了我想通过这句话所表达的意思。

纪德在《谈话录》中，针对昂鲁什的这句话——"总而言之，家庭一旦成为囚室，就令人憎恨了，这是囚室尽人皆知的成规"，给予这样的回答："这是一种社会的囚室，具有社会所固有的全部自私属性。"

纪德回答的这句话很有预见性：随着家庭融入社会的趋势，越来越表明家庭与社会联手，窒息人的天性，正是这种自私属性对人类的一大危害。

通过上面所举的两个实例，我痛感阅读纪德的作品，稍不留神，就会沿着惯性思维，走进通例常规的误区，自以为接近，却越发远离纪德思想的轨迹。

这里举两个法国达人的事例。我对论述纪德的文章向来无暇顾及，这次有两段文字主动闯入我的眼帘，显见要扮演"导读"的角色，赫然排印在我翻译的纪德一部小说的首页。法国名家论纪德陷入误区，本来是法国文坛的事，现在要来误导中国读者，我正在找这类实例，不期应需而至，恰巧填补本文一两处空缺。

一位是熟悉的名家，诗人、剧作家克洛岱尔，早年受法国当局委派，到中国任过领事，与中国还算有点渊源。纪德与同时代的许多诗人都有交往，如阿波利奈尔、瓦莱里、贝玑、雅姆等，克洛岱尔算是其中之一，有通信关系。另一位，勒巴普，《纪德传》的作者，完全生疏。二人的选段都没有标明译者。

先看保罗·克洛岱尔写给纪德的信：

作为艺术作品，这本书（《窄门》）真是没什么可说的了。从头至尾都逻辑严密。关于书中所表现的基督教问题，我还有许多疑问：您究竟持何种观点呢？您的这本书是基督教作品吗？您是否仅仅把上帝刻画成一个残酷而沉默的暴君。对我来说，您的书是关于新教的一份无价的资料，它使我明白了很多以前对我来说模糊不清的东西。新教没有圣事，上帝和人之间的关系是没有实质的。这不再是一种各个部分都颇有功效的、真正意义上的宗教。人必须靠自己的努力来获得一切，上帝的介入很少而且不确定。那些想接近上帝的最高洁的灵魂，只会陷入焦虑。

克洛岱尔与纪德《通信集》（1809—1925），于一九四九年由伽利玛出版社出版。上面摘录的信文的全文，就收录在这部《通信集》中。克洛岱尔绝想不到，四十年后，即一九四九年初，纪德与昂鲁什安排多场谈话，录制成有声档案材料，而他的这封信，在两场谈话中反复提及，牵引出许多重要话题。而在这些话题上，克洛岱尔的信文明显作为反衬材料，激发了二人的谈兴，尤其采访者昂鲁什做足了功课，有备而来，不断变法儿追问，纪德也就敞开心扉，在八十岁高龄的记忆中，搜寻同这位断绝关系十数年的老友当时交往的情景，坦率地讲出来，为法国文坛留下这段有凭有据的佳话，同时也给后世留下追寻纪德思想轨迹的线索。

我更感兴趣的是最后这一点，自知没有能力判断人际关系的是非曲折，只想多摸清点纪德的心曲。

一九〇九年，纪德进入不惑的人生之初，就经历了一系列事件。看得见的是偶然，看不见的是必然。纪德经历一个个偶然事件，也是一步步走在必然的路上。是年，纪德和他的小团队，创办了杂志《新法兰西评论》，一个"新"字，意味着新观念，新思路。

《新法兰西评论》杂志创办之初，谁也没有意识到，一本杂志在二十世纪上半叶会起那么大作用，催生了伽利玛出版社，推出了从普鲁斯特到加缪一批很快在法国文坛成为重量级人物的新人。

一提起杂志创始人，纪德总爱说"我们"，《隐修》杂志停刊残留下来的六个人。他们内心，尤其纪德，都有团队的意识。他们继承了文艺复兴时期，以龙沙（1524—1585）为首，组建七星诗社的那批诗人的精神。"胸襟豁达的自由主义就是我们的口号，而一些非自由主义者——我格外想到，例如克洛岱尔，就不接受这种口号。"纪德如是说。

新思路，新观念，就要有新的价值观。这个团队内部很明确，要"成为新古典主义者，代表新古典主义"。但是他们刚刚起步，还不好大力倡导，只保持低调，着重务实，一起努力干。"或者一事无成，彻底失败，被人遗忘；或者干出了名堂……总要冒很大风险。一定得先证明这一点。"他们既针锋相对,反对自然主义,也反对象征主义,只是不太激烈。

新古典主义的特点,"就是不断汲取法兰西(传统)精神,及其狭义学院式古典精神源头的价值观"。纪德最推重的三位思想家是尼采、易卜生和陀思妥耶夫斯基,最看重的应是陀思妥耶夫斯基,因其相当敏感,心理分析具有预见性特征。纪德说:"我最感兴趣的还不是这一点,而是后来发生的历史事件向我们证明了,陀思妥耶夫斯基在多大程度上,堪称对深刻现实有一种洞见能力的作家。"

这种新古典主义价值观下一位杰出的代表,就是阿尔贝·加缪。他与纪德仅相隔十年,于一九五七年获得诺贝尔文学奖。最有趣的是两位得主都创造了诺奖的记录:在确认与定夺的时间上最长和最短的记录。

一九〇九年,继《背德者》出版七年之后,《窄门》在《新法兰西评论》创刊后头几期连载,纪德自然喜出望外,这是《背德者》的姊妹篇,又一部力作,在法兰西信使出版社出了单行本,纪德抱有不小的期待。

杂志毕竟刚刚创办,经营惨淡,当时读者仅有百十人。纪德这个小团队虽然精神饱满,但处境确实很艰难。一时对读者不能抱多大幻想,纪德早有这种思想准备,《背德者》初版,仅印了三百册,不料这部成熟之作,几年也无人问津,就连那些诗人朋友,也反应平平。

我不免心存疑问:《背德者》这样的著作,在纪德的艺术生涯中,具有里程碑意义;他结交的诗人朋友不乏名家,过从甚密,什么事都谈得头头是道,怎么没有一个友情出场,无需溢美之词,写篇平实的评论文章予以关注也好啊!

同纪德的交往,雅姆比克洛岱尔早上十来年,他目睹了纪德三十岁前后那段创作丰收期，那是进入成熟期的前奏，如《帕吕德》《人间食粮》《没有缚住的普罗米修斯》等，都是无心插柳之佳作。尤其在这个阶段，纪德以歌德为典范，向歌德学习了生活的艺术和写作的艺术，沉默了数年，实现了嬗变，用心创作了《背德者》，他真期望平时非常热情的文友雅姆发声，在写给雅姆的信中，如此坦诚，近乎恳求了：

  你究竟怎么看我这本书？我花了四年工夫，不是写出来，而是生活过来了，写出来就是为了摆脱。我做这部书，无异于患一场大病，险些送了命。在你看来，这不过是我的奇思妙想，又玩了个新花样，还是明白我在玩命呢？现在我只看重作者用生命换来的著作。

然而，雅姆读不进去，拒绝接受《背德者》，他在复信中引用他母亲的见解，说她在《背德者》中，仅仅看到一个换衣服的人：脱了外衣翻过来又穿上。总之，雅姆根本就没看懂《背德者》，绝对进入不了这部书的道德与心理局面。

四十七年后，纪德在《谈话录》里提起老话，记忆犹新，将克洛岱尔和雅姆归于同类人，都想独步诗坛，自傲得很，瞧不起纪德奉为典范的歌德：雅姆自以为胜过歌德；而克洛岱尔有失厚道，说歌德是头蠢驴。

纪德下了一个非常严厉的评语：

"密切，不，不……隔一段时间再来看，我们是演对手戏，彼此要在对方眼里扮演一个角色。他对我而言，是在扮演诗人；而我在他眼里，我们间的关系，永远也不可能真正亲密……与雅姆的关系，啊，真的很难说，并不像我们在出版的往来书信中所表现的那样，我觉得,我们的交往是在演某种喜剧,您尽可以说是真诚的。但是,我们彼此面对的,只是对方扮演的角色。"

《窄门》出版时,克洛岱尔跟纪德演了同样的对手戏。他同雅姆、瓦莱里一样,正如纪德指出的:"他们在别人身上,在别人的文学著作中,专门寻求与他们类似的思想。"克洛岱尔在这封信里别出心裁,谈了他如何从鸡蛋里挑出了他期望的骨头来,断定《窄门》是关于新教的一份没有价值的资料。

对克洛岱尔的"高明"看法,纪德大跌眼镜,简直不敢相信:

"好么,克洛岱尔却让我头一回感到,这部书在多大程度上,特意批评了新教,而不是基督教。他强调了这一点,正是我没有想到的,这对一个正统的天主教徒来说,该是多大的刺激,直指他们为德行而爱德行的观念……他说真正的天主教徒,追求品德是为了获取报偿,至于为德行而爱德行,则是自傲的一种罪孽。克洛岱尔第一次让我明白,也让我感受到。既然出版在即,读者很快就能看到这封信了。"

我们没有看到这封信的全文,但读了上面摘录的这一段就能明白,克洛岱尔说新教没有圣事,人同上帝就没有实质的关系,就称不上真正意义上的宗教,而灵魂高洁的人空有德行,接近不了上帝,故而焦虑。可见为德行而爱德行,是图报偿,并不是信仰,不过是自傲的表现。

克洛岱尔的思维方式,我们中国读者无法理解,只要明白为德行而爱德行,是一种虚假的信仰就行了,人的终极目标,是上帝,还是人呢?

纪德在创作《背德者》时,思想有所演变。纪德说:"从前我还觉得,人的终极目标,可能是上帝,后来逐渐变化,终至完全改变了这个问题,得出这样颇为自负的结论:不对,人的终极目标,是人。这样一来，上帝的问题，也就逐渐被人的问题所取代。"

在神性还是人性之间，纪德选择了人性。

这就是为什么，克洛岱尔和雅姆无法理解并拒绝纪德的著作，在无望争取纪德皈依天主教的情况下，最终同纪德断绝关系。

这里要交代一个情况，纪德与几位同时代诗人交往，彼此还是相当真诚的。越是不同的作家，纪德越是喜爱：他欣赏克洛岱尔早期作品，如《金头》展现了其才气横溢、无所羁勒的姿态；他也赞赏雅姆的诗作"自然流泻"，来了灵感就写。然而，过后再拿起他们的作品，再也没有当初那种感觉了，不像重读兰波、洛特雷阿蒙那样，总能获得教益。

象征派最后一位大诗人瓦莱里，倒是个例外，他同纪德的友谊关系，既深厚，又真心实意，一直维持到生命的终了。然而，即便如此，瓦莱里同样看不到纪德作品的价值。纪德六十寿辰时，《卡皮托利》杂志要出一期专号，请瓦莱里写一篇文章。瓦莱里答应了，但是最终没有兑现。纪德提起这位老友，坦然说道：

"他躲避了，太难为他了……瓦莱里实在不了解我：他在我的天性之中，在我的作品里边，只看到新教徒的一面，反艺术的一面，所谓反艺术的一面，但愿并不存在。他那态度，对我肯定是一种误解。我并不介意！直到生命的终结，我们的友谊仍旧如此深厚，如此真心实意，我相信，就连瓦莱里也深感意外。"

纪德的一生，充满不确定性和偶然性，问题在于，在种种杂乱的不确定性和偶然性中，如何看出纪德思想轨迹淡淡留下的必然性。为纪德作传的人，应该在这方面下功夫，力求洞彻纪德的路数，引导看不透纪德作品的读者，而不是堆砌不久必然成为陈词滥调的那些时髦的成见。我不知道《纪德传》的作者勒巴普是何许人，单凭他可能误导中国读者的这段语录，我就领教了这本传记价值的负能量：

> 纪德在欲望的驱使下，想要做一些有悖世情和常理的事。纪德把自己身上互相对立的两种行为倾向归因于两种力量的互相作用。一种是代表真善美的上帝的力量，一种是代表黑暗和邪恶的魔鬼的力量；上帝的力量是一种约束的力量，魔鬼的力量是反约束的力量。每当纪德感到无法摆脱自己身上的恶习时，他认为那是受到魔鬼控制的结果。当纪德意识到魔鬼的力量使他更容易得到快乐时，纪德渐渐学会了用魔鬼的力量来对抗上帝的力量，有时纪德甚至愿意以魔鬼的代言人自居，因为那会使他更有理由来追求自己想要的生活方式。但是尽管魔鬼可以为纪德的行为充当挡箭牌，可却无法清除他内心的矛盾和负罪感。
>
> ——勒巴普《纪德传》

导读性的语录不妨简短些，显得更有力量，例如，诺奖得主（1952）莫里亚克的一段话：

> 纪德在世一天，法国便还有一种文学生活，一种思想交流的生活，一种始终坦率的争论……而他的死结束了最能激励心智的时代。

莫里亚克说得多精练，多精彩！哪像这位给纪德立传的勒巴普，重又拾起久违了的西方上帝魔鬼的套路，倒让人联想到我国尚未失传的通常判断标准，就是老百姓从戏台上、电影里学到的分辨好人坏蛋的标准。而且这种认知标准还有个样板故事，真实的好笑故事。传说解放前夕，在解放区某地演话剧《白毛女》，演到地主逼迫杨白劳在契约上按手印，用女儿抵租那一场，一名士兵跳上舞台，要枪毙那个恶霸坏蛋。幸好被人制止，说这是演戏。

写作和演戏有多大差异？勒巴普的段子不足为论，且看《窄门》时来运转，是对克洛岱尔的一大讽刺。

《窄门》出版后，几乎无人问津，却出现了奇特的情况：英国文学批评家埃德蒙·戈斯在《当代》杂志上，发表了题为《安德烈·纪德的著作》的文章，赞赏了《窄门》。与此同时，《泰晤士报》文学增刊上也有人发文，说喜欢这部作品，觉得类似他本人写的《父与子》。法兰西信使出版社经理瓦尔特，得知这种情况吓了一跳：事起突然，措手不及，伦敦几家书店一下子全发来订单。

《窄门》初版，仅印了三千册，而且做法绝对反常，竟然没有制作纸型！瓦尔特给当时在国外的纪德拍了电报，表示要重排这部书，电文异常客气，对于没有制作纸型他深感内疚，重新排版的费用仍由出版社承担。

国内的反应依然慢热。《窄门》出版三年后，巴黎的一家书店老板还写信询问纪德，从哪家出版商能订购到这部书，只因他的书店是新教徒的一个文化中心。

比起克洛岱尔等这些诗人来，英国的乃至法国的新教徒当然谈不上多高的文学修养，然而他们对纪德作品的感知能力，远远高于这些诗人。

这些普通的读者，在纪德的作品中，感知到了什么呢？他们感知到这位心灵焦虑的播种者，在书中突破神性所展现的人性。

所谓人性就是人的生活，人的真实生活。

人的真实生活，就是人身上除掉社会的涂饰，在生活中展现的天性，及其心理活动。

人的追求，往往同人性走在两股道上，甚至背道而驰。

《纪德谈话录》中，有这样一段对话：

> 昂鲁什：可能成为"超人"或者"伟人"的这种概念，是否有人拿来比较《人间食粮》中的著名格言，您还没有读过尼采著作时写的这本书中的格言呢？
> 纪德：什么格言？
> 昂鲁什："尽可能确保人性，这就是好格言。"
> 纪德：是的，我相当看重这句话。
> 昂鲁什：按说伟人，不正是尽可能确保人性的人吗？
> 纪德：我相信能找出伟人的许多事例，他们之所以成为伟人，恰恰相反，总是压缩对他人的理解，通常压缩对人的理解。
> 昂鲁什：克洛岱尔很可能就是这样，几乎始终拒不倾听人类的一些诉求，才达到他真正的体量。
> 纪德：是的，我认为这样讲完全正确，再怎么挑选，他也是个极佳的事例，表明一个"伟人"之所以伟大，恰恰在于拒绝尽可能确保人性。

如何确保人性，首先得发现人性。纪德所写的日记，创作《人间食粮》这样的作品，差不多在同一时期所写的旅行笔记，如果对比着阅读，就会明显地感到，他亲历的各种感受，都要马上直接记录下来。譬如说《人间食粮》，纪德几乎是在不知不觉中构思出来的，书中好多语句，就摘自他的日记，而日记又是他随手写下来的。稍一浏览就能发现，这部书结构本身，也是非常自如的，相当附和生活的节奏。事后如果再想改善一下结构，反倒显得不自然，留下编造的痕迹了。

显然易见,《人间食粮》是一部富人写的书,穷人写不出来,终日要为生活操劳。然而,这又是为所有人,尤其为穷人写的书,能让生活艰难的人体会到,在他们自身,在他们生活的大自然中,存在着金钱买不到的财富。

值得一提的是,纪德在文学生涯之初,就毅然决然,将天性、人生、追求、文学、生活并轨了,在他的意念中,有了通盘的打算,由这些要素铺成一条边走边探索,几乎漫无边际的生涯旅途,不畏艰难险阻,"原原本本经历他要讲述的生活,成为他要做的人"。这是他认定的人间正道,满怀激情,每走一步,都印证一种全新的概念:"生活闯进了文学。"而这个概念,纪德用一个词就下了定义——"真实性"。他直截了当地指出:

> 我认为,这件事(真实性)的确非常重要。而且,我也认为,如今就极难理解这种情况了:文学堕落到何等地步,成为假模假式的东西,胡乱编造的东西,脱离了现实,既脱离社会现实,也脱离了物质现实。原先还有自然主义、理想主义等流派,但是那一切创作,还没有共同标准。我从前赞赏,如今仍然赞赏古希腊文学的,譬如说这种文学在多大程度上,就是生活本身,而不是与生活并行,在生活之外的一种文学。可以肯定,我在写《人间食粮》的时候,就有这种意念,就有这种打算:将文学重新投入它生活的本原中。

看来,文学这一根本问题,还得世世代代讨论下去。文学往往不是与时俱进,而是与社会俱进,结果成为社会的副产品,冒牌货泛滥成灾。热闹一阵,也就随着时间流逝了。出不来大师,这是现代文学的悲剧。

有一种论调，流行好长一段时间，法国文学自从出了波德莱尔、普鲁斯特之后，以前作家全过时了，仿佛没有必要学习研究了，甚至不列入写论文的选题。殊不知，文学各个阶段，是继承发展的关系，而不是替代淘汰的关系；各个时期的经典作家，都有其不可替代的价值。

纪德赞美《追忆似水年华》就说得很明确："文中不妨有冗赘的章节，有各种缺陷，随意挑拣出什么来，但这是一部巨著，史无前例，独一无二。"他随即又指出，并不是因为从架构上讲，这是一个更为协调的整体，而是因为在巴尔扎克之后，很难再写出什么来，但是普鲁斯特做到了。

纪德同样做到了。加缪也同样做到了。

纪德和加缪，本属于两个时代的人；但是不约而同，都倡导"新古典主义"。顾名思义：他们继承古典文学，又能出新和发展。他们二人文学上的创新，都没有离开文学的本质：一个坚守真实性，一个恪守求真求实。

近年我新译了纪德写作时最开心的《没有缚住的普罗米修斯》等四部作品；增加戏剧卷，译出五种戏作；在此期间，还重译了《纪德谈话录》《梵蒂冈地窖》，编译了很有参考价值的《纪德生平与创作年表》，约有八十万字。然而，还留有缺憾，如果安排再理想一点儿，能增添一卷通信选集，补译一卷纪德后半生日记。缺憾也是世间常道，根据纪德终身的实践，应是文学生涯的一种激励和源泉。

上一套《纪德文集》的总序《纪德的写作状态》，以及前前后后为纪德作品单行本所写的序言，还都原封不动，用作相关各卷的序言。旧总序与新写的总序言，相隔二十余年，我觉得仍可以无缝链接，还不至于前言不搭后语。我乐得从旧总序中摘录一段话，植入这篇序言中，免得再重复类似的阐述：

> 整整一生要走，路却没有划定。"我决不走完全划好的一条路。"(《如果种子不死》)你还借《伪币制造者》中的人物说："我只能在生活中学会生活。"你的生活准则，安德烈，就是拒绝准则。"做我们自己"，让天性自由地发展，享受真正的生活。你走的是逆行的人生之路，因为，必须"倒行逆施"，与虚假的现实生活背道而驰，才能返回真正的生活。

一二十年前写这样的感悟文章，冲劲儿比现在大得多，敢于借用诟病者的狠话，丝毫也不回避。在另一篇译序，《纪德是个不可替代的榜样》中，更是明目张胆，用了"全欲"的字眼儿。

《帕吕德》的主人公蒂提尔要写一本书，取名《帕吕德》。他认为一首诗，或者一本书，存在的理由，它的特性，它的由来，像一只蛋那样，光滑而充实，任何东西都塞不进去，连根大头钉也不成。硬往里插，蛋非得破碎不可。蛋生下来就是满的，不是装满的。

天生多样性原本就是人类一种深厚的天性，如同一个蛋，生下来就装有本人全部欲求。天性各有倾向性，不尽相同，有些欲求很模糊，要随着生活逐渐培植起来。纪德的天性有一种格外明显的倾向。他亲口承认：

"唔，好奇心，在我这一生，起着举足轻重的作用。肯定是附体的一个大魔鬼。"

纪德体内有这样"一个大魔鬼"，那么欲望不得成 N 倍增长！

增长 N 倍，纪德求之不得，哪怕欲望层出不穷，正好随欲而行，不断追求快乐，尝试各种各样的生存方式，青春韶华，就该自由地展现天性；天地万物，天生就是要追求快乐，每种事物都是快乐的一个载体：

> 自然万物都在追求快乐，正是快乐促使草茎长高，芽苞抽叶，花蕾绽开。正是快乐安排花冠和阳光接吻，邀请一切活物举行婚礼，让休眠的幼虫变成蛹，再让蛾子逃出蛹壳的囚笼。正是在快乐的指引下，万物都向往最大的安逸，更自觉地趋向进步……

人生总有喜忧两面，没有忧，何来喜。纪德在《人间食粮》中，与万物同欢，激情四射，心声滚滚流淌，倾泻而出。殊不知在那之前，有很长一段时间，他几乎患了臆想症，虽非真的有病，但实实在在痛苦不堪，"时刻想到死，说起来并不好玩"。他只好遵照医嘱，到瑞士境内汝拉山脉一个小镇，人称"瑞士的西伯利亚"的地方，度过严寒的冬天。

纪德在那里形影相吊，极其无聊，然而很快，一个念头掺杂进来："怎么着，归根结底，这有什么了不起的呢？"终日没着没落，意乱心烦，正是艺术创作的空间，他对自己的境况，转而采取一种嘲弄的态度，没来由产生某种稀奇古怪的感觉。正是这种莫名其妙的感觉，催化了整篇《帕吕德》结晶。

作者提起这部早年的作品，还挺犹豫："讲出来实在显得很可笑，但是又真真切切：某种滑稽而相当独特的意味，就围绕着两句话组合成型。而这种意味，我在别处任何地方，似乎都没有看到。

"一句是：'路径两侧开满了马兜铃花。'这句话令我喜不自胜，就是这样！随您怎么解释去吧！

"还有一句话，是我通过《帕吕德》的主人公讲的，他对安琪尔说：'亲爱的朋友，天气风云不测，你为何只带一把阳伞？'她却回答我：'这是遮阳遮雨两用伞。'就是这样，犹如花边艺人，固定几针，便围绕着编织出书中的线索。"

这两句话，好似音乐主题，定了调子，整部作品就依据主题谱写而成。纪德写《帕吕德》的缘起，可以成为文学创作的一个案例，研究起来不是好笑，而是既有趣又有教益。文学创作会激发起人灵动机变的潜能，从而浮想联翩，产生意想不到的创作灵感。

纪德的"全欲"中，创作欲是最强的，正是创作欲的导引，才使纪德达到了他所称颂的歌德的境界："至高无上的平凡。"

纪德发现了歌德的《罗马哀歌》，当即心潮澎湃，对他算得头等重要的启示：

> 《哀歌》向我指明，喜悦与忧伤，都同样可以成为诗的要素。于是我深恶痛绝，抛弃了缪塞的名句："最绝望的歌是最美的歌。"从那时起，我认为可以说：喜悦未尝不是一种道义的责任。寻求快乐就成为我生命主导的首要理由。我觉得快乐自行求得难于忧伤。因为只要放任自流，便可收获忧伤。
>
> 个性凭其界限得以确定，但是个性之上，还有歌德达到的更高的境界，奥林匹斯诸神的境界。歌德懂得独特性给人以限制，作为有个性的人，他仅仅是某一个人。如果他像潘神那样，放纵各自游荡，忘情于事物之中，他就排除了个人身上的一切界限，最后只剩下世界的界限了。他也就变得至高无上的平凡了。

纪德创作《帕吕德》的过程，就是在潜意识状态中，履行喜悦的道义责任，往至高无上的平凡境界攀登。他开始戏谑寓于自身的悲剧，从哀婉悲怆的情绪中摆脱出来，以自我嘲笑的方式化悲为喜。直到晚年，纪德提起来，还记忆犹新："坦率地讲，我写《帕吕德》时，心情特别痛快，简直开心极了。后来，也只有写《梵蒂冈地窖》时的心情，才能与之媲美，不过，那是另一种状态：几乎绝对无意识。"

纪德这种化悲为喜的转变，就是突破了个性的界限，将独特性推上更高境界。这样的势头挡不住，他在而立之年的前前后后，写出了好几部类似的灵动机变作品，形成了创作欲多姿多彩的丰收季，从而拉开了他的创作向更为内在、更为深刻的成熟期转变的序幕。

从病态的臆想症期，到《帕吕德》创作的通感灵动，再到《人间食粮》的激情四射，纪德打破个性困扰、一筹莫展的僵局，自由的天性开始全方位地体验人生，全方位地思索探求，将追求快乐和幸福推向极致。

《人间食粮》同样特殊，是不知不觉构思出来的，结构也非常随意，由不得作者，书就写成了。事后还试图改善一下结构，但的确无可奈何，要改动反而会留下编造的痕迹。

自行构思的一部作品，并没有偏离作者全欲的思想，可以说实践了一把梅纳尔克的欲望无边学说。《人间食粮》中出现两个虚拟人物：一个就是梅纳尔克，即"随心所欲，无牵无挂，不加选择而照收不误的学说倡导者"；另一个权且称为纳塔纳埃尔，随便一个可能的读者，跟随"我"漫游，而这个"我"也是虚幻的。照我看来，不过是纪德自由的天性随物赋形。请看随手的摘句，随意翻阅的书页：

纳塔纳埃尔，我要告诉你：一切事物，都异乎寻常地自然。

小牧童，我要把没有镶金属的牧杖交到你手中，我们再带领尚无主人的羊群，缓慢地走向每个地方。

牧童啊，我要把你的欲望，引向世间一切美好的事物。

我成为游荡者，就是要接触一切游荡的东西。我怀着一股温情，对待一切无处取暖的东西，我十分热爱一切漂泊不定的东西。

我的精神，你在传奇般的旅途中，曾经极度亢奋。
我的心啊！我曾经让你鲸吞牛饮。
我的肉体，我也曾经使你饱尝情爱。
如今，我静下心来，要点数我的资财，结果一无所获。
有时，我抚今追昔，要搜寻一些记忆，以便敷衍一段故事。我在其中却几乎认不出自己，而我的生活却充满故事，我感觉自己生活在一种不断更新的瞬间。所谓静心默思，对我是一种不可想象的束缚。我再也不理解"孤独"一词了；我一旦感到孤单，就不再成其为自身，而兼收并蓄，济济一身了，并且心系四方，无处不家，总受欲望的驱使，走向新的境地。最美好的回忆，对我只不过是幸福的余波。最小的一滴水——哪怕涓滴之泪——只要湿润我的手，就变成弥足珍贵的现实。

不期然，我抄录这么多，尤其最后一段。真抱歉，这本书我抛掉二十多年，再翻翻还是觉得挺新鲜。青春的欲望依然清淳，根本不见所谓纵欲魔鬼的影子：看到鬼影的人，包括那位勒巴普，该是自己心中有鬼吧？

全书仍旧是件完整的艺术品。但是，这一页翻过去了，最后已经反省，尾声郑重告别："抛掉我这本书吧，须知对待生活有千姿百态，这只是其中一种。去寻求你自己独特的生活方式吧。别人能做得跟你同样好的事情，你就不必去做；别人能写得跟你同样好的文章，你就不必去写。凡是你感到自身独具、别处皆无的东西，才值得你眷恋。啊！既要急切又要耐心地塑造你自己，把自己塑造成为无法替代的人。"

《人间食粮》这段结束语掷地有声，五十多年后纪德谢世，就成为法国文坛和诺奖授奖词公认的定论。也就是说，诺贝尔文学奖评委会，法国文坛的名宿新锐，都不约而同，给纪德一生的评价，也是准确地使用了他早年给自己设定的格式。

纪德一踏上这样全方位体验人生之路，就意识到面临巨大危险："人格丧失，自我肢解——如当年所说的，自我肢解成无穷小。"

上一段引文中所讲"心系四方，无处不家"，就是自我不复存在的意思，相当如今所说的"碎片化了"。

因此，《人间食粮》从开篇到结尾，一直呼吁："抛掉我这本书吧。"

岂止呼吁抛掉，纪德在动笔之初，就构思好了对立面，即他所称的"解毒剂"，戏剧作品《扫罗》。这种"对话"的方式，成为纪德文学创作的机制。就在《如果种子不死》中，他谈及《一千零一夜》，将其视为他启蒙的最重要读物，可以说平衡了《圣经》对他的影响。可见，纪德从不执于一端，他的创作思想也从不定格于哪部作品。他的每部著作，都是他创建的世界的一个组成部分，表现人性的一个侧面，而哪个侧面都不能代表整体。

在剧作《扫罗》中，纪德就表明："我的价值寓于复杂之中。"这是纪德的天赋，体现在纪德思想、创作、生活和处世的方方面面，要了解纪德这个人为何引起那么多争议，他的作品为何不被同时代人所理解，天性复杂就是一把密码钥匙。

早在二十岁，纪德写他的第一本书——《安德烈·瓦尔特手册》

时,就表露出这种特质:

> 阻碍我下笔疾书,哪怕是草草做些笔记的,正是激情的纷繁复杂,比起激情本身的千丝万缕更难理清。因为,如果有许多确定的事情要讲,那么我能够清楚表达出来。然而,对外界最细微的感受,也能搅动起我身上复杂的系统,开始无休无止的震颤,无论在肉体上还是心灵里,彼此不断呼应——唤醒一些沉睡的、潜伏的意念,而这些意念又通过新的激情久久回响。

这段本身就很复杂的引语,值得细细品嚼。当初翻译纪德时,虽然紧紧扣住原文一句句慎重地译出来,但是总难把握作者思路的走向,琢磨不透暗示的内涵深意,只能跟随着笔触往前探索,在写感悟的译序中发出不少疑问,留给接续的翻译去解决,断然不会相信偶尔见到的类似勒巴普给纪德下的定论。

阅读经典,往往有悟不透的章节,不妨存疑,不要轻易相信导读或别人下的结论,这是一个人终生自我学习的根本之道。

《安德烈·瓦尔特手册》上还有一段,也是纪德早早悟出的一个道理,他在创作中始终遵循的一个原则:

> 我认为,真理并无意愿做出结论:结论应该从故事本身脱颖而出,无需借助于曲折的情节来突显。事物从来就没有结论:恰恰是人要从事物中得出结论。

这类悟道的话,早已融入纪德的生活与创作的血液中,他根本就不记得了。倒是《纪德谈话录》的对话者昂鲁什发掘出来的,真是一位既懂行又敬业的采访者,他认为,纪德到了七十多岁,仍然可能写出这类语句。

纪德欣然认领,但他毕竟老到多了,接口答道:"是的,可能会写得更妙些,也就是说,更为明晰,更能夺人眼球。"

纪德的天性,对事物感受的敏感性、思考心理层面深刻的微妙性等等复杂性相撞击,在撞击社会层出不穷的偏见,自然要产生繁复的回响,从他一部部作品中体现出来,确实难以辨识交错震颤的声源。

解析纪德作品的最大误区,就是无视纪德著作复杂而有机的体系,只抓住《人间食粮》中张扬的"欲望",取代那么多名篇精彩纷呈展现的人性。在这种误区闹鬼最有代表性的,莫过于勒巴普的那段导读。勒巴普不顾纪德在书中一再呼吁"抛掉我这本书吧",也不顾纪德率先抛掉《人间食粮》,进入《背德者》—《窄门》—《田园交响曲》这样大系列的现实,还一味喧嚷,纪德"代表黑暗和邪恶的魔鬼的力量","对抗上帝的力量",大谈什么"内心的矛盾和负罪感",实在滑天下之大稽!

纪德是一个难得的自审的人,在大多作品中,他都采取自嘲自审的手法,从而拉开了他本人与笔下人物的距离。这正是他二十岁之前的习作,《安德烈·瓦尔特诗抄》的一大看点,将嘲讽引进诗歌。按说,嘲讽是一种酸,能腐蚀冲动,也就毁了诗歌;可是在《诗抄》中,反而产生一种似是而非的魅力。读者受其吸引,始终不知道这种游戏从哪儿开始,到哪儿结束,冲动激情在哪儿掺假,到哪儿终止了坦率。

好了,勒巴普这段公案就算过去,其实,不理睬也谈不上公案,让我撞上,就拿来作反衬,也算多谈一谈的由头,免得单调。

最近增译的《那喀索斯论》《爱的尝试》等一批作品,此前都忽略未计，认为是成熟之前的创作。现在看来，我尚未完全摆脱惯性思维，只了解纪德著作对话对称的关系，还没有重视纪德构建的是一个完整的有机体系，是一个完整的生命体。最早的习作，如《安德烈·瓦尔特手册》与《诗抄》，在整个生命体中，就像人体中的盲肠，衰退了也有其特殊功能，更何况《爱的尝试》《乌连之旅》《没有缚住的普罗米修斯》等一批各具特色的著作。

纪德基于复杂的天性、身上复杂的系统，在绘制他要构建的世界之前，必然初具一套指导性的思想。他在二十来岁所作的笔记中，写下这样一段话：

> 一位艺术家，必须有一种个人哲学，有一种个人审美观，有一种个人道德观，他的全部作品，无不致力于表现这一切，他的风格也油然而生成。

后来，纪德在《借题发挥》文学评论专栏上，于一八九七年发表的文章，《关于文学和道德的几点思考》提出一条更具特色的思想："他还必须有一种个人笑话、他独具的怪相。"

我还没有看到第二个艺术家，在文学和道德、审美和行为上，全方位提出打上个人烙印的主张，从而形成一套完全个性化的哲学观念。

从青年起，就敢于提出这样的主张，用以指导一生的为人与创作，这就高度体现了纪德的人格力量和自律精神。

纪德创作的总体计划，大约在创作《帕吕德》的前后酝酿出来。和盘托出则牵出一段浪漫典故。

众所周知，纪德爱上表姐玛德莱娜，而他母亲一直反对这门婚事，表姐也拒绝了他的求婚。直到五年后，一八九五年五月，母亲去世，纪德便同玛德莱娜于六月订婚，十月结婚。新婚夫妇蜜月旅行，在恩加迪纳逗留期间，几次散步时，纪德向妻子全盘讲述了他的整体创作计划：

> 我还记得那时的情景，好像就发生在眼前：那景物、那气氛、那天气，无不历历在目；我也记得，在她的信任与好奇心的鼓励下，我向她讲述了在我眼里，我的全部或近乎全部作品，应该是何等规模。在我的想象中，这些书全写出来了，而且，只有确定下一部作品马上就能跟上来，我才开始动笔。
>
> 记不得在哪篇序言或者文章里，我讲过这种情况："我之所以能写《背德者》，只因作为抗衡的作品，我酝酿好了《窄门》。"

纪德写《那喀索斯论》（1891），就是觉得希腊这一神话妙不可言，值得发掘。他心中有一种强烈渴望，什么都不放弃，既借鉴基督教，也借鉴希腊神话，两者同等重要。在创作实践上，纪德在相当程度上，摆脱了基督，将基督转化为一个神话人物。

《那喀索斯论》有一条注释，表明他从不背弃自己兼顾伦理与美学的立场：

> 艺术家、学者，不应该更喜爱自己要讲的真理：这就是他的全部品德……对艺术家而言，道德问题，并不是指他阐明的观念关乎多少道德，对大众有多少益处；问题在于它阐明得好。因为，一切都应该阐明，即使是危害极其深重的问题。

这段话写于二十二岁，除了"危害"一词不大妥当，五十年后的纪德全部认领。在写《那喀索斯论》时，安德烈·瓦尔特真的死了，已经埋葬了。

次年写出《乌有国游记》。当年，纪德经常光顾象征派圈子，认为没有象征主义小说，而象征主义所依据的理论，可以为小说创作提供一种崭新的形式。纪德就想弥补一下，要写出隽永的涵义，远远超越物质层面的意义。为此他就放笔描写景物，借以表示种种心境。

一八九三年出版《爱的尝试》，开篇的第二段一鸣惊人：

> 自不待言，要阻止我达到我的渴望，既不是人类的重要法则，也不是畏惧、廉耻心、内疚、对自己与梦想的尊重，既不是你，可悲的死亡，也不是入墓后的恐惧，什么都不是——仅仅是傲慢。明明知道这东西十分强大，可是自我感觉更强大，能够战而胜之。然而，如此引以为傲的一种胜利，还不是那么甜美，还不是那么美好，怎如向你们，种种渴望让步，而且不战自败呢？

这段文字不啻声明，宣告自己痛下决心，要按照自身的本性，按照自由的天性，随心所欲地生活了。

这几年，纪德在感情上受挫，身体又出了毛病，频频旅行，头脑很乱，理不出个头绪，思考的问题太多。这种状态正如他打的比喻，最大的诱惑是读书，面前摆着三十本书，全打开看了个开头；可是拿起哪一本，看不过三行，就联想别的事情，而每件都挺重要。看看他写到《日记》上的各种念头吧（摘录如下，排序不分先后）：

> 快乐的思想，应当是我持续关注之点。

> 要过上这种高级的平凡生活（指歌德式的高级平凡者），

如果操之过急，就有一种危险。如果不能全部吸收，自己整个儿就会陷进去。思想必须比世界广阔，容纳世界，否则就要可悲地消失在其中，再也无独特可言了。

基督教，首先是安慰人；但是有些人生来就幸福，不需要安慰。基督教对这种人既然没有影响，那就先要他们变得不幸。

最精彩的东西，就是由疯狂提示而由理性写出的东西。必须处于两者之间：梦想时紧靠着疯狂，写作时紧靠着理性。

一种道德既不准许，也不教我们最大限度地、最绝妙和最自由地运用并发展我们的力量，我就再也不愿意理解了。

小说将证明，它还能描绘别种东西——直接描绘感情和思想；它将表明在事情经历之前，它能够推演到什么程度，也就是说，它能够构思到什么程度，能够成为艺术品。它还将表明……

人啊！最复杂的生物，因而也是依赖性最大的生物。你依附于一切构成你的成分。不要抗拒这种近似奴役的状况，要明白更多的法则在你身上纵横交错，因而也更为奇妙。你欠了这么多，具有种种品质，仅仅付出相应的依赖性。要明白，独立是一种贫困状态。许多事物向你讨债，但是许多事物也支持你。

在这世界上，一切事物连在一起，相互依附，这我们知道；但是，做每件事情都为事情本身，是为其价值提供理由的唯一方法。

挂一漏万,我标出那么多红线,只好摘录下来这么一点点:一部《日记》,琳琅满目,真像生鲜的大卖场;而纪德的一部部作品,就如同一家家精品店。两相比较就知道,纪德为他的精品准备了多少材料,除了《日记》,还有笔记,各种文学活动等,包括他在《空白杂志》《隐修》杂志上开的《借题发挥》专栏,充当文学批评家,借现实提供的文学现象,以各种名目借题发挥,逐渐阐明并形成个人的美学观。

前文谈到《爱的尝试》,最甜美的事,即"向渴望让步,不战自败"的思想,不期然而然,引出两部作品:一是《帕吕德》,憋闷出来的自得其乐,多重嘲讽的书;二是《人间食粮》,冷落了二十多年而后发现,风靡于青年族群中的快乐的"福音"。

从《人间食粮》(1897)到《背德者》(1902)是一次大转型。其间还有两部过渡的作品。一是开傻剧先河的《没有缚住的普罗米修斯》(1898)。所谓"傻剧",就是表现人的无动机行为,可以说是欲望的反面,是随着非人性化的社会发展的一种产物,更多表现为起哄、落井下石等群众无意识的行为。

二是剧作《扫罗》,是纪德的第一部剧,他自己十分看重,称为《人间食粮》的"解毒剂"。这出悲剧的症结,是以色列王扫罗喜爱的大卫,一个命定应继承王位、必然要毁灭他的人。于是,扫罗的行为就受一群魔鬼,他的本能与渴望的外相控制了。其实,这种心理现象,在一些人的身上屡见不鲜:无论社会还是家庭,但凡极度情绪激烈的场面,无不是人的本能和渴念外相为魔鬼在兴风作浪。

以上两部作品及《背德者》，都在一定程度上，批驳了梅纳尔克的欲望无边的学说。据我的理解，纵欲而为，确是纪德青春一段时期天性的主导行为，但是写进书中，则另有代表人物，即梅纳尔克。虚拟人物也有原型，纪德点明是意大利作家，爱讲排场的邓南遮。而身为作者，纪德旨在竭力呈现自由天性的全欲观，最终得出否定的结论。

《背德者》是纪德第一部"客观"的书，虽然采取自叙的形式，但是原本为主观的素材，经由智慧和意志的重新组合，无论从风格上看，还是从结构上分析，不复为一部传统之作，只因主观的素材不再为个人所用，重构之后，"就能变成艺术素材了"。纪德不再是小说的主人公米歇尔，甚至从来就没有真正是过。米歇尔仅仅是作者心中的一个"胚芽"，由他提取出来单独培育生长，直到在他选定的伦理中得出最终的结果。

《背德者》是一部自嘲反讽的小说。纪德通过米歇尔的口明言："在我看来，一个真实的人，由于叠加的修饰成分太厚，很难发现，因而更有价值，更有必要去发现。"

米歇尔在旅途中大病一场，重获健康之后，就抛弃了原先的一切，抛弃家庭、宗教、社会本身对他的灌输，覆盖他真正天性的各种涂饰。这就是米歇尔发现的新道德，用以对抗传统道德，便成为"反道德主义者"。他去追求欢乐，拖累死了妻子玛丝琳。最终他也悔悟：为了追求一时的欢乐，要付出如此高的代价，岂不是得不偿失！

读《背德者》这本书，要像读他大部分作品那样，一定得领会这是一部批评的书。纪德仅仅在陈述，绝非颂扬背德者的新道德。因而，《背德者》颠覆了个性，是纪德的新生。

《窄门》虽是《背德者》的对立面，从深层意义来看，则补充完备了《背德者》。阿莉莎的悲剧，揭示了一种神秘论的诡辩与虚幻：执意苦修苦旅追求圣洁，把她引向骇人的孤独与死亡。她要在死后才能交给杰罗姆的"日记"，记录了她的真情：她拒绝所爱的人，只想远离肉体与尘世，到上帝那里相会。那一页页记录的心声，美妙而凄婉。以圣洁的名义拒绝真爱的这种神秘主义，与《背德者》中米歇尔的伦理观相对立，同样摧残着人的心灵。纪德后来写道："我每次重新拿起这本书，心里总有一种难以言表的激动……"

"我们身上携带多少胚芽，也只有在我们书中才可能开花。……一个建议：优先选择（如果真有可能选择的话）最妨碍您的胚芽，这样捎带着就全解脱了。"

如纪德所言，自《背德者》始，后来的著作，无不是他天性携带的胚芽，由他一个个提取出来精心培育而结出的果实。这就是纪德文学生涯的转型，摆脱自我，面向世界，力图全方位地阐明人的形象。这同时也表明，纪德排除个人身上的一切界限，最后只剩下世界的界限了，因而也像歌德那样，变得至高无上的平凡了。

然而，这新生之路绝非坦途，一路必然"要穿越沼泽、荒野，穿越漫长的不毛之地"。纪德就是纪德，明知自己的作品不会被同时代人理解，有时不免气馁，但是不改初衷，依然故我，耐心等待。要经过长时间磨合，才可能与公众沟通。这是一种什么精神？

昂鲁什不愧为采访人，还是从纪德的《日记》中找到了思想依据：

> 我还要重提您《日记》中的这句话，不管怎么说，这相当符合您内心的一种深度自信，也符合您走在自己的路线上，走在您命运路线上的感觉。应当说，您怀着几分自豪，这样写道："在我的灵与肉的骨子里，具备成为伟人并阻止我成为伟人的全部潜质。"我向您重申这句话，是因为从古至今的任

何作家的笔下，自负与自信心，以更加确立的方式，从这句话中迸发出来！

纪德听到揭他老底，就赶紧逊让："您真让我无地自容！不过，这句话，我并不后悔写出来。我认为下笔那时候，是完全坦率的。"

复杂的天性与深厚的潜质，纪德一身兼备，但是能发掘出多少，则取决于他有多高的品质修养与人格的坚韧力量。事实证明，他独到卓绝的努力，没有辜负先天的馈赠。

二十余年时间的磨合，纪德的作品才打开销售的局面。成谱系的一系列重要著作，色彩纷呈。《梵蒂冈地窖》（1914）因嘲笑了宗教而引起激烈的论战。这部小说的矛头直指"世俗成风的谎言"、令他极其憎恶的"虚伪"，成为令超现实主义者着迷的先锋派作品。

《田园交响曲》（1918），追求幸福三部曲的终篇。这部日记体小说，书名就是暗讽，叙事简洁明澈，写得极为精妙。当然，广大读者偏重感人的故事，并不深究内含的精神搏斗。截至纪德一九五一年去世，销售量高达上百万册，还译成五十多种文字在外国出版。

《伪币制造者》（1926），纪德所承认的他的"第一部小说"，以跨越式创作手法，虚构一个庞大的布局，人物众多，各种不同的情节交织在一起，其间活跃着五花八门的道德观念和美学观点，相互对立，彼此较量。全书中心，有个叫爱德华的小说家，坚持写他的"日记"（《爱德华日记》，约占小说的三分之一篇幅），同时还试图创作（终未完成）一部小说，即《伪币制造者》，想包罗万象，没有主题，"我所见所闻，别人的生活和我的生活让我了解的一切……"然而，书的主题恰恰是，现实向他提供的东西和他想写的内容的博弈，现实向他呈现的事实与理想现实的博弈。书名也是双关语：既指这个案件及其牵连的人与替罪羊,尤其痛斥了那些在道德上、美学上、社会上,有意无意制出假币的人,所有他所认识的弄虚作假的人。纪德在他的《伪币制造者日记》中,引用文学批评家蒂博代的一段评论:

> 鲜见一位作者在一部小说中亮相,将他自己写成一个酷似的人,我是说活生生的人……真正的小说家,以他可能生活的无限取向,创造他的人物;而虚拟的小说家,则遵循他真实生活的唯一路线创造人物。小说的特性,就是写活可能的生活,而不是再现真实的生活。《伪币制造者》,小说—镜子,就体现在这一点上,会永无休止地生成与化解,是当代叙述艺术最大胆的倾向呈几何级数增长的场所。

《如果种子不死》(1925),纪德唯一的自传,叙述他头二十六年的经历,从童年起,一直到他母亲去世以及同玛德莱娜订婚。其间有他进入巴黎文学界,前往北非旅行的内容,包括坦率地透露他的性生活所造成的丑闻:童年的不良习惯和他在北非同性恋的体验。他在书中写道:"我何尝不晓得,我讲述这事以及后来的情况,会给我造成什么损害:我预感到有人可能要拿这个把柄攻击我……在这种天真无邪的年龄,都愿意整颗心灵完全透明,完全温柔而纯洁,但我回顾自身,只看到阴影、丑陋、诡诈……"纪德在书中还指出:"我是个对话的人,我心中的一切,无不是争论,相互驳斥。回忆录向来有五分坦率,再怎么求真也不行:一切总是越讲越复杂,终有难言之隐。或许在小说中,甚至更接近真相。"为此他才下大力气构思,写出《伪币制造者》。

《刚果之行》和《乍得归来》两部游记,是一九二五年纪德去非洲,到刚果和乍得考察旅行,历时一年,归国后抓紧撰写的。他一回国,就撰文猛烈抨击殖民制度和特许大公司的掠夺,呼吁要纠正整个白种人对黑种人犯下的罪过。两部游记贯穿了这种思想,单从文学角度看,也有很高价值,呈现出一个相当独特的纪德,"成为愤怒的见证人",有力地驳斥了那些指责纪德自私,以自我为中心的人的谤毁。纪德坦然承认:"我本人受到极大的吸引,大胆说吧,也有性感的因素。我受到黑色人种的吸引:这个种族还没有被服装、文明、法律、生活习俗所改造,我期望在那里——不是随时随地,而是有时候找到了——一种自由而自然的人性。"

纪德谱系的著作就不一一列举了,须知安德烈·纪德的形象,可以独立于他的作品的艺术价值,其独特性与伟大,就在于他是个人生的实验者。

巴尔扎克完完全全置身于《人间喜剧》,普鲁斯特全身心投入《追忆逝水年华》。纪德则不然,哪怕是他理想的《作品全集》,他也不会完全投入,因为他的生活——他的旅行、他的友谊、他的介入、他的战斗……不单纯是这些作品传统的背景,而是整体创作的一部分。

纪德一生的经历,不是一出选择剧,而是所有实验选择组合为一体的演出,在所谓真实的人生中,或者在想象与创作的层面上,同时或者相继进行:"选择,在我看来,即非选定,也不是摒弃我没有选定的。——我的头脑,优先做的是安排。然而我的心,不忍心把任何东西丢到门外。"(一种没有先入为主的精神)

多少名家怀着一颗破碎的心灵离世。而纪德则说:"我的心灵是开在十字路口的客栈。"生也善生,死也善死。从生到死,始终保持一颗完整的心灵。生前好友罗杰·马尔丹·杜·伽尔写道:"应该心领神会,无限感激他善终,死而无憾。"纪德既不枉生,也不枉死,留下他最宝贵的完整希望的心声。

对纪德一生的评价，最公允、最诚恳、最感人、最深刻的一篇，应是诺贝尔文学奖的授奖词，在此择译下来几段，与书友一起品味：

这位在今天得到诺贝尔奖荣誉的七十八岁的作家，一直是个充满争议的人物。他从写作生涯开始，就把自身置于心灵焦虑播种者先驱行列，但这并不妨碍他几乎在各个地域，都被纳入法国第一流的文学人物，也不妨碍他享受几个世纪以来广为流传而未尝稍懈的影响的滋养……他的创作勾画出了欧洲精神史上一个非常重要的时代，构成了他漫长生命的戏剧性基础。有人也许会问：这种创作的重要性和真正价值，为什么至今才认识呢？原因在于安德烈·纪德无疑属于这样一类作家，要对他们做出真正的评价，就必须长时间地透视，必须有三段辩证过程的足够空间。与他同时代的任何人相比，纪德都更有可比性……他不断地在两极活动，只为撞击出闪亮的火花。这也就是为什么，他的创作永不间断地呈现对话的外观。而在这种对话中，信仰一直反抗着怀疑，苦行主义反抗着对生活的热爱，戒律反抗着对生活的需求。就连他的外在生活也是多变不定的：他于一九二七年（应是《刚果之行》的出版时间）去刚果，于一九三六年去苏联的著名出访等，略举数例就足以证明，他不愿意让人把他纳入文学界喜欢宁静的深居简出者之列。

……他的敌人经常误解的一个概念，就是他那著名的"非道德主义"。事实上，这个概念是指自由的行动，"无缘无故的行为"，指从良知的一切压抑下得到的解放，类似于美国遁世者梭罗所表达的那样："最坏者莫过于做自己灵魂的奴役犯了。"应该永远记住，纪德并不认为缺乏一般公认的道德规范就是一种美德……

（卢梭和纪德）这些传略的意义，是从代表人格的、神秘的《圣经》引语"种子"里得到的启示：种子只有付出死亡和嬗变的代价，才能获得新生，生长并结出果实。纪德写道："我认为，并不存在审视道德的问题，也不存在面对这个问题采取某种行动的方式……实际上，我曾经希望将这一切，将最纷繁多样的观点调和起来，方法是不排除任何东西，干脆把酒神和日神的对抗托付给基督去解决。"这种说法阐明了，纪德因而饱受诟病和误解的心智活动的复杂性，但他从未因为这种复杂性而背叛自己。他的哲学具有一种不惜任何代价争取新生的倾向，而且一向能够唤出那只神奇的凤凰，从那火焰四射的凤巢里，猛然开始新的腾飞。

他的创作，通过几乎是无与伦比的大胆自白，谱写了一些类似挑衅性撩逗篇章，他希望抨击法利赛人；但是，在这场斗争中，却实在难免使人性中某些十分脆弱的规范受到震惊。我们必须永远记住，这种行为方式是激切热爱真理的一种形式，自从蒙田与卢梭以来，便一直是法国文学的格言。纪德成长的各个阶段，都是以文学正直完善的真正维护者出现的。而这种文学的正直完善，则建立在坚定不移地诚实表现其全部问题的人格权利和义务之上。从这一点来看，他在众多方式中表现出激发文学的活动，无疑呈现出了一种理想主义价值。

二〇二二年十月十八日
于北京翰澜庭

背徳者

天主啊,我颂扬你,
是你把我造就成如此卓异之人。

《诗篇》①第139篇,14句

---

① 亦译《圣咏集》,《圣经·旧约》中的一卷,共150篇。

我给予本书以应有的价值。这是一个尽含苦涩渣滓的果实，宛似荒漠中的药西瓜。药西瓜生长在石灰质地带，吃了非但不解渴，口里还会感到火烧火燎，然而在金色的沙上却不乏瑰丽之态。

我若是把主人公当作典范，那就得承认很不成功；即使少数几个人对米歇尔的这段经历感兴趣，也无非是疾恶如仇，要大义凛然地谴责他。我把玛丝琳写得那么贤淑并非徒劳；读者不会原谅米歇尔把自己看得比她还重。

我若是把本书当作对米歇尔的起诉状，同样也不会成功；因为，谁对主人公产生义愤也不肯归功于我。这种义愤，似乎是违背我的意志而产生的，而且来自米歇尔及我本人；只要稍有可能，人们还会把我同他混为一谈。

本书既不是起诉状，也不是辩护词，我避免下断语。如今公众不再宽恕作者描述完情节而不表明赞成还是反对；不仅如此，甚至在故事进行之中，人们就希望作者表明态度，希望他明确表示赞成阿尔赛斯特还是菲兰特[①]，赞成哈姆莱特还是奥菲莉亚，赞成浮士德还是玛格丽特，赞成亚当还是耶和华。我并不断言中立性（险些说出模糊性）是一位巨匠的可靠标志；但是我相信，不少巨匠十分讨厌……下结论，准确地提出一个问题，也并不意味着推定它早已解决了。

我在此使用"问题"一词也是违心的。老实说，艺术上无问题可言，艺术作品也不足以解决问题。

---

① 法国古典主义戏剧家莫里哀的诗剧《恨世者》中的人物。

如果把"问题"理解为"悲剧",那么我要说,本书叙述的悲剧,虽然在主人公的灵魂中进行,也还是太普通,不能限定在他个人的经历中。我无意标榜自己发明了这个"问题",它在成书之前就已存在;不管米歇尔告捷还是败绩,这个"问题"依然存在,作者也不拟议胜败为定论。

如果几位明公只肯把这出悲剧视为一个怪现象的笔录,把主人公视为病人;如果他们未曾看出主人公身上具有某些恳切的思想与非常普遍的意义,那么不能怪这些思想或这出悲剧,而应当怪作者,我是说应当怪作者的笨拙,尽管作者在本书中投进了全部热情、全部泪水和全部心血。然而,一部作品的实际意义和一朝一夕的公众对它的兴趣,这两件事毕竟大相径庭。宁可拿着好货而无人问津,也不屑于哗众取宠,图一时之快;我以为这样考虑算不上自命不凡。

眼下,我什么也不想证明,只求认真绘制,并为这一画幅配好光亮色彩。

献给　亨利·盖翁

他的真挚伙伴

安.纪.

（致内阁总理 D.R 先生的信）

西迪贝·姆　189× 年 7 月 30 日

是的，你猜得不错，我亲爱的兄弟，米歇尔对我们谈了。这就是他的叙述。你要看看，我也答应了你；不过，要寄走的当儿，我又迟疑了；重新读来，我越往下看，越觉得可怕。啊！你会怎样看我们的朋友呢？再说，我本人又如何看呢？难道我们把他一棍子打死，否认他残忍的性情会改好吗？恐怕如今不止一个人敢于承认在这篇叙述里可以看到自己的影子，人们是设法发挥这种人的聪明才智还是轻易拒绝让他们享有公民权利呢？

米歇尔对国家能有什么用？不瞒你说我不知道……他应当有个差使。你才德出众，身居高位，又握着大权，能给他找个差使吗？——从速解决。米歇尔忠于职守，现在依然；过不了多久，他就要只忠于他自己了。

我是在湛蓝的天空下给你写信的。我和德尼、达尼埃尔来了十二天，这儿响晴薄日，没有一丝云彩。米歇尔说两个月来碧空如洗。

我既不忧伤也不快乐。这里的空气使我们心里充满一种无名的亢奋，进入一种似乎无苦无乐的状态；也许这就是幸福吧。

我们守在米歇尔身边，不愿意离去；你若是看了这些材料，就会明白其中的缘故了。我们就是在这里，在他的居所等待你回信；不要拖延。

你也知道，德尼、达尼埃尔和我，上中学时就跟米歇尔关系密切，后来我们的友谊逐年增长。我们四人之间订了某种协定：哪个一发出呼唤，另外三人就要响应。因此，我一收到米歇尔的神秘的呼叫，立即通知达尼埃尔和德尼，我们三个丢下一切，马上启程。

我们有三年没见到米歇尔。当时他结了婚，携妻子旅行，上次他们经过巴黎时，德尼在希腊，达尼埃尔去了俄国，而我呢，你也知道，我正守护着我们染病的父亲。当然，我们还是互通音信；西拉和维尔又见过他，他俩告诉我们的情况使我们大为诧异。我们一时还解释不了。今非昔比，从前他是个学识渊博的清教徒，由于过分笃诚而举止笨拙，眼睛极为明净；面对他那目光，我们过于放纵的谈话往往被迫停下来。从前他……他的记述中都有，何必还向你介绍呢？

德尼、达尼埃尔和我听到的叙述，现在原原本本地寄给你。米歇尔是在他住所的平台上讲的，我们都在他旁边，有的躺在暗影里，有的躺在星光下。讲完的时候，我们望见平原上晨光熹微。米歇尔的房子，以及相距不远的村庄，都俯临着平原。庄稼业已收割，天气又热，这片平原真像沙漠。

米歇尔的房子虽然简陋古怪，却不乏魅力。冬天屋里一定很冷，因为窗户上没安玻璃；或者干脆说没有窗户，只有墙上的大洞。天气好极了，我们到户外躺在凉席上。

我还要告诉你，我们一路顺风，傍晚到达这里，因为天气炎热而感到十分劳顿，可是新鲜景物又使我们沉醉。我们在阿尔及尔只做短暂停留，便去君士坦丁。从君士坦丁再乘火车，直达西迪贝·姆，那里有一辆马车等候。离村子很远公路就断了。就像奥姆布里①地区的一些村镇那样,这座村庄斜卧在岩山坡上。我们徒步上山,箱子由两头骡子驮着。从这条路上去,村子的头一栋房子便是米歇尔的住宅。有一座隔着矮墙,或者说圈着围墙的花园,里面长着三棵弯弯曲曲的石榴树、一棵挺拔茂盛的欧洲夹竹桃。一个卡比尔人②小孩正在那儿,他见我们走近,便翻墙逃之夭夭。

  米歇尔见到我们并无快乐的表示,他很随便,似乎害怕流露出任何感情;不过,到了门口,他就表情严肃地挨个同我们三人拥抱。

  直到天黑,我们也没有交谈十句话。晚餐摆在客厅里,几乎是家常便饭,客厅的豪华装饰却令我们惊异,不过,你看了米歇尔的叙述就会明白。吃完饭,他亲手给我们烧咖啡喝。然后,我们登上平台,这里视野开阔,一望无际。我们三人好比约伯③的三个朋友,一边等待着,一边观赏火红的平原上白昼倏然而逝的景象。

  等到夜幕降临,米歇尔便讲了起来:

---

① 意大利中部地区。
② 居住在阿尔及利亚的柏柏尔人。
③ 《圣经》中人物,他具有隐忍精神,经受住了神的考验。

第一部

第一章

　　亲爱的朋友，我知道你们都忠于友谊。你们一召即来，正如我听到你们的呼唤就会赶去一样。然而，你们已有三年没有见到我。你们的友谊经受住了久别的考验，但愿它也能经受住我此番叙述的考验。我之所以突然召唤你们，让你们长途跋涉来到我的住所，就是要同你们见见面，要你们听我谈谈。我不求什么救助，只想对你们畅叙。因为我到了生活的关口，难以通过了。但这不是厌倦，只是我自己难以理解。我需要……告诉你们，我需要诉说。善于争得自由不算什么，难在善于运用自由。——请允许我谈自己；我要向你们叙述我的生活，随便谈来，既不缩小也不夸大，比我讲给自己听还要直言不讳。听我说吧：

　　记得我们上次见面，是在昂热郊区的农村小教堂里，我正举行婚礼。宾客不多，但都是挚友，因此，那次普通的婚礼相当感人。我看出大家很激动，自己也激动起来。从教堂出来，你们又到新娘家里，同我们用了一顿快餐。然后，我们登上租车出发了；我们的思想依然随俗，认为结婚必旅行。

　　我很不了解我妻子，想到她也同样不了解我，心中并不十分难过。我娶她时没有感情，主要是遵奉父命；父亲病势危殆，只有一事放心不下，怕把我一人丢在世上。在那伤痛的日子里，我念着弥留的父亲，一心想让他瞑目于九泉，就这样完成了终身大事，却不清楚婚后生活究竟如何。在奄奄一息的人床头举行订婚仪式，自然没有欢笑，但也不乏深沉的快乐，我父亲是多么欣慰啊。虽说我不爱我的未婚妻，但至少我从未爱过别的女人。在我看来，这就足以确保我们的美满生活。我对自己还不甚了了，却以为把身心全部献给她了。玛丝琳也是孤儿，同两个兄弟相依为命。她刚到二十岁，我比她大四岁。

我说过我根本不爱她，至少我对她丝毫没有所谓爱情的那种感觉；不过，若是把爱理解为温情、某种怜悯以及理解敬重之心，那我就是爱她了。她是天主教徒，而我是新教徒……其实，我觉得自己简直不像个教徒！神父接受我，我也接受神父：这事万无一失。

如别人所称，我父亲是"无神论者"；至少我是这样推断的，我从未能同他谈谈他的信仰，这在我是由于难以克服的腼腆，在他想必也如此。我母亲给我的胡格诺①教派的严肃教育，同她那美丽的形象一起在我心上渐渐淡薄了；你们也知道我早年丧母。那时我还想象不到，童年最初接受的道德是多么紧紧地控制我们，也想象不到它给我们思想留下什么影响。母亲向我灌输原则的同时，也把这种古板严肃的作风传给了我，我全部贯彻到研究中去了。我十五岁时丧母，由父亲扶养；他既疼爱我，又向我传授知识。当时我已经懂拉丁语和希腊语，跟他又很快学会了希伯来语、梵文，最后又学会了波斯语和阿拉伯语。将近二十岁，我学业大进，以至他都敢让我参加他的研究工

---

① 16世纪至18世纪，法国天主教派对加尔文教派的称呼。

作。还饶有兴趣地把我当作平起平坐的伙伴,并力图向我证明我当之无愧。以他名义发表的《漫谈弗里吉亚人的崇拜》,就是出自我的手笔,他仅仅复阅一遍。对他来说,这是最大的赞扬。他乐不可支,而我看到这种肤浅的应景之作居然获得成功,却不胜惭愧。不过,从此我就有了名气。学贯古今的巨擘都以同仁待我。现在我可以含笑对待别人给我的所有荣誉……就这样,到了二十五岁,我几乎只跟废墟和书籍打交道,根本不了解生活;我在研究中消耗了罕见的热情。我喜欢几位朋友(包括你们),但我爱的是友谊,而不是他们;我对他们非常忠诚,但这是对高尚品质的需求;我珍视自己身上每一种美好情感。然而,我既不了解朋友,也不了解自己。我本来可以过另一种生活,别人也可能有不同的生活方式,这种念头就没有在我的头脑里闪现过。

我们父子二人布衣粗食,生活很简朴,花销极少,以至我到了二十五岁,还不清楚家道丰厚。我不大想这种事,总以为我们只是勉强维持生计。我在父亲身边养成了节俭的习惯,后来明白我们殷实得多,还真有点难堪之感。我对这类俗事很不经意,甚至父亲去世之后,我作为唯一的继承人,也没有多少弄清自己的财产,直到签订婚约时才恍然大悟,同时发现玛丝琳几乎没有带来什么嫁妆。

还有一件事我懵然不知,也许它更为重要:我的身体弱不禁风。如果不经受考验,我怎么会知道呢?我时常感冒,也不认真治疗。我的生活过于平静,这既削弱又保护了我的身体。反之,玛丝琳倒显得挺健壮;不久我们就认识到,她的身体的确比我好。

花烛之夜，我们就睡在我在巴黎的住所；早已有人收拾好两个房间。我们在巴黎仅仅稍事停留，买些必需的东西，然后去马赛，再换乘航船前往突尼斯。

那一阵急务迭出，头绪纷繁，弄得人头昏目眩，为父亲服丧十分悲痛，继而办喜事又免不了心情激动，这一切使我精疲力竭。上了船，我才感到劳累。在那之前，每件事都增添疲劳，但又分散我的精神。在船上一闲下来，思想就活动开了。有生以来，这似乎是头一回。

我也是头一回这么长时间脱离研究工作。以往，我只肯短期休假。当然几次旅行时间稍长些。一次是在我母亲离世不久，随父亲去西班牙，历时一个多月；另外一次去德国，历时一个半月；还有几次，都是工作旅行。旅行中，父亲的研究课题十分明确，从不游山玩水；而我呢，只要不陪同他，我就捧起书本。然而这次，我们刚一离开马赛，格拉纳达和塞维利亚①的种种景象就浮现在我的脑海，那里天空更蓝，树荫更凉爽，那里充满了欢歌笑语，像节日一般。我想，此行我们又要看到这些了。我登上甲板，目送马赛渐渐离去。

继而，我猛然想起，我有点丢开玛丝琳不管了。

她坐在船头，我走到近前，第一次真正看她。

玛丝琳长得非常美。这你们是知道的，你们见到过她。悔不该当初我没有发觉。我跟她太熟了，难以用新奇的目光看她。我们两家是世交；我是看着她长大的，对她的如花容貌早已习以为常……我第一次感到惊异，觉得她太秀美了。

她头戴一顶普通的黑草帽，任凭大纱巾舞动。她一头金发，但并

---

① 西班牙的两个地方。

不显得柔弱。裙子和上衣的布料相同，是我们一起挑选的苏格兰印花细布。我自己服丧，却不愿意她穿得太素气。

她觉出我在看她，于是朝我回过身来……直到那时，我对她的殷勤态度很勉强，好歹以冷淡的客气代替爱情；我看得出来，这使她颇为烦恼。此刻，玛丝琳觉察出我头一回以不同的方式看她吗？她也定睛看我，接着极为温柔地冲我微笑。我没有开口，在她身边坐下。直到那时，我为自己生活，至少按照自己的意志生活。我结了婚，但仅仅把妻子视为伙伴，根本没考虑我的生活会因为我们的结合而发生变化。这时我才明白独角戏到此结束。

甲板上只有我们二人。她把额头伸向我，我把她轻轻搂在胸前；她抬起眼睛，我亲了她的眼睑。这一吻不要紧，我猛地感到一种新的怜悯之情油然而生，充塞我的心胸，不由得热泪盈眶。

"你怎么啦？"玛丝琳问我。

我们开始交谈了。她的美妙话语使我听得入迷。从前，我根据观察而产生成见，认为女人愚蠢。然而，那天晚上在她身边，倒是我觉得自己又笨又傻。

这样说来，我与之结合的女子，有她自己真正的生活！这个想法很重要，以至那天夜里，我几次醒来，几次从卧铺上支起身子，看下面卧铺上我妻子玛丝琳的睡容。

翌日天朗气清，大海近乎平静。我们慢悠悠地谈了几句话，拘束的感觉又减少了。婚姻生活真正开始了。十月最后一天的早晨，我们在突尼斯下船。

我只打算在突尼斯小住几天。我向你们谈谈我这愚蠢想法：在这个我新踏上的地方，只有迦太基和罗马帝国的几处遗址引起我的兴趣，诸如奥克塔夫向我介绍过的梯姆戈、苏塞的镶嵌画建筑，尤其是杰姆的古剧场，我要立即赶去参观。首先要到苏塞，从那里再改乘驿车；但愿这一路没有什么可参观的景物。

然而，突尼斯使我大为惊奇。我身上的一些部位、一些尚未使用的沉睡的官能，依然保持着它们神秘的青春，一接触新事物，它们就感奋起来。我主要不是欣喜，而是惊奇，愕然；我尤为高兴的是，玛丝琳快活了。

不过，我日益感到疲惫，但不挺住又觉得难为情。我不时咳嗽，不知何故，上半胸闹得慌。我想我们南下，天气渐暖，我的身体会好起来。

斯法克斯的驿车晚上八点钟离开苏塞，半夜一点钟经过杰姆。我们订了前车厢的座位，料想会碰到一辆不舒适的简陋的车；情况却相反，我们乘坐的车还相当舒适。然而寒冷！……我们两个相信南方温暖的气候，都穿得非常单薄，只带一条披巾，幼稚可笑到了何等地步？刚一出了苏塞城和它的山丘屏障，风就刮起来。风在平野上蹿跳，怒吼，呼啸，从车门的每条缝隙钻进来，防不胜防。到达时我们都冻僵了，我还由于旅途颠簸，十分劳顿，咳得厉害，身体更加支持不住了。这一夜真惨！——到了杰姆，没有旅店，只有一个破烂不堪的堡[①]权当歇脚之处，怎么办呢？驿车又启程了。村子的各户人家都已睡觉；夜仿佛漫漫无边，废墟的怪状隐约可见；犬吠声此呼彼应。

[①] 北非的一种建筑物，可做住房、商队客店或堡垒。

我们还是回到土垒的厅里，里边放着两张破床；不过，在厅里至少可以避风。

次日天气阴晦。我们出门一看，不禁大吃一惊，只见天空一片灰暗。风一直未停，只是比昨夜小了些。驿车到傍晚才经过这里……跟你们说，这一天实在凄清；古剧场一会儿就跑完了，相当扫兴；在这阴霾的天空下，我甚至觉得它很难看。也许是疲惫的缘故，我感到特别无聊。想找找碑文也是徒劳，将近中午就无事可干，我废然而返。玛丝琳在避风处看一本英文书，幸好她带在身边。我回来，挨着她坐下。

"多愁惨的一天！你不觉得十分无聊吗？"我问道。

"不，你瞧，我看书呢。"

"我们到这里来干什么呢？你总算不冷吧。"

"不太冷。你呢？真的！你脸色刷白。"

"没事儿……"

晚上，风刮得又猛了……驿车终于到来。我们重又赶路。

在车上刚颠了几下，我就感到身子散了架。玛丝琳非常困乏，倚着我的肩头很快睡着了。我心想咳嗽别把她弄醒了，于是轻轻地、轻轻地移开，扶她偏向车壁。然而，我不再咳嗽了，却开始咯痰；这是新情况，咯出来并不费劲，间隔一会儿咯一小口，感觉很奇特，起初我几乎挺开心，但嘴里留下一种异味，我很快又恶心起来。工夫不大，我的手帕就用不得了，还沾了一手。要叫醒玛丝琳吗？……幸而想起有一条长巾披在她的腰带上，我轻轻地抽出来。痰越咯越多，再也止不住了，咯完感到特别轻松，心想感冒快好了。可是突然，我觉得浑身无力，头晕目眩，好像要昏倒。要叫醒她吗？……唉！算了!……(想来从童年起,我就受清教派的影响,始终憎恨任何因为软弱而自暴自弃的行为,并立即把那称为怯懦。)我振作一下,抓住点东西,终于控制住眩晕……只觉得重又航行在海上,车轮的声音变成了浪涛声……不过,我倒停止咯痰了。

继而,我昏昏沉沉,打起瞌睡来。

当我醒来的时候,已经满天曙光了。玛丝琳依然沉睡。快到站了。我手中拿的长巾黑乎乎的,一时没看出什么来,等我掏出手帕一看,不禁傻了眼,只见上面满是血污。

我头一个念头是瞒着玛丝琳。可是,怎么才能不让她看到吐的血呢?——浑身血迹斑斑,现在我看清楚了,到处都是,尤其手指上……真像流了鼻血……好主意;她若是问起来,我就说流了鼻血。

玛丝琳一直睡着。到站了。她先是忙着下车,什么也没看到。我们预订了两间客房。我趁机冲进我的房间,把血迹洗掉了。玛丝琳什么也没有发现。

但是,我身体十分虚弱,吩咐伙计给我们俩送上茶点。她脸色也有点苍白,但非常平静,笑盈盈地斟上茶,我在一旁不禁气恼,怪她不留心,视若无睹。当然,我也觉得自己失于公正,心想是我掩盖得好,才把她蒙在鼓里。这样想也没用,气儿就是不顺,它像一种本能似的在我身上增长,侵入我的心……最后变得十分强烈;**我**再也忍不住了,仿佛漫不经心地对她说道:

"昨天夜里我吐血了。"

她没有惊叫,只是脸色更加苍白,身子摇晃起来,本想站稳,却一头栽倒在地板上。

我疯了一般冲过去：玛丝琳！玛丝琳！——真要命！我怎么的了！我一个人病了还不够吗？——刚才我说过，我身体非常虚弱，几乎也要昏过去。我打开门叫人，伙计跑来。

我想起箱子里有一封引荐信，是给本城一位军官的；我就凭着这封信，派人去请军医。

不过，玛丝琳倒苏醒过来；现在，她俯在我的床头，而我却躺在床上烧得发抖，军医来了，检查了我们两人的身体；他明确说，玛丝琳没事，跌倒时没有伤着；至于我，病情严重；他甚至不愿意说是什么病，答应傍晚之前再来。

军医又来了，他冲我微笑，跟我说了几句话，给了我好几种药。我明白他认为我的病治不好了。——要我以实相告吗？当时我没有惊跳。我非常疲倦，无可奈何，只好坐以待毙。——"说到底，生活给了我什么呢？我兢兢业业工作到最后一息，坚决而满腔热忱地尽了职。余下的……哼！跟我有什么关系？"我心中暗道，觉得自己一生清心寡欲，值得称道。只是这地方太简陋。"这间客房破烂不堪"，我环视房间。我猛然想道：在隔壁同样的房间里，有我妻子玛丝琳；于是，我听见她说话的声音。大夫还没有走，正同她谈话，而且尽量把声音压得很低。过了一会儿，我大概睡着了。

等我醒来的时候，玛丝琳在我身边。我一看就知道她哭过。我不够热爱生活，因此不吝惜自己。只是这地方简陋。我看着别扭。我的目光几乎带着快感，落在她的身上。

现在，她在我身边写东西。我觉得她很美。我看见她封上好几封信。然后她起身走到我的床前，温柔地抓住我的手。

"你现在感觉怎么样？"她问道。我微微一笑，忧伤地说："我能治好吗？"她立即回答："治得好呀！"她的话充满了强烈的信心，几乎使我也相信了。就像模糊感到生活的整个前景和她的爱情一样，我眼前隐约出现万分感人的美好幻象，以至泪如泉涌。我哭了许久，既不能也不想控制自己。

玛丝琳真令人钦佩，她以多么炽烈的爱才劝动我离开苏塞，从苏塞到突尼斯，又从突尼斯到君士坦丁……她扶持，疗救，守护，表现得多么亲热体贴！后来到比斯克拉病才治愈。她信心十足，热情一刻未减，安排行程，预订客房，事事都做好准备。唉！要使这趟旅行不太痛苦，她却无能为力。有好几回我觉得不能再走，要一命呜呼了。我像垂危的人一样大汗不止，喘不上气来，有时昏迷过去。第三天傍晚到达比斯克拉，我已经奄奄一息了。

第二章

为什么谈最初的日子呢？那些日子还留下什么呢？只有无声的惨痛的记忆。当时我已不明白自己是何人，身在何地。我眼前只浮现一个景象：我生命垂危，病榻上方俯身站着玛丝琳，我的妻子，我的生命。我知道完全是她的精心护理、她的爱把我救活了。终于有一天，犹如迷航的海员望见陆地一样，我感到重现一道生命之光；我能够冲玛丝琳微笑了。为什么叙述这些情况呢？重要的是，拿一般人的说法，死神的翅膀碰到了我。重要的是，我十分惊奇自己还活着，并且出乎我的意料，世界变得光明了。我心想，从前我不明白自己在生活。这回要发现生活，我的心情一定非常激动。

　　终于有一天，我能起床了。我完全被我们这个家给迷住了。简直就是一个平台。什么样的平台啊！我的房间和玛丝琳的房间都对着它。它往前延伸便是屋顶。登在最高处，望见房屋之上是棕榈树，棕榈树之上是沙漠。平台的另一侧连着本城的花园，并且覆着花园边上金合欢树的枝叶；最后，它沿着一个庭院，到连接它与庭院的台阶为止。小庭院很齐整，匀称地长着六棵棕榈树。我的房间非常宽敞，白粉墙一无装饰；有一扇小门通玛丝琳的房间，一道大玻璃对着平台。

　　一天天不分时日，在那里流逝。我在孤寂中，有多少回重睹了这些缓慢的日子！……玛丝琳守在我的身边，或看书，或缝纫，或写字。我则什么也不干，只是凝视她。玛丝琳啊！玛丝琳！……我望着，看见太阳，看见阴影，看见日影移动；我头脑几乎空白，只有观察日影。我仍然很虚弱，呼吸也非常困难；做什么都累，看看书也累；再说，看什么书呢？存在本身，就足够我应付的了。

　　一天上午，玛丝琳笑呵呵地进来，对我说：

　　"我给你带来一个朋友。"于是我看她身后跟进来一个褐色皮肤的阿拉伯儿童。他叫巴齐尔，一对大眼睛默默地瞧着我。我有点不自在，这种感觉就已经劳神；我一句话不讲，显出气恼的样子。孩子看见我态度冷淡，不禁慌了神儿，朝玛丝琳转过去，偎在她身上，拉住她的手，拥抱她，露出一对光着的胳膊，那动作就像小动物一样亲昵可爱。我注意到，在那薄薄的白色无袖长衫和打了补丁的斗篷里面，他是完全光着身子的。

"好了！坐在那儿吧，"玛丝琳见我不自在，就对他说，"乖乖地玩吧。"

孩子坐到地上，从斗篷的风帽里掏出一把刀，拿着一块木头削起来。我猜想他是要做个哨子。

过了一会儿，我在他面前不再感到拘束了，便瞧着他。他仿佛忘记了自己在什么地方。他光着两只脚，脚腕手腕都很好看。他使用那把破刀灵巧得逗人。真的，我会对这些发生了兴趣吗？他的头发理成阿拉伯式的平头；戴的小圆帽很破旧，流苏的地方只有一个洞。无袖长衫垂下一点儿，露出娇小可爱的肩膀。我真想摸摸他的肩膀。我俯过身去；他回过头来，冲我笑笑。我示意他把哨子给我，我接过来摆弄着，装作非常欣赏。现在他要走了。玛丝琳给了他一块蛋糕，我给了两个铜子。

次日，我第一次感到无聊；我期待着；期待什么呢？我觉得无事可干，心神不宁。我终于憋不住了：

"今天上午，巴齐尔不来了吗，玛丝琳？"

"你要见他，我这就去找。"

她丢下我，出去了，一会儿工夫又只身回来。疾病把我变成什么样子了？看到她没有把巴齐尔带来，我伤心得简直要落泪。

"太晚了，"她对我说，"孩子们放了学都跑散了。要知道，有些孩子真可爱。我想现在他们都认识我了。"

"至少想法明天让他来。"

次日，巴齐尔又来了。他还像前天那样坐下，掏出刀来，要削一个硬木块，可是木头没削动，拇指倒割了个大口子。我吓得一抖，他却笑起来，伸出亮晶晶的刀口，瞧着流血很好玩。他一笑，就露出雪白的牙齿；他津津有味地舔伤口。啊！他的身体多好啊！这正是他身上使我着迷的东西：健康。这个小躯体真健康。

第二天，他带来一些弹子，要我一起玩。玛丝琳不在，否则会阻止我。我犹豫不决，看着巴齐尔；小家伙抓住我的胳膊，把弹子放在我的手里，非要我玩不可。我一弯腰就气喘吁吁，但我还是撑着跟他玩。我非常喜爱巴齐尔高兴的样子。最后，我支持不住了，已经汗流浃背，扔下弹子，一下子倒在沙发上。巴齐尔有点惊慌地看着我。

"病啦？"他亲热地问道，那声音美妙极了。玛丝琳回来了。

"把他领走吧，今天上午我累了。"我对她说。

几小时之后，我又咯了一口血。我正在平台上步履沉重地散步；玛丝琳在她房间里干活，好在她什么也没有看见。当时我气喘，就深呼了一口气，突然上来了，满嘴都是……但不像初期那样咯鲜血，这回是一个肮脏的大血块，我恶心地吐在地上。

我跟跄了几步，心里七上八下，浑身发抖，非常担心，又非常恼火。在这以前，我认为病会一步步好起来，只要等待痊愈就行了。这一突然变故又把我抛向后边。怪哉，最初咯血的时候，我没有这样害怕过；记得我那时候几乎是平静的。现在怕从何来，恐惧从何而来呢？是了，唉！我开始热爱生活了。

我反身回去，弯着腰，找到了我咯的血，用一根草茎挑起来，放在我的手帕上，仔细瞧瞧。这是一摊发黑的肮脏的血，黏糊糊的，看着真恶心。我想到巴齐尔的鲜红鲜红的血。我突然产生一种欲望，一种渴求，产生一种从未有过的强烈而急切的念头：活下去！我要活下去，我要活下去。我咬紧牙，握紧拳头，发狂地，懊恼地集中全身力气走向生活。

这次咯血的前一天，我收到 T 的一封信：信中回答了玛丝琳担心的问题，满篇都是治疗方法，还附来几本医学普及读物和一本更加专业的书；我觉得这本专著更加严肃些。我漫不经心地浏览一遍信，根本没看印刷品；首先因为，这些小册子很像童年时大量塞给我的道德小读物，引不起我的好感，其次因为所有这些建议令我心烦；再说，我认为《结核患者手册》《结核病实践治疗法》之类的书，并不符合我的病情。我认为自己没有患结核病。我情愿把最初的咯血归咎于别种原因，或者老实说，我根本不找原因，回避想这事，也不大考虑，断定自己即或不是痊愈，至少也快要治好了……现在我看了信，又手不释卷地读了那本书和小册子。犹如大梦初醒，我猛然感到我的治疗不得法。在此之前，我得过且过，完全抱着不切实际的希望。现在我猛然感到自己的生命遭受打击，它的中心受了重创。众多之敌在我身上积极活动。我谛听，我窥视，我感觉到了，但不经过搏斗是战胜不了的……我还低声补充一句："这是意志问题。"就好像为了使自己更加信服似的。

我的心理进入了敌对状态。

天色渐晚，我制订了自己的战略。在一段时间内，我研究的唯一目的，就是要治好病；我的义务，就是恢复身体健康。只要对我身体有益的，就说好称善；凡是不利于治病的，全部忘掉丢开。晚饭前，就呼吸、活动、饮食几方面，我已做出了决定。

我们是在一个小亭子里用餐,周围平台环绕,远离尘嚣,安安静静,两人单独吃饭,的确富有情趣。一名老黑人从附近一家饭店给我们送来能够将就的饭菜。玛丝琳管订菜,要这盘,不要那盘……我平时不大觉得饿,缺什么菜,订的菜不够,我也不怎么在意。玛丝琳食量小,不知道,也没有察觉我不够吃。在我的所有决定里,多吃是首要的一条。我打算这天晚上就付诸实践,不料无法实行。订的不知道是什么菜汤,无法下咽,还有烤肉,火候太过,简直拿人开玩笑。

我火冒三丈,把气撒在玛丝琳身上,冲她讲了一大通难听的话。我指责她;听我那口气,仿佛她早就应当感到,菜做得不好的责任在她。我刚刚采用了饮食法,就推迟实行,这小小的延误后果极为严重;我把前些日子的情况置于脑后,认为少这一餐,身体就垮了。我固执己见。玛丝琳只好进城去买罐头、随便什么肉糜。

时间不长,她就买回来一小罐。我狼吞虎咽,几乎全吃光了,仿佛要向我们两人证明,我需要多吃些。

当天晚上,我们商量决定,伙食要大大改善,也要增加数量:每三小时一餐,早晨六点半就开第一餐。饭店的菜太一般,要大量添加各种各样的罐头食品……

这天夜里我难以成眠,完全沉醉在新的疗效的预感中。想来我有点发烧,正好身边有一瓶矿泉水;我喝了一杯,两杯,第三次干脆对着瓶口,把剩下的一气喝光。我重温了一下决心干的事,就像复习功课一样;我要学会使用敌意去对付任何事情;我必须同一切搏斗:我只有自己救自己。

最后，我望见夜空发白，快亮天了。

这是我重大行动的准备之夜。

次日是星期天。必须承认，我一直没有过问玛丝琳的宗教信仰，是漠不关心还是碍于面子，反正我觉得这与己无关，我也根本不重视。等她回来我听说，她为我祈祷了。我定睛看了她一会儿，然后口气尽量温和地说：

"不必为我祈祷，玛丝琳。"

"为什么？"她颇为不安地问道。

"我不喜欢寻求保护。"

"你拒绝天主的保佑？"

"事后，他就要我感恩戴德。这样就得报恩，我可不愿意。"

我们表面上在说笑，但谁心里都明白我们这话的重要性。

"可怜的朋友，单靠自己，你治不好。"她叹道。

"治不好也认了……再说，"我见她神色黯然，口气就缓和一点儿补充道，"你帮助我呀。"

第三章

我还要长时间地谈论我的身体。我要大谈特谈；你们乍一听，准会以为我忘掉了精神方面。在这个叙述中，这种疏忽是有意的：当时在那儿也是实际情况。我没有足够气力维持双重生活，心想精神和其余的事，等我病好转再考虑不迟。

我的身体还远远谈不上好转。动不动就出虚汗,动不动就着凉。如同卢梭讲的这样,我"呼吸短促";有时发低烧,早晨一起来就常常疲惫不堪;于是我蜷缩在扶手椅里,对一切都漠然,只顾自己,一心想呼吸顺畅些。我艰难地、小心地、有条理地吸气,呼气时总有两声震颤,我以多大毅力也不能完全憋住,后来很长一段时间,我只有非常注意才能避免。

不过,我最头疼的是,我的病体对气温的变化非常敏感。今天想来,我认为是病上加病,整个神经紊乱了;我找不出别种解释,因为那一系列现象,仅仅当成结核病状是说不通的。我不是感到太热,就是感到太冷;添加衣服到了可笑的程度,一不打寒战,就又出起虚汗;脱掉一些,一不出虚汗,就又开始打寒战。我身体有几个部位冻僵了,尽管也出汗,摸着却跟大理石一样冰凉,怎么也暖和不过来。我怕冷到了如此地步,洗脸时脚面上洒了点水,这就感冒了;怕热也是这样。这种敏感我保留下来,至今依然,不过现在却很受用,全身感到通畅舒泰。我认为任何强烈的敏感,都可以成为痛快或难受的起因,这取决于肌体的强弱。从前折磨我的种种因素,现在却使我心旷神怡。

不知道为什么直到那时,我居然把门窗关得严严的睡觉。遵照 T 的建议,我试着夜间敞着窗户;起初打开一点点,不久便大敞四开;我很快就习以为常,窗户非开着不可,一关上就透不过气来。后来,夜风月光入室接近我,我感到多么惬意啊!……

总之,我心情急切,恨不能一下子跨过初见转机的阶段。多亏了坚持不懈的护理,多亏了清新的空气和营养丰富的食品,不久我的身体就好起来。我一直怕上下台阶气喘,没敢离开平台;可是到了一月初,我终于走下平台,试着到花园里散散步。

玛丝琳拿着一条披巾陪伴我,那是下午三时许。那地方经常刮大风,有三天叫我很不舒服,这回风停了,天气温煦宜人。

这是座公园。有一条宽宽的路把公园分割成两部分,路边长着两排叫作金合欢的高大树木,树荫下安有座椅。有一条开凿的水渠,我是说渠面不宽而水很深,它几乎笔直地顺着大路流去,接着分成几条水沟,把水引向园中的花木。水很混浊,呈现土色,颜色宛似浅粉或草灰的黏土。几乎没有外国人,只有几个阿拉伯人在园中徜徉,他们一离开阳光,长衫便染上暗灰色。

我走进这奇异的树荫世界,不觉浑身一抖,有种异样的感觉,于是围上披巾;不过,我毫无不适之感,恰恰相反……我们坐到一张椅子上。玛丝琳默默不语。几个阿拉伯人从面前走过,继而又跑来一群儿童。玛丝琳认得好几个,她招招手,那几个孩子就过来了。她向我一一介绍名字,接着有问有答,嘻嘻笑,撇撇嘴,做些小游戏。我觉得有点闹得慌,又不舒服了,感到疲倦,身体汗津津的。不过,要直言的话,妨碍我的不是孩子,而是她本人。是的,有她在场,我有些拘束。我一站起身,她准会跟着起来;我一摘下披巾,她准会接过去;我又要披上的时候,她准会问:"你不是冷了吧?"还有,想跟孩子说话,当她的面我也不敢,看得出来这些孩子得到她的保护;我呢,对其他孩子感兴趣,这既是不由自主的,又是存心的。

"回去吧。"我对她说,但心里暗暗决定独自再来公园。

次日将近十点钟,她要出去办事,我便利用这个机会。小巴齐尔几乎天天上午来,他给我拿着披巾;我感到身体轻松,精神爽快。园里林荫路上几乎只有我们俩；我缓步而行，坐下歇一会儿，起身再走。巴齐尔跟在后面喋喋不休，他像狗一样又忠实又灵活。一直走到妇女来水渠洗衣服的地点；只见水流中间有一块平石，上面趴着一个小姑娘，脸俯向水面，手伸进水中，忽而抓住，忽而抛掉漂来的小树枝。她赤着脚，浸在水中，已经形成水印，水印以上的肤色显得深些。巴齐尔走上前去，同她说了两句话；她回过头来，冲我笑笑，用阿拉伯语回答巴齐尔。

"她是我妹妹。"他对我说。接着他向我解释，他母亲要来洗衣裳，他妹妹在那儿等着。她叫拉德拉，在阿拉伯语里是"绿色"的意思。他讲这番话的时候，声音悦耳清亮，十分天真，我也产生了十分天真的冲动。

"她求你给她两个铜子。"他又说道。

我给了她十苏，正要走，这时他的母亲，那位洗衣妇来了。那是个出色的丰满的女人，宽宽的额头刺着蓝色花纹，头顶着衣服篮子，酷似古代顶供品篮的少女雕像，她也像古雕像那样，身上只围着蓝色宽幅布，在腰间扎起来，又一直垂至脚面。她一看见巴齐尔，便狠狠地叱喝他。他激烈地回嘴，小姑娘也插进来，三人吵得凶极了。最后，巴齐尔仿佛认输了，向我说明今天上午他母亲需要他；他神色快快地把披巾递给我，我只好一个人走了。

我没有走上二十步，就觉得披巾重得受不了，浑身是汗，碰到椅子就赶紧坐下来。我盼望跑来个孩子，减去我这个包袱。不大工夫，果然来了一个，这是个十四岁的高个子男孩，皮肤像苏丹人一样黑，他一点也不腼腆，主动帮忙。他叫阿舒尔；若不是独眼，我倒觉得他模样挺俊。他喜欢聊天,告诉我河水从哪儿流来,它穿过公园,又冲进绿洲,而且流经整个绿洲。我听着他讲,便忘记了疲劳。不管我觉得巴齐尔如何可爱,现在我却对他太熟了,很高兴能换一个人陪我。甚至有一天,我心里决定独自来公园,坐在椅子上,等待一次巧遇。

我和阿舒尔又停了好几气儿,才走到我的门前。我很想邀他进屋,可是又不敢,怕玛丝琳说什么。

我看见她在餐室里,正照顾一个小孩子;那男孩身形瘦小,十分羸弱,乍一见,我产生的情绪不是怜悯,而是厌恶。玛丝琳有点心虚地对我说:

"这个小可怜病了。"

"至少不会是传染病吧?得了什么病?"

"我还说不准。他好像哪儿都有点疼。他法语讲得挺糟。等明天吧,巴齐尔来了可以当翻译。我让他喝了点茶。"

接着,她见我待在那儿不再吭声,就像道歉似的补充说:

"我认识他很长时间了,一直没敢让他来,怕你劳神,也许怕惹你讨厌。"

"为什么呢?"我高声说,"你若是高兴,就把你喜欢的孩子全领来吧!"我想本来可以让阿舒尔进屋,结果没敢这样做,心中有点气恼。

我注视着妻子,只见她像慈母一样温柔,十分感人;不大工夫,小孩就心里暖乎乎地走了。我说刚才去散步了,并且口气婉转地让玛丝琳明白,为什么我喜欢单独出去。

平时夜里睡觉,还常常惊醒,身体不是冷得发僵,就是大汗淋漓。这天夜里却睡得非常安宁,几乎没有醒。次日上午,刚到九点钟，我就要出去。天气晴和。我觉得完全休息过来了，毫无虚弱乏力之感，心情愉快，或者说兴致勃勃。外面风和日丽，不过，我还是拿了披巾，仿佛作为由头，好结识愿意替我拿的人。我说过，公园和我们的平台毗邻，几步路就走到了。我走进树荫覆盖的园中，顿觉心旷神怡。满天通亮。金合欢树芳香四溢，这种树先开花后发叶；然而，有一种陌生的淡淡的香味，由四面八方飘来，好像从好几个感官沁入我的体内，令我精神抖擞。我的呼吸更加舒畅，步履更加轻松；但是碰见椅子我又坐下，倒不是因为疲乏，而是因为心醉神迷。树荫活动而稀薄，并不垂落下来，仿佛刚刚着地。啊，多么明亮！——我谛听着。听见什么啦？了无；一切；我玩味每一种天籁。——记得我远远望见一棵小树，觉得树皮是那么坚硬，不禁起身走过去摸摸，就像爱抚一样，从而感到心花怒放。还记得……总之，难道是那天上午我要复生了吗？

忘记交代了，当时我独自一人，无所等待，也把时间置之度外。仿佛直到那一天，我思考极多而感受极少，结果非常惊异地发现：我的感觉同思想一样强烈。

我讲"仿佛"，因为从我幼年的幽邃中，终于醒来千百束灵光、千百种失落的感觉。我意识到自己的感官，真是又不安，又感激。是的，我的感官，从此苏醒了，整整一段历程重又发现，往昔又重新编织起来。我的感官还活着！它们从未停止过存在，甚至在我潜心研究的岁月中间，仍然显现一种隐伏而狡黠的生活。

那天一个孩子也没遇见，但是我心中释然。我从兜里掏出袖珍本《荷马史诗》，从马赛启程以来，我还没有翻开过，这次重读了《奥德赛》里的三行诗，记在心里，觉得从诗的节奏中寻到了足够的食粮，可以从容咀嚼了，便合上书本，待在那里，身心微微颤动，思想沉湎于幸福之中，真不敢相信人会如此生机勃勃。

第四章

玛丝琳见我的身体渐渐复原，非常高兴，几天来向我谈起绿洲的美妙果园。她喜欢到户外活动。在我患病期间，她正好有空闲远足，回来时还为之心醉；不过，她一直不怎么谈论，怕引起我的兴头，也要跟随前往，还怕看到我听了自己未能享受的乐趣而伤心。现在我身体好起来，她就打算用那些景物吸引我，好促使我痊愈。我也心向往之，因为我重又爱散步，爱观赏了。第二天我们就一道出去了。

她走在前头。这条路实在奇特，我在任何地方也没有见过。它夹在两堵高墙之间，好像懒懒散散地向前延伸；高墙里的园子形状不一，也把路挤得歪歪斜斜，真是九曲十八弯。我们踏上去，刚拐了个弯，就迷失了方向，不知来路，也不明去向。温暖的溪水顺着小路，贴着高墙流淌。墙是就地取土垒起来的；整片绿洲都是这种土，是一种发红或浅灰的黏土，水一冲颜色便深些，烈日一照就龟裂，在燥热中结成硬块，但是一场急雨，它又变软，地面软乎乎的，赤脚走过便留下痕迹。墙上伸出棕榈树枝叶。我们走近时，惊飞了几只斑鸠。玛丝琳瞧了瞧我。

我忘记了疲劳和拘谨，默默地走着，只感到胸次舒畅，意荡神驰，感官和肉体都处于亢奋状态。这时微风徐起，所有棕榈叶都摇动起来，我们望见最高的棕榈树略微倾斜；继而风止，整个空间复又平静，我听见墙里有笛声，于是，我们从一处墙豁进去。

这地方静悄悄的，仿佛置于时间之外，它充满了光与影，寂静与微响：流水淙淙，那是在树间流窜、浇灌棕榈的溪水，斑鸠谨慎地相呼，一个儿童的笛声悠扬。那孩子看着一群山羊，他几乎光着身子，坐在一棵砍伐了的棕榈的木墩上，看见我们走近并不惊慌，也不逃跑，只是笛声间断了一下。

在这短短的沉寂中，我听见远处有笛声呼应。我们往前走了几步，玛丝琳说道：

"没必要再往前走了，这些园子都差不多；就是走到绿洲的边上，园子也宽敞不了多少……"她把披巾铺在地上：

"你歇一歇吧。"

我们在那儿待了多久？我不清楚；时间长短又有什么关系呢？玛丝琳在我身边；我躺着，头枕在她的腿上。笛声依然流转，时断时续；淙淙水声……时而一只羊咩咩叫两声。我合上眼睛；我感到玛丝琳凉丝丝的手放在我的额上；我感到烈日透过棕榈叶，光线十分柔和；我什么也不想；思想有什么用呢？我有一种异样的感觉。

时而传来新的声音，我睁开眼睛，原来是棕榈间的清风；它吹不到我们身上，只摇动高处的棕榈叶……

次日上午，我同玛丝琳重游这座园子；当天傍晚，我独自又去了。放羊娃还在那儿吹笛子。我走上前去，跟他搭话。他叫洛西夫，只有十二岁，模样很俊。他告诉我羊的名字，还告诉我水渠在当地叫什么。据他说，这些水渠不是天天有水，必须精打细算，合理分配，灌好树木，立即引走。每棵棕榈树下都挖了一个小积水坑，以利浇灌；有一套闸门装置，孩子一边摆弄，一边向我解释如何控制水，把水引到特别干旱的地方去。

又过了一天，我见到了洛西夫的哥哥。他叫拉什米，稍大一点儿，没有弟弟好看。他踩着树干截去老叶留下的坎儿，像登梯子一样，爬上一棵打去顶枝的棕榈树，然后又灵活地下来，只见他的衣衫飘起，露出金黄色的身子。他从树上摘下一个小瓦罐；小瓦罐吊在新截枝的伤口边上，接住流出来的棕榈汁液，用来酿酒；阿拉伯人很爱喝这种醇酒。应拉什米的邀请，我尝了一口，不大喜欢，觉得辣乎乎、甜丝丝的没有酒味。

后来几天，我走得更远，看见别的牧羊娃和别的羊群。正如玛丝琳说的那样，这些园子全都一样；然而每个又不尽相同。

玛丝琳还时常陪伴我；不过，一进果园，我往往同她分手，说我乏了，想坐下歇歇，她不必等我，因为她需要走得远些；这样，她就独自去散步了。我留下来同孩子们为伍。不久，我就认识了许多；我同他们长时间地聊天，学习他们的游戏，也教他们别的游戏，把我身上的铜子都输掉了。有些孩子陪我往远走（我每天都增加一段路），指给我回去的新路，替我拿外套和披巾，因为有时我两件都带上。临分手的时候，我分给他们一些铜子；有时他们一边玩耍，一边跟着我，直到我的门口；有时他们跨进门。

而且，玛丝琳也领回一些孩子，是从学校带来的，她鼓励他们学习；放学的时候，听话的乖孩子就可以来。我带来的则是另一帮；不过，他们能玩到一处。我们总是特意准备些果子露和糖果。不久，甚至不用我们邀请，别的孩子也主动来了。我记得他们每一个人，眼前还浮现他们的面容……

一月末，突然变天了，刮起冷风，我的身体立刻感到不适。对我来说，市区和绿洲之间的那大片空场，又变得不可逾越了；我又重新满足于在公园里走走。接着下起雨来；冷雨，北面群山大雪覆盖，一望无际。

在这些凄清的日子里，我神情沮丧，守着火炉，拼命地同病魔搏斗；而病魔乘恶劣气候之势，占了上风。愁惨的日子：我既不能看书，也不能工作；稍微一动就出虚汗，浑身难受；精神稍微一集中就倦怠；只要不注意呼吸，就感到憋气。

在这些凄苦的日子里，我只能跟孩子们开开心。由于下雨，只有最熟悉的孩子才来；衣裳都淋透了，他们围着炉火坐成半圈。我太疲倦，又太难受，只能看着他们；然而，面对他们健康的身体，我的病会好起来。玛丝琳喜欢的孩子都很羸弱，老实得过分；我对她和他们非常恼火，终于把他们赶开了。老实说，他们引起我的恐惧。

一天上午，我对自身有个新奇的发现。房间里只有我和莫克蒂尔；在受我妻子保护的孩子中间，唯独他没有使我产生丝毫反感。我站在炉火前，双肘撑在壁炉台上，好像在专心看书，但是在镜子里能看到身后莫克蒂尔的活动。我说不清出于什么好奇心，一直暗中监视他。他却不知道，还以为我在埋头看书。我发现他蹑手蹑脚地走到一张桌子跟前，从上面偷偷抓起玛丝琳放在一件活计旁边的剪刀，一下塞进他的斗篷里。我的心一时间猛烈地跳动，但是，再明智的推理也无济于事，我没有产生一点反感。这还不算！我也无法确信我完全是别种情绪，而不是开心和快乐。等我给莫克蒂尔充裕时间偷了我之后，我又回身跟他说话，就好像什么事也没发生似的。玛丝琳非常喜爱这个孩子；然而我认为，当我见到她的时候，我没有戳穿莫克蒂尔，还胡编了一套话说剪刀不翼而飞，并不是怕使她尴尬。从这天起，莫克蒂尔成为我的宠儿。

第五章

我们在比斯克拉不会住多久了。二月份的连雨天一过，天气骤热。经过了几天难熬的暴雨天，一天早晨我醒来，忽见碧空如洗。我赶紧起床，跑到最高的平台上。晴空万里，旭日从雾霭中脱出，已经光芒灿灿；绿洲一片蒸腾；远处传来干河涨水的轰鸣。空气多么明净清新，我立即感到舒畅多了。玛丝琳也上来，我们想出去走走；不过这天路太泥泞，无法出门。

过了几天，我们又来到洛西夫的园子，只见草木枝叶吸足了水分，显得柔软湿重。对于非洲这块土地的等待，我还没有体会；它在冬季漫长的时日中蛰伏，现在苏醒了，灌醉了水，一派生机勃勃，在炽烈的春光中欢笑；我感到了这春的回响，宛似我的化身。起初还是阿舒尔和莫克蒂尔陪伴我们，我仍然享受他们轻浮的、每天只费我半法郎的友谊；可是不久，我对他们就厌烦了，因为我本身已不那么虚弱，无须再以他们的健康为榜样，再说，他们的游戏也不能向我提供乐趣了，于是我把思想和感官的激发转向玛丝琳。从她的快乐中我发现，她依旧很忧伤。我像孩子一样道歉，说我常常冷落她，并把我的反复无常的脾气归咎于我的病体，还说直到那时候，我由于身子太虚弱而不能跟她同房，但此后我渐渐康复，就会感到情欲激增。我这话不假，不过我的身体无疑还很虚弱，只是在一个多月之后，我才渴望同玛丝琳交欢。

气温日益增高。比斯克拉固然有迷人之处，而且后来也令我忆起那段生活，但是除此之外，我们没有什么可留恋的了。我们突然决定走了，用了三个小时就把行李打好，是次日凌晨的火车。

启程的前一天夜晚，我还记得清清楚楚。月亮有八九分圆，从敞开的窗户照进来，满室清辉。我想玛丝琳正在酣睡。我躺在床上难以成眠，有一种惬意的亢奋感，这不是别物，正是生命。我起身，手和脸往水里浸一浸，然后推开玻璃门出去了。

夜已深了，静悄悄的，没有一点声息，空气都仿佛睡了，只有远处隐约传来犬吠声；那些阿拉伯种犬跟豺一样，整夜嗥叫。面前是小庭院，围墙形成一片斜影；整齐的棕榈既无颜色，又无生命，似乎永远静止……一般来说，总还能在沉睡中发现生命的搏动，然而在这里，没有一点睡眠的迹象，一切仿佛都死了。我面对这幽静不禁恐怖，陡然，我生命的悲感重又侵入我的心，就像要在这沉寂中抗争、显现和浩叹；这种近乎痛苦的感觉十分猛烈，以至我真想呼号，如果我能像野兽那样嘶叫的话。我还记得，我抓住自己的手，右手抓住左手，想举到头顶，而且真的做了。为什么呢？就是要表明我还活着，要感受活着多么美妙。我摸摸自己的额头、眼睑，浑身不觉一抖。

心想总有一天,我渴得要命,恐怕连把水杯送到嘴边的气力也没有了……我反身回屋,但是没有重新躺下;我想把这一夜固定下来,铭刻在我的记忆中,永志不忘;我不知道干什么好,便从桌子上拿起一本书——《圣经》,随便翻开,借着月光看得见字;我读了基督对彼得讲的这段话,唉!后来我始终没有忘却:现在你想什么就干什么,你想去什么地方就去什么地方吧;不过,将来老了,你就要伸手……你就要伸手……

次日凌晨,我们就动身了。

第六章

旅途的各个阶段就不赘述了。有些阶段只留下模糊的记忆。我的身体时好时坏,遇到冷风还步履踉跄,瞥见云影也隐隐不安,这种脆弱的状态常常导致心绪不宁。不过,至少我的肺部见好,病情每次反复都轻些,持续的时间也短些。虽然病来的势头还那么猛烈,但是,我身体的抵抗力却增强了。

我们从突尼斯到马耳他,又前往锡拉库萨,最后回到语言和历史我都熟悉的古老大地。自从患病以来,我的日子就不受审查和法律的限制了,如同牲畜或幼儿那样,全部心思都放在生活上。现在病痛减轻,我的生活又变得确实而自觉了。久病之后,我原以为自己又恢复原状,很快就会把现在同过去联系起来。不过,身处陌生国度的新奇环境中,我可以如此臆想,到达这里则不然了;这里一切都向我表明令我惊异的情况:我已经变了。

在锡拉库萨以及后来的旅程中，我想重新研究，像从前那样潜心考古，然而我却发现，由于某种缘故，我在这方面的兴趣即或没有消失，至少也有所变化；这缘故就是现时感。现在我看来，过去的历史酷似比斯克拉的小庭院里夜影的那种静止、那种骇人的凝固、那种死一般的静止。从前，我甚至很喜欢那种定型，因为我的思想也能够明确；在我的眼里，所有史实都像一家博物馆中的藏品，或者打个更恰当的比喻，就像腊叶标本集里的植物：那种彻底的干枯有助于我忘记，它们曾饱含浆汁，在阳光下生活。现在，我再玩味历史，却总是联想现时。重大的政治事件引起我的兴奋，远不如诗人或某些行动家在我身上复苏的激情。在锡拉丘兹，我又读了忒奥克里托斯①的田园诗，心想他那些名字动听的牧羊人，正是我在比斯克拉所喜欢的那些牧羊娃。

我渊博的学识渐次醒来，也开始妨碍我，扫我的兴。我每参观一座希腊古剧场、古庙，就会在头脑里重新构思。古代每个欢乐的节庆在原地留下的废墟，都引起我对那逝去的欢乐的悲叹；而我憎恶任何死亡。

后来，我竟至逃避废墟，不再喜欢古代最宏伟的建筑，更爱人称"地牢"的低矮果园和库亚纳河畔；要知道，那果园的柠檬像橙子一样酸甜；库亚纳河流经纸莎草地，还像它为普洛塞尔皮娜②哭泣之日那样碧蓝。

后来，我竟至轻视我当初引以为自豪的满腹经纶；我当初视为全部生命的学术研究，现在看来，同我也只有一种极为偶然的习俗关系。我发现自己不同往常：我在学术研究之外生活了，多快活啊！我觉得作为学者，自己显得迂拙。我作为人，能认识自己吗？我才刚刚

---
① 忒奥克里托斯（约公元前310—前245）：古希腊诗人，田园诗的首创者。
② 普洛塞尔皮娜：罗马神话中的冥后，也是丰产女神，同希腊神话中的佩耳塞福涅。

出世，还难以推测会成为什么人，这就是应当了解的。

在被死神的羽翼拂过的人看来，原先重要的事物失去了重要性，另外一些不重要的变得重要了，换句话说，过去甚至不知何为生活。知识的积淀在我们精神上的覆盖层，如同涂的脂粉一样裂开，有的地方露出鲜肉，露出遮在里面的真正的人。

从那时起我打算发现的那个，正是真实的人、"古老的人"，《福音》弃绝的那个人，也正是我周围的一切：书籍、导师、父母，乃至我本人起初力图取消的人。在我看来，由于涂层太厚，他已经更加繁复，难于发现，因而更有价值，更有必要发现。从此我鄙视经过教育的装扮而有教养的第二位的人。必须摇掉他身上的涂层。

我好比隐迹纸本，我也尝到辨认真迹的学者的那种快乐：在手稿上晚近添加的文字下面，发现更加珍贵得多的原文。这逸文究竟是什么呢？若想阅读，不是首先得抹掉后来的载文吗？

因此，我不再是病弱勤奋的人，也不再恪守先前的拘板狭隘的观念。这本身不只是康复的问题，还有生命的充实与重新迸发、更为充沛而沸热的血流；这血流要浸润我的思想，一个一个浸润我的思想，要渗透一切，要激发我全身最久远、敏锐而隐秘的神经，并为之傅彩。因为，强壮还是衰弱，人总要适应，肌体依据自身的力量而组结；但愿力量增大，提供更大的可能性，那么……这种种思想，当时我并没有；这里的描绘不免走样。老实说，我根本不思考，根本不反躬自省，仅仅受一种造化的指引；怕只怕过分贪求地望一眼，会搅乱我那缓慢而神秘的蜕变。必须让隐去的性格从容地再现，不应人为地培养。放任我的头脑，并非放弃，而是休闲，我沉湎于我自己，沉湎于事物，沉湎于我觉得神圣的一切。我们已经离开了锡拉丘兹，我跑在塔奥尔米纳①至莫勒山的崎岖的路上，大声喊叫，仿佛是在我身上呼唤他：一个新生！一个新生！

当时我唯一勉力坚持做的，就是逐个叱喝或消除我认为与我早年教育、早年观念有关的一切表现。基于对我的学识的鄙夷，也出于对我这学者的情趣的蔑视，我不肯去参观亚格里真托；几天之后，我沿着通往那不勒斯的大路行进，也没有停下来看看波斯图姆巍峨的神庙；不过，两年之后，我又去那儿不知祈祷哪路神仙。

我怎么说唯一的勉力呢？我自身若是不能焕然一新，能引起我的兴趣吗？图新而尚未可知，只有模糊的想象，但是我悠然神往，愿望从来没有如此强烈，矢志使我的体魄强健起来，晒得黑黑的。我们在萨莱诺附近离开海岸，到达拉维洛。那里空气更加清爽，岩石千姿百态，幽靓回绝，山谷深邃莫测，胜境有助于游兴，因此我感到身体轻快，流连忘返。

拉维洛与波斯图姆平坦的海岸遥遥相对，它坐落在巉岩上，远离海岸，更近青天。在诺曼底人统治时期，这里是座相当重要的城堡，而今不过是一个狭长的村落；我们去时，恐怕是唯一的外国游客。我们下榻的旅店，从前是一所教会建筑；它坐落在岩山崖上，平台和花园仿佛垂悬于碧空之中。一眼望去，除了爬满葡萄藤的围墙，唯见大海；待走近围墙，才能看到直冲而下的园田；把拉维洛和海岸连接起来的，主要不是小径，而是梯田。拉维洛之上，山势继续拔起。山上空气凉爽，生长着大片的栗子树、北方草木；中间地带是橄榄树、粗

---

① 意大利西西里岛东海岸的村镇。

大的角豆树，以及树荫下的仙客来；地势再低的近海处，柠檬林则星罗棋布。这些果园都整理成小块梯田，依坡势而起伏，几乎雷同，相互间有小径通连。人们可以像偷儿一样溜进去。在这绿荫下，神思可以远游；叶幕又厚又重，没有一束阳光直射下来；累累的柠檬垂着，宛似颗颗大蜡丸，四处飘香，在树荫下呈青白色；只要口渴，伸手可摘；果实甘甜微涩，非常爽口。

树荫太浓，我在下面走出了汗，也不敢停歇；不过，我拾级而上，并不感到十分疲惫，还有意锻炼自己，闭着嘴往上攀登，一气儿比一气儿走得远，尚有余力可贾。最后到达目标，争强好胜之心得到报赏；我出汗很久又很多，只觉得空气更加顺畅地涌入我的胸中。我以从前的勤奋态度来护理身体，已见成效了。

我常常惊奇自己的身体康复得这么快，以至认为当初夸大了病情的严重性，以至怀疑我病得并不是那么严重，以至自嘲还咯了血，甚而遗憾这场病没有更加难治些。

起初我没有摸清自己身体的需要，因此胡治乱治，后来经过耐心品察，在谨慎和疗养方面终于有了一套精妙的办法，并且持之以恒，像游戏一般乐在其中。最令我伤脑筋的，还是我对气温变化的那种病态的敏感。肺病既已痊愈，于是我把这种过敏归咎于神经脆弱，归咎于后遗症。我决心战胜它。我见几个农民袒胸露臂在田间劳作，看到他们漂亮的皮肤仿佛吸足了阳光，心中艳羡，也想把自己的皮肤晒黑。一天早上，我脱光了身子观察，只见胳膊肩膀瘦得出奇，用尽全力也扭不到身后，尤其是皮肤苍白，准确点说是毫无血色，我不禁满面羞愧，潸然泪下。我急忙穿上衣服出门，但不像往常那样去阿马尔菲,而是直奔覆盖着矮草青苔的岩石;那里远离人家,远离大路,不会被人瞧见。到了那儿,我慢慢脱下衣裳。风有些凉意,但阳光灼热。我的全身暴露在光焰中。我坐下,又躺倒,翻过身子,感到身下坚硬的地面;野草轻轻地拂我。尽管在避风处,我每次喘气还是打寒战。然而不大工夫,全身就暖融融的,整个肌体的感觉都涌向皮肤。

我们在拉维洛逗留半个月;每天上午,我都到那些岩石上去晒太阳。我还是捂着很厚的衣服,可是不久就觉得碍事和多余了;我的皮肤增加了弹性,不再总出汗,能够自动调节温度了。

在最后几天的一个上午(正值四月中旬),我又采取了一个大胆的步骤。在我所说的重峦叠嶂中有一股清泉,流到那里正好形成一个小瀑布,水势尽管不大,但在下面却冲成一个小潭,积了一泓清水。我去了三次,俯下身子,躺在水边,心里充满了渴望。我久久地凝视光滑的石底,真是纤尘不染,草芥未入,唯有阳光透射,波光粼粼,绚丽多彩。第四天去的时候,我已下了决心,一直走近无比清澈的泉水,未假思索,一下子跳进去,全身没入水中。我很快感到透心凉,从水里出来,躺在草地上晒太阳。这里长着薄荷,香气扑鼻。我掐了一些,揉揉叶子,再往我的湿漉漉而滚烫的身子上搓。我久久地自我端详,心中喜不自胜,再也没有丝毫的羞愧。我的身体显得匀称,性感,而且中看,虽说不够强健,但是以后会健壮起来的。

第七章

由此可见,我的全部行为、全部工作,就是锻炼身体;这固然蕴涵着我那变化了的观念，但是在我眼里也仅仅成了一种训练、一种手段，本身再也不能满足我了。

还有一次行动，在你们看来也许是可笑的，不过我要重新提起，因为它可以表明，我处心积虑地要在仪表上宣示我内中的衍变，迫切心理达到了何等幼稚可笑的程度：在阿马尔菲，我剃掉了胡子。

在那之前，我的胡子全部蓄留，头发理得很短，从未想到自己无妨换一种发型。我头一次在岩石上脱光身子的那天，突然感到胡子碍事，仿佛它是我无法脱掉的最后一件衣裳。须知我的胡子不是锥形，而是方形，梳理得很齐整；我觉得它像假的，样子既可笑，又非常讨厌。回到旅店客房，照照镜子，还是讨厌，那是我一贯的模样：文献学院的毕业生。吃罢午饭，立刻去阿马尔菲，我已经拿定了主意。市镇很小，在广场上仅有一家大众理发店，我也只好将就了。这是赶集的日子，理发店里挤满了人，不得不没完没了地等下去；然而，不管是令人疑惧的剃刀、发黄的肥皂刷、店里的气味，还是理发匠的猥辞，什么也不能使我退却。感到剪刀下去，胡须纷纷飘落，我就像摘下面具一般。重新露面的时候，我极力克制的紧张情绪不是欢快，而是后怕，这又何妨！我只是认定，并不责怪这种感觉。我看自己的样子挺漂亮，因此，怕的不是这个，而是觉得人家洞烛了我的思想，而是陡然觉得这种思想极为骇人。

胡子剃掉，头发倒留了起来。

这就是我新的形体，暂时还无所事事，但以后会有所作为的。相信这形体为我自己会有惊人之举，不过还要宽以时日，我心想要看日后，待它更加成熟之时。这样一来，玛丝琳就会误解。的确，我的眼神的变化，尤其是我刮掉胡子那天的新模样，很可能引起了她的不安；不过，她已经非常爱我，不会仔细打量我；再说，我也尽量使她放心。关键是不让她打扰我的再生，为了掩她耳目，我只好伪装起来。

显而易见，玛丝琳嫁的人和爱的人，并不是我的"新形体"。这一点我常常在心中叨念，以便时刻惕厉，着意掩饰，只给她一个表象；而这表象为了显得始终一贯，忠贞不渝，变得日益虚假了。

我同玛丝琳的关系暂时维持原状，尽管我们的枕席之欢越来越浓烈。我的掩饰本身（如果可以这样说，我要防止她判断我的思想的行为），我的掩饰也使情欲倍增。我是说这种情欢使我经常照顾玛丝琳。被迫作假，开头我也许有点为难。然而，我很快就明白，公认的最卑劣之事（此处只举说谎一件）难于下手，只是对从未干过的人而言；一旦干了出来，哪一件都会很快变得既容易又有趣，给人以再干的甜头，不久好像就顺情合理了。如同在任何事情上战胜了最初的厌恶心理那样，我最终也尝到了隐瞒的甜头，于是乐在其中，仿佛在施展我的尚未认识的能力。我在更加丰富充实的生活中，每天都走向更加甜美的幸福。

第八章

从拉维洛到索伦托，一路风光旖旎；这天早上，我真不期望在大地上看到更美的景色了。岩石灼热，空气充畅，野草芳菲，天空澄净，这一切使我饱尝生活的美好情趣，给我极大的满足，以至我觉得百感俱隐，唯有一种淡淡的快意萦绕心头。缅怀或惋惜，希冀或渴求，未来与过去，统统缄默了，我只感受到现时送来带走的生活。——"身体的快感啊！"我高声发起感慨，"我的肌肉的铿锵节奏！健康啊！"

玛丝琳过分文静的快乐会冲淡我的快乐，正如她的脚步会拖慢我的脚步一样，因此，我一大早就动身，比她先走一步。她准备乘车赶上我，我们预计在波西塔诺用午餐。

快到波西塔诺的时候，我忽然听到有人怪声怪调地唱歌，伴随着车轮的隆隆低音，立刻回头望去，起初什么也没有看见，因为大路到这里绕峭壁拐了个弯。继而，赫然出现一辆马车，狂驶过来，正是玛丝琳乘坐的那辆。车夫立在座位上，一边扯着嗓子唱歌，一边手舞足蹈，拼命鞭打惊马。这个畜生！他经过我面前，听见我吆喝也不停车；我险些挨压，纵身闪到路旁……我冲上去，无奈车跑得太快。我担心得要命，既怕玛丝琳摔下来，又怕她待在上面出事儿；马一惊跳，就可能把她抛到海里去。马陡然失蹄跌倒。玛丝琳跳下车要跑开，但我已经赶到她面前。车夫一看见我，迎头便破口大骂。我火冒三丈，听这家伙刚一出口不逊，就扑上去，猛地把他从座位上拉下来，同他在地上扭作一团，但没有失去优势。他似乎摔蒙了，我见他想咬我，照他面门就是一顿拳头，打得他更不知东南西北了。我仍不放手，用膝盖抵住他的胸脯，极力扭住他的胳膊。我瞧着这张丑陋的面孔，它被我的拳头砸得更加难看了。哼！这个恶棍，他吐沫四溅，涎水满脸，鼻子流血，还不住口地骂！真的！把他掐死也应该；也许我真会干得出来……至少我觉得有这个能力，想必是顾忌警察，才算罢手。

我费了好大劲儿，才把这个疯子牢牢捆住，像口袋一样把他扔到车里。

嘿！事后，玛丝琳和我交换怎样的眼神啊！当时危险并不大，但是我必须显示自己的力量，而且是为了保护她。我立即感到可以把自己的生命献给她，愉快地全部献给她……马站了起来。我们把醉鬼丢在车厢里不管，两人登上车夫座位，驾车好歹到了波西塔诺，接着又赶到索伦托。

正是这天夜里我完全占有了玛丝琳。

我在交欢上仿佛焕然一新，这一点你们理解了吗？还要我重复吗？也许由于爱情有了新意，我们的真正婚礼之夜才无限缠绵。因为今天回想起来，我还觉得那一夜是绝无仅有的：炽热的欲火、交欢时的惊奇，增添了多少柔情蜜意；一夜工夫就足以宣示最伟大的爱情，而这一夜是多么铭心刻骨，以至我唯独时时念起它。这是我们心灵交融的片刻的欢笑。但是我认为这欢笑是爱情的句点，也是唯一的句点，此后，唉！心灵再也难于跨越；而心灵要使幸福重生，只能在奋力中消损；阻止幸福的，莫过于对幸福的回忆。唉！我始终记得那一夜。

我们下榻的旅店位于城外，四周是花园果园；我们客房外面伸出一个宽大的阳台，树枝拂得到。晨曦从敞着的窗户射进来。我轻轻地支起身子，深情地俯向玛丝琳。她依然睡着，仿佛在睡梦中微笑，我觉得自己更加强壮，而她更加柔弱，她的娇媚易于摧折。我的脑海思绪翻腾，思忖她不说谎，心中暗道我一切都是为了她，随即又讲："我为她的快乐究竟做了什么呢？我几乎终日把她丢在一旁；她期待从我这儿得到一切，而我却把她弃置不管！唉！可怜的，可怜的玛丝琳！"转念至此，我热泪盈眶。我想以从前身体衰弱为理由为自己开脱，但是枉然；现在我还只顾自己，一味养身，又是为何呢？眼下我不是比她健康吗?

她面颊上的笑意消失了;朝霞尽管染红每件物品,却使我猝然发现她那苍白的忧容。也许由于清晨来临,我的心绪才怅然若失:"玛丝琳啊,有朝一日,也要我护理你吗?也要我为你提心吊胆吗?"我在内心高呼道。我不寒而栗;于是,我满怀爱情、怜悯和温存,在她闭着的双目中间亲了一下:那是最温柔、最深情、最诚笃的一吻。

第九章

我们在索伦托度过的几天很惬意,也非常平静。我领略过这种恬适、这种幸福吗?此后还会尝到同样的恬适和幸福吗?……我厮守在玛丝琳的身边,考虑自己少了,照顾她多了,觉得跟她交谈很有兴味,而前些日子我却乐于缄默。

我认为我们的游荡生活能够令我心满意足,但我觉察出她尽管也优哉游哉,却把这种生活看作临时状况,起初我不免惊异,然而不久就看到这种生活的闲逸。它持续一段时间犹可,因为我的身体终于在舒闲中康复,但是赋闲之余,我又第一次萌生了工作的愿望。我认真谈起回家的事,看她喜悦的神情便明白,她早就有这种念头了。

然而,我重新开始思考的历史上的几个课题,却没有引起我早先的那种兴趣。我对你们说过:自从患病之后,我觉得抽象而枯燥地了解古代毫无用处;诚然,我以前从事语史学研究,譬如,力图说明哥特语对拉丁语变异的作用,忽视并且不了解泰奥多里克[①]、卡西奥多

[①] 指奥斯特罗哥特国王,称泰奥多里克大王,于公元474—526年在位。

鲁斯①和阿玛拉丝温特②等形象，及其令人赞叹的激情，只是钻研他们生活的符号和渣滓；可现在，还是这些符号，还是全部语史学，在我看来却不过是一种门径，以便深入了解在我面前显现的蛮族的伟大与高尚。我决定进一步研究那个时期，在一段时间内，集中考查哥特帝国的末年，并且趁我们旅行之机，下一程到它灭亡的舞台——拉文纳③去看看。

不过，老实说，最吸引我的，还是少年国王阿塔拉里克的形象。在我的想象中，这个十五岁的孩子暗中受哥特人的怂恿，起来同他母后阿玛拉丝温特分庭抗礼，如同马摆脱鞍辔的束缚一般抛弃文化，反对他所受的拉丁文明的教育，鄙视过于明智的老卡西奥多鲁斯的社会，偏爱未曾教化的哥特人社会，趁着锦瑟年华，性情粗犷，过了几年放荡不羁的生活，完全腐化堕落，十八岁便夭折了。我在这种追求更加野蛮古朴状况的可悲冲动中，发现了玛丝琳含笑称为"我的危机"的东西。既然身体不存在问题了，我至少把思想用上，以求得一种满足；而且在阿塔拉里克暴卒一事中，我极力想引出一条教训。

我们没有去威尼斯和维罗纳，匆匆游览了罗马和佛罗伦萨，在拉文纳停留了半个月，便返回巴黎，戛然结束旅行。我同玛丝琳谈论未来的安排，感到一种崭新的乐趣。如何度过夏季，仍然犹豫未决。我们二人都旅行够了，不想再走了；我希望安安静静地从事研究；于是，我们想到一处庄园。那座庄园在诺曼底草木最丰美的地区，位于利西

---

① 卡西奥多鲁斯（约公元480—575）：拉丁语作家。
② 阿玛拉丝温特（？—535）：泰奥多里克大王之女，继父位称女王；她在儿子阿塔拉里克成年之前一直摄政，后被丈夫泰奥达特谋杀。
③ 拉文纳：意大利城市。

厄与主教桥之间；它从前属于我母亲，我童年时有几次随她去那里消夏，自从她仙逝之后，就再也没有去过。我父亲把它交给一个护院经管。那个护院现已年迈，他自己留下一部分租金，并按时把余下部分寄给我们。在几股活水横贯的花园里，有一座非常好看的大房子，给我留下了极为美妙的印象。那座庄园叫作莫里尼埃尔，我认为到那里居住比较适宜。

我还谈到，这年冬季到罗马去过，但是这次作为研究者，而不是去当游客。不过，最后这项计划很快给打消了，因为我在那不勒斯收到一个久已到达的重要邮件，突然得知法兰西学院空出一个讲席，好几次提到我的名字；虽说是代课，将来却正因此而能有较大的自由。函告我的那位朋友还指出，我若是愿意接受，只需进行一些简单的活动；他力主我接受下来。我先是迟疑，特别怕受人役使；继而又想，在课堂上阐述我对卡西奥多鲁斯的研究成果，可能很有意思；而且，这也会使玛丝琳高兴，于是我决定下来。一旦决定，我就只考虑有利方面了。

在罗马和佛罗伦萨的学术界，有我父亲不少熟人，我同他们也建立了通信关系。如果我要到拉文纳和别的地方考查研究，他们可以提供各种方便。我一心想工作。玛丝琳也百般体贴，曲意迎合，巧用心思促使我工作。

在旅行结尾阶段，我们的幸福十分平稳宁静，没有什么好叙述的。人们最动人心弦的作品，总是痛苦的产物。幸福有什么可讲的呢？除了经营以及后来又毁掉幸福的情况，的确不值得一讲。——而我刚才对你们讲的，正是经营幸福的全部情况。

第二部

第一章

我们在巴黎停留的时间很短，只用来购置物品和拜访几个人，于六月上旬到达莫里尼埃尔庄园。

前面讲过，莫里尼埃尔庄园位于利西厄和主教桥之间，在我所见过的绿荫最浓最潮湿的地方。许多狭长而和缓的冈峦，止于不远的非常宽阔的欧日山谷；欧日山谷则平展至海边。天际闭塞，唯见充满神秘感的矮树林、几块田地，尤其是大片草地，缓坡上的牧场。牧场上牛群羊群自由自在地吃草；水草丰茂，一年收割两次；还有不少苹果树，太阳西沉的时候，树影相连；每条沟壑都有水，或成池沼，或成水塘，或成溪流，淙淙水声不绝于耳。

啊！这座房子我完全认得！那蓝色房顶、那砖石墙壁、那水沟、那静水中的倒影……这座古老的房子可以住十二个人；现在玛丝琳、三个仆人，有时我也帮把手，我们也只能使一部分活跃起来。我们的老护院叫博加日，他已经尽了力，准备出几个房间。沉睡二十年之久的老家具醒来了；一切仍然是我记忆中的样子：护壁板还没有损坏，房间稍一收拾就能住人了。博加日把找到的花瓶都插上了鲜花，表示欢迎我们。经他的安排，大院子和花园里最近几条林荫路也已经锄掉杂草，平整好了。我们到达的时候，房子接受最后一抹夕阳；从房子对面的山谷中，已然升起静止不动的雾霭，只见溪流在雾霭中时隐时现。我人还未到，就蓦地辨出那芳草的清香；我重又听见绕着房子飞旋的燕子的尖厉叫声，整个过去陡然跃起，就仿佛它在等候我，认出了我，待我走近前便重新合抱似的。

几天之后，房子就整理得相当舒适了。本来我可以开始工作了，但我仍旧拖延，仍旧谛听我的过去细细向我追述；不久，一个意外喜事又打断了这种追述：我们到达一周之后，玛丝琳悄悄告诉我，她怀孕了。

我当即感到应当多多照顾她，多多怜爱她。至少在她告诉我这个秘密之后的那些日子，我几乎终日守在她的身边。我们来到树林附近，坐在我同母亲从前坐过的椅子上；在那里，寸阴来临都更加赏心悦目，时光流逝也更加悄然无声。如果说从我那个时期的生活中，没有突现任何清晰的记忆，那也绝不是因为它给我留下的印象不够鲜明，而是因为一切糅合，一切交融，化为一体的安逸，在安逸中晨昏交织，日日相连。

我慢慢地恢复了学术研究；我觉得心神恬静，精力充沛，胸有成竹，看待未来既有信心，又不狂热，意愿仿佛平缓了，仿佛听从了这块温和土地的劝告。

我心想，毫无疑问，这块万物丰衍、果实累累的土地堪为楷模，对我有种潜移默化的作用。在水草丰美的牧场上，这健壮的耕牛、这成群的奶牛，预示着安居乐业的年景，令我啧啧称赞。顺坡就势栽植的整齐的苹果树，夏季丰收在望；我畅想不久果压枝垂的喜人景象。

这井然有序的富饶、快乐的驯从、微笑的作物，呈现一种承旨而非随意的和谐，呈现一种节奏、一种人工天成的美；大自然灿烂的丰赡，以及人调解自然的巧妙功夫，已经水乳交融，浑然一体了，再难说应当赞赏哪一方面。我不禁想，如若没有这种受统制的野生蛮长之力，人的功夫究竟如何呢？反之，如若没有阻遏它并笑着把它引向繁茂的机智的人工，这种野生蛮长之力又会怎样呢？——我的神思飞向一片大地：那里一切力量都十分协调，任何耗散都得到补偿，所有交换都分毫不差，因而容不得一点失信。继而，我又把这种玄想用于生活，建立一种伦理学，使之成为明智地利用自己的科学。

我先前的冲动沉伏到哪里，隐匿到何处了？我如此平静，仿佛根本就没有那阵阵冲动似的。爱情如潮，已将那冲动全部覆盖了。

老博加日却围着我们转，大献殷勤。他里里外外张罗，事事督察，点子也多，让人感到他为了表现自己是必不可少的角色，做得未免过分。必须核实他的账目，听他没完没了地解释，以免扫他的兴。可是他仍不知足，还要我陪他去看田地。他那为人师表的廉洁、那滔滔不绝的高论、那溢于言表的得意、那炫耀诚实的做法，不久便把我惹火了；他越来越缠人，而我却觉得，只要夺回我的安逸生活，什么灵法儿都是可取的——恰巧在这种时候，一个意外事件改变了我同他的关系。一天晚上，博加日对我说，他儿子夏尔第二天要到这里。

我只是"哦"了一声，几乎没有反应；直到那时，我并不关心博加日有几个孩子；接着，我看出他期待我有感兴趣和惊奇的表示，而我的漠然态度使他难受，于是我问道：

"现在他在哪儿呢？"

"在一个模范农场，离阿朗松不远。"博加日答道。

"他年龄大概有……"我又说道；原先根本不知道他有这个儿子，现在却要估计年龄，不过我说得很慢，好容他打断我的话。

"过了十七了，"博加日接上说，"令堂去世那时候，他也就有四岁来的。嘿！如今长成了个大小伙子；过不了多久，就要比他爸爸高了。"博加日一打开话匣子，就再也收不住了，不管我的厌烦神情有多明显。

次日，我早已把这事儿置于脑后了；到了傍晚，夏尔刚到，就来向我和玛丝琳请安。他是个英俊的小伙子，身体那么健壮，那么灵活，那么匀称，即便为见我们而穿上了蹩脚的衣服，也不显得十分可笑；他的脸色自然红润，看不大出来羞赧。他眸子仍然保持童稚的颜色，好像只有十五岁；他口齿相当清楚，不忸忸怩怩，跟他父亲相反，不讲废话。我忘记了初次见面的晚上，我们谈了什么话；我只顾端详他，无话可讲，让玛丝琳同他交谈。翌日，我第一次没有等老博加日来接我，自己就跑到山坡上的农场，我知道那里开始了一项工程。

一个水塘要修补。这个水塘像池沼一样大，现在总跑水，漏洞业已找到，必须用水泥堵塞，因而先得抽干水，这是十五年来没有的事了。水塘里的鲤鱼和冬穴鱼多极了，都潜伏到水底。我很想跳进水塘，抓一些鱼给工人，而且，这次农场异常热闹，又是抓鱼，又是干活。附近来了几个孩子，也帮助工人忙乎。过一会儿，玛丝琳也会来的。

我到的时候，水位早已降下去了。时而塘水动荡，水面骤起波纹，露出惶惶不安的鱼群的褐色脊背。孩子在水坑边蹚着泥水，捉住一条亮晶晶的小鱼，便扔进装满清水的木桶里。鱼到处游窜，把塘水搅得越来越混浊，变成了土灰色。想不到鱼这么多，农场四个工人把手伸进水里随便一抓，就能抓到。可惜玛丝琳迟迟不来，我正要跑去找她，忽听有人尖叫，说是发现了鳗鱼。但是，鳗鱼从手指间滑跑，一时还捉不住。夏尔一直站在岸上陪着他父亲，这时再也忍耐不住，突然脱掉鞋和袜子，又脱掉外衣和背心，再高高地挽起裤腿和衬衣袖子，毅然下到水塘里。我也立刻跟着下去。

"喂！夏尔！"我喊道，"您昨天回来赶上了吧？"

他没有答言，只是冲着我笑，心思已经放到抓鱼上。我又马上叫他帮我堵住一条大鳗鱼；我们两双手围拢才把它抓住，接着又逮住一条；泥水溅到我们脸上，有时突然陷下去，水没到大腿根，全身很快就湿透了。我们玩得非常起劲，仅仅欢叫几声，没有交谈几句话；可是到了傍晚，我已经对夏尔称呼你了，却记不清是从什么时候开始的。我们在这次联合行动中相互了解的事情，比进行一次长谈还要多。玛丝琳还没有到，恐怕不会来了；不过，我对此已不感到遗憾了，心想她在场，反而会妨碍我们的快乐情绪。

第二天一早，我就去农场，找到了夏尔。我们二人朝树林走去。

我很不熟悉自己的土地，也不大想进一步了解；然而，不管是土地还是租金，夏尔都了如指掌，真令我十分惊奇。他告诉我，我有六个佃户，本来可以收取一万八千法郎的租金，可是我只能勉强拿到半数，耗损的部分主要是各种修理费和经纪人的酬金；这些情况我确实不甚了了。他察看庄稼时发出的微笑很快使我怀疑到，我的土地的经营，并不像我原先想的那样好，也不像博加日对我说的那样好；我向夏尔盘根问底。这种实践的真知，由博加日表现出来就叫我气恼，由这个年轻人表现出来却令我开心。我们一连转了几天;土地很广阔,各个角落都探察遍了之后,我们更加有条理地从头开始。夏尔看到一些田地耕种得很糟,一些场地堆满了染料木、蓟草和散发酸味的饲草,丝毫也不向我掩饰他的气愤。他使我跟他一起痛恨这种随意撂荒土地的做法,跟他一起向往更加合理的耕作。

"不过,"开头我对他说,"经营不好,谁吃亏呢?不是佃户自己吗?农场的收成可好可坏,但是并不改变租金哪。"

夏尔有点急了。"您一窍不通,"他无所顾忌地答道,说得我微微一笑,"您呀,只考虑收入,却不愿意睁开眼睛瞧瞧资产逐渐毁坏。您的土地耕种得不好,就会慢慢失掉价值。"

"如果能耕种得好些,收获大些,我看佃户未必不肯卖力干;我知道他们很重利,当然是多多益善。"

"您这种算法,没有计入增加的劳动力,"夏尔继续说,"这种田离农舍往往很远,种了也不会有什么收益,但起码不至于荒芜了。"

谈话继续。有时候,我们在田地里信步走一个钟头,仿佛一再思考同样的事情;不过,我听得多了,就渐渐明白了。

"归根结底,这是你父亲的事儿。"有一天,我不耐烦地对他说。夏尔面颊微微一红。

"我父亲上年纪了,"他说道,"监视履行租契,维修房子,收取租金,这些就够他费心的了。他在这里的使命不是改革。"

"你呢,有什么建议呀?"我又问道。然而,他却闪烁其词,推说自己不懂行;我一再催促,才逼他讲出自己的看法。

"把休闲的土地从佃户手里拿回来,"他终于提出建议,"佃户让一部分土地休耕，就表明他们收获太多，不愁向您交租；他们若是想保留土地，那就提高租金。——这地方的人都懒。"他又补充一句。

在六个属于我的农场中，我最愿意去的是瓦尔特里农场；它坐落在俯视莫里尼埃尔的山丘上，佃农那人并不讨厌；我很喜欢跟他聊天。离莫里尼埃尔再近一点的农场叫古堡农场，是以半分成制租出去了。而由于主人不在，一部分牲口就归博加日了。现在我有了戒心，便开始怀疑博加日本人的诚实：他即使没有欺骗我，至少听任好几个人欺骗我。固然给我保留了马匹和奶牛，但我不久就发现这纯属子虚，无非是要用我的燕麦和饲草喂佃户的牛马。以往，博加日时常向我讲些漏洞百出的情况，诸如牲口死亡，畸形，患病，等等，我以宽容的态度听着，全都认可了。佃户的一头奶牛只要病倒，就算在我的名下；我的一头奶牛只要膘肥体壮，就归佃户所有了；原先我没有想到会有这种事。然而，夏尔不慎提了几句，讲了几点个人看法，我就开始明白了；思想一旦警觉起来，就特别敏锐了。

经我提醒，玛丝琳仔细审核了全部账目，但是没有挑出一点毛病，这是博加日的诚实的避风港。——"怎么办？"——"听之任之。"——不过，我心里憋气，至少可以注意点牲口，只是不要做得太明显。

我有四匹马、十头奶牛，这就够我伤脑筋的。其中有一匹尽管三岁多了，仍叫"马驹子"。现在正驯它；我开始发生了兴趣，不料有一天，驯马人来对我说，它根本驯不好，干脆出手算了。就好像我准保不大相信，那人故意让马撞坏一辆小车的前身，马腿撞得鲜血淋淋。

这天，我竭力保持冷静，只是看到博加日神情尴尬，才忍住了，心想归根结底,他主要是性格懦弱,而不是用心险恶;全是仆人的过错,他们根本不检束自己。

我到院子里去看马驹。仆人正打它,一听见我走近,就赶紧抚摩它;我也佯装什么也没有看见。我不怎么识马,但觉得马驹好看。这是一匹半纯血种,毛色鲜红,腰身修长,眼睛有神,鬃尾几乎是金黄色。我检查了马没有动着筋骨,便吩咐仆人把它的伤口包扎一下,没有再说什么就走了。

当天傍晚,我又见到夏尔,立刻问他觉得马驹怎么样。

"我认为它很温驯,"他对我说,"可是,他们不懂得门道,非得把马弄得狂躁了不可。"

"换了你,该怎么办呢?"

"先生愿意把它交给我一周吗?我敢打保票。"

"你怎么驯它?"

"到时候瞧吧。"

次日,夏尔把马驹牵到草场一隅,上面一棵高大的核桃树遮阴,旁边溪水流淌。我带着玛丝琳去看了,留下了极为鲜明的印象。夏尔用几米长的缰绳把马驹拴在一根牢固的木桩上。马驹非常暴躁,刚才似乎狂蹦乱跳了一阵,这会儿疲惫了,也老实了,只是转圈小跑,步伐更加平稳,轻快得令人惊奇,那姿态十分好看,像舞蹈一样迷人。夏尔站在圈子中心,马每跑一圈,他就腾地一跃,躲过缰绳;他吆喝着,时而叫马快跑,时而叫马减速;他手中举着一根长鞭,但是我没有见他使用。他年轻快活,无论神态和举止,都给这件活增添了热烈的气氛。我还没看清怎么回事,他却猝然跨到马上。马慢下来,最后停住。他轻轻地抚摩马，继而，我突然看见他在马上笑着，显得那么自信，只是抓住一点儿鬃毛，俯下身去往远处抚摩。马驹仅仅尥了两个蹶子，重又平稳地跑起来，真是英姿飒爽。我非常羡慕夏尔，并且把这想法告诉了他。

"再驯几天，马对鞍具就习惯了；过半个月，它会变得像羊羔一样温驯，就连夫人也敢骑上。"

他的话不假，几天之后，马驹就毫无疑虑地让人抚摩、备鞍，让人遛了；玛丝琳的身体若是顶得住，也可以骑上了。

"先生应当骑上试试。"夏尔对我说。

若是一个人，说什么我也不干；但是，夏尔还提出他骑农场的另外一匹马；于是，我来了兴致，要陪他骑马。

我真感激我母亲！在我童年时，她就带我上过骑马场。初学骑马的久远记忆还有助于我。我骑上马，并不感到特别吃惊。工夫不大，我全然不怕，姿势也放松了。夏尔骑的那匹马不是良种，要笨重一些，但是并不难看。我们每天骑马出去遛遛，渐渐成了习惯。我们喜欢一大早出发，骑马在朝露晶莹的草地上飞奔，一直跑到树林边缘。榛子湿漉漉的，经过时摇晃起来，将我们打湿。视野豁然开朗，已经到了宽阔的欧日山谷；极目远眺，大海微茫，只见旭日染红并驱散晨雾。我们身不离鞍，停留片刻，便掉转马头，奔驰而归，到古堡农场又流连多时。工人刚刚开始干活；我们抢在前头并俯视他们，心里感到一种自豪的喜悦；然后，我们突然离开。我回到莫里尼埃尔，正赶上玛丝琳起床。

我吸饱了新鲜空气，跑马回来，四肢有点疲顿僵麻，心情醉醺醺的，头脑晕乎乎的，但觉得痛快淋漓，精力充沛，渴望工作。玛丝琳赞同并鼓励我这种偶发的兴致。我回来服装未换就去看她，带去一身潮湿的草木叶子的气味；她因等我而迟迟未起床，说她很喜欢这种气味。于是，我向她讲述我们策马飞驰、大地睡醒、劳作重新开始的种种情景。她体会我的生活，好像跟她自己生活一样，感到由衷的高兴；不久我就错误地估计这种快活心情。我们跑马的时间渐渐延长，我常常将近中午才返回。

然而，下午和晚上的时间，我尽量用来备课。工作进展顺利，我挺满意，觉得日后集讲义成书，恐怕未必徒劳无益。可是，由于逆反心理的作用，一方面我的生活渐渐有了条理，有了节奏，我也乐于把身边的事物都安排得井井有条；而另一方面，我对哥特人古朴的伦理却越来越感兴趣。一方面我在讲课过程中，极力宣扬赞美这种缺乏文化的愚昧状态，那大胆的立论后来招致物议；而另一方面，我对周围乃至内心可能唤起这种状态的一切，即或不是完全排除，却也千方百计地控制。我这种明智，或者说这种悖谬，不是一发而不可收吗？

有两个佃户的租契到圣诞节就期满了，希望续订，要来找我办理；按照习惯，只要签署一份所谓的"土地租约"就行了。由于天天跟夏尔交谈，我心里有了底，态度坚决地等佃户上门；而佃户呢，也仗着换一个佃户并非易事，开头要求降低租金，不料听了我念的租约，惊得目瞪口呆。在我写好的租约里，我不仅拒绝降低租金，而且还要把我看见的他们没有耕种的几块地收回来。开头他们装作打哈哈，说我开玩笑；几块地我留在手里干什么呢？这些地一钱不值；他们没有利用起来，就是因为根本派不了用场……接着，他们见我挺认真，便执意不肯，而我也同样坚持。他们以离开相威胁，以为会把我吓倒，哪知我就等他们这句话。

"哦！要走就走吧！我并没有拦着你们。"我对他们说。我抓起租约，嚓地撕为两半。

这样一来，一百多公顷的土地就要窝在我的手里了。有一段时间，我已经计划由博加日全权经营，心想这就是间接地交给夏尔管理；我还打算自己保留相当一部分，况且这用不着怎么考虑：经营要冒风险，仅此一点就使我跃跃欲试。佃户要到圣诞节的时候才能搬走；在那之前，我们还有转圜的余地。我让夏尔要有思想准备；见他喜形于色，我立刻感到不快。他还不能掩饰喜悦的心情，这更加使我意识到他过分年轻。时间已相当紧迫，这正是第一茬庄稼收割完毕，土地空出来初耕的季节。按照老规矩，新老佃户的活计交错进行；租约期满的佃户收完一块地，就交出一块地。我担心被辞退的佃户蓄意报复，采取敌对态度；而情况却相反，他们宁愿对我装出一副笑脸（后来我才知道，他们这样有利可图）。我趁机从早到晚出门，去察看不久便要收回来的土地。时已孟秋，必须多雇些人加速犁地播种。我们已经购买了钉齿耙、镇压器、犁铧。我骑马巡视，监督并指挥人们干活，过起发号施令的瘾。

在此期间，佃户正在毗邻草场收苹果。苹果这年空前大丰收，纷纷滚落到厚厚的草地上；人手根本不够，从邻村来了一些，雇用一周；我和夏尔手发痒，常常帮他们干。有的人用长竿敲打树枝，震落晚熟的苹果；熟透的自落果单放，它们掉在高草丛中，不少摔伤碰裂。到处是苹果，一迈步就踩上。一股酸溜溜、甜丝丝的气味，同翻耕的泥土气味混杂起来。

秋意渐浓。最后几个晴天的早晨最凉爽，也最明净。有时，潮湿是大气使天际变蓝，退得更远；散步就像旅行一般，方圆仿佛扩大了。有时则相反，大气异常透明，天际显得近在咫尺，一鼓翅就到了。我说不清这两种天气哪一种更令人情意缠绵。我基本备完课了，至少我是这样讲的，以便更理直气壮地撂下。我不去农场的时候，就守在玛丝琳身边。我们一同到花园里，缓步走走，她则沉重而倦慵地倚在我的胳膊上；走累了就坐到一张椅子上，俯视被晚霞照得通明的小山谷。她偎依在我肩头上的姿势十分温柔；我们就这样不动也不讲话，一直待到黄昏，体味着一天时光融入我们的身体里。

犹如一阵微风时而吹皱极为平静的水面；她内心最细微的波动也能在额头上显示出来；她神秘地谛听着体内一个新生命在颤动；我身体俯向她，如同俯向一泓清水；无论往水下看多深，也只能见到爱情。唉！倘若追求的还是幸福，相信我即刻就要拢住，就像用双手徒劳地捧流水一样；然而，我已经感到幸福的旁边，还有不同于幸福的东西，它把我的爱情点染得色彩斑斓，但是像点染秋天那样。

秋意渐浓。青草每天都被露水打得更湿，长在树木背阴处的再也不干了，在熹微的晨光中变成白色。水塘里的野凫乱鼓翅膀，发狂般躁动，有时成群飞起来，嘎嘎喧嚣，在莫里尼埃尔上空盘旋一周。一天早上，它们不见了，已经被博加日关起来。夏尔告诉我，每年秋天迁徙的时节，就把它们关起来。几天之后，天气骤变。一天晚上，突然刮起大风，那是大海的气息，集中而猛烈，送来北风和雨，吹走候鸟。玛丝琳的身孕、新居的安排和备课的考虑，都催促我们回城。坏天气季节来得早，将我们赶走了。

后来到十一月份，我因为农场的活倒是回去一次。我听了博加日对冬季的安排很不高兴。他向我表示要打发夏尔回模范农场，那里还有的可学。我同他谈了好久，找出种种理由，磨破了嘴皮，也没有说动他。他顶多答应让夏尔缩短一点学习时间，稍微早些回来。博加日也不向我掩饰他的想法：经营这两个农场要相当费力；不过，他已经看中两个非常可靠的农民，打算雇来当帮手；他们就算作付租金佃户，算作分成制佃农，算作仆人；这种情况当地从未有过，不是什么好兆头；但是他又说，是我要这样干的。——这场谈话是在十月底进行的。十一月初我们就回巴黎了。

第二章

我们的家安在帕希附近的 S 街。房子是玛丝琳的一位哥哥给我的，我们上次路过巴黎时看过，比我父亲给我留下的那套房间大多了。玛丝琳有些担心：不唯房租高，各种花销也要随之增加。我假装极厌恶流寓生活，以打消她的种种顾虑；我自己也极力相信并有意夸大这种厌恶情绪。新安家要花不少钱，这年会入不敷出。不过，我们的收入已很可观，今后还会更可观。我把讲课费、出书稿酬都打进来，而且还把我的农场将来的收入打进来，简直热昏了头！因此，多大费用我也不怕，每次心里都想自己又多了一道羁縻，从而一笔勾销我有所感觉，或者害怕在自身感到的游荡癖。

最初几天，我们从早到晚出去采购物品；尽管玛丝琳的哥哥热心帮忙，后来代我们采购几次，可是不久，玛丝琳还是感到疲惫不堪；本来她需要休息，哪知家刚刚安置好，紧接着她又不得不连续接待客人；由于我们一直出游在外，这次安了家来人特别多。玛丝琳久不与人交往，既不善于缩短客访时间，又不敢杜门谢客。一到晚上，我就发现她精疲力竭；我即或不用担心她因身孕而感到的疲倦，起码也要想法使她少受点累，因而经常替她接待客人，有时也替她回访；我觉得接待客人没意思，回访更乏味。

我向来不善言谈，向来不喜欢沙龙里的侈论与风趣；然而从前，我却经常出入一些沙龙，但是那段时间已很遥远了。这期间发生了什么变化呢？我跟别人在一起感到无聊、烦闷和气恼，不仅自己拘束，也使别人拘束。那时我就把你们看作我唯一真正的朋友，可是偏偏不巧，你们都不在巴黎，而且一时还回不来。当时就是对你们，我会谈得好些吗？也许你们理解我比我自己还要深吧？然而，在我身上滋生的，如今我对你们讲的这一切，当时我又知道多少呢？在我看来，前途十分牢稳，我从来没有像那样掌握未来。

当时即使我有洞察力，可是在于贝尔、迪迪埃和莫里斯身上，在许许多多别的人身上，我又能找到什么高招对付我自己呢！对这些人，你们了解，看法也跟我一样。唉！我很快就看出，跟他们谈话如同对牛弹琴。我刚刚同他们交谈几次，就感到他们的无形压力，不得不扮演一个虚伪的角色，不得不装成他们认为我依然保持的样子，否则就会显得矫揉造作；为了相处方便，我就假装具有他们硬派给我的思想与情趣。一个人不可能既坦率，又显得坦率。

我倒愿意重新见见考古学家、语文学家这一圈子人；不过跟他们一交谈，也兴味索然，无异于翻阅好的历史字典。起初，我对几个小说家和诗人还抱有希望，认为他们多少能直接了解生活；然而，他们即便了解，也必须承认他们不大表现出来；他们多数人似乎根本不食人间烟火，只做个活在世上的姿态，差一点点就觉得生活妨碍写作，令人恼火了。不过，我也不能谴责他们，我难于断定不是自己错了……再说，我所谓的生活，又是什么呢？——这正是我盼望别人给我指破迷津的。——大家都谈论生活中的事件，但绝口不提那些事件的原因。

至于几个哲学家，训迪我本来是他们的本分，可是我早就清楚能从他们那里得到什么教诲；数学家也好，新批评主义者也罢，都尽量远远避开动荡不安的现实，他们无视现实，就像几何学家无视他们测量的大量物品的存在一样。

我回到玛丝琳的身边，丝毫也不掩饰这些拜访给我造成的烦恼。

"他们都一模一样，"我对她说，"每个人都扮演双重角色。我跟他们之中一人讲话的时候，就好像跟许多人讲话。"

"可是，我的朋友，"玛丝琳答道，"您总不能要求每个人都跟其他所有人不同。"

"他们相互越相似，就越跟我不同。"

继而，我更加怅然地说：

"谁也不知道有病。他们生活，徒有生活的样子，却不知道自己在生活。况且，我也一样，自从和他们来往，我不再生活了。日复一日，今天我干什么了呢？恐怕九点钟前就离开了您；走之前，我只有片刻时间看看书，这是一天里唯一的良辰。您哥哥在公证人那里等我；告别公证人，他没有放手，又拉我去地毯商店；在高级木器商店里，我感到他碍手碍脚，但是到了加斯东那里才同他分手；我同菲力浦在那条街的餐馆吃过午饭，又去找在咖啡馆等候我的路易，同他一起听了泰奥多尔的荒谬的讲课；出门时，我还恭维泰奥多尔一通，为了谢绝他星期天的邀请，只好陪他去亚瑟家；于是，又跟亚瑟去看水彩画展；再到阿贝尔蒂娜家和朱莉家投了名片。我已精疲力竭，回来一看，您跟我一样累，接待了阿德莉娜、玛尔特、雅娜和索菲娅。现在一到晚上，我就回顾一天的所作所为，感到一天光阴蹉跎过去，只留下一片空白，真想抓回来，再一小时一小时重新度过，心里愁苦得几欲落泪。"

然而，我却说不出我所理解的生活是什么，说不出我喜欢天地宽些、空气新鲜的生活，喜欢少受别人限制、少为别人操心的生活，其秘密是不是单单在于我的拘束之感；我觉得这一秘密奇妙难解，心想好比死而复活之人的秘密，因为我在其他人中间成了陌生人，仿佛是从阴曹地府里回来的人。起初，我的心情痛苦而惶惑，然而不久，又产生一种崭新的意识。老实说，在我的受到广泛称誉的研究成果发表的时候，我没有丝毫得意的感觉。现在看来，那恐怕是骄傲心理吧？也许是吧，不过至少没有掺杂一丝的虚荣心。那是第一次意识到自己的价值：把我同世人分开、区别开的东西，至关重要；除我而外，任何人没有讲也讲不出来的东西，正是我要讲的。

不久我就登台授课了。我受讲题的激发，在第一课中倾注了全部簇新的热情。我谈起发展到绝顶的拉丁文明，描述那无愧于人民的文化艺术，说这种文化宛如分泌过程，开头显示了多血质和过分旺盛的精力，继而便凝固，僵化，阻止思想同大自然的任何珠联璧合的接触，以表面的持久的生机掩盖生命力的衰退，形成一个套子，思想禁锢在里面就要松弛，很快萎缩，以至衰竭了。最后，我彻底阐明自己的观点，断言这种文化产生于生活，又扼杀生活。

历史学家指责我的推断概括失之仓促，还有的人讥弹我的方法；而那些赞扬我的人，又恰恰是最不理解我的人。

我是讲完课出来，同梅纳尔克头一次重新见面的。我同他向来交往不多；在我结婚前不久，他又出门了；他去进行这类考查研究，往往要和我们睽隔一年多。从前我不大喜欢他；他好像挺傲气，对我的生活也不感兴趣。这次见他来听我的第一讲，我不禁感到十分意外。他那放肆的神态，我乍一见敬而远之，但是挺喜欢；他冲我微笑的样子，我也觉得善气迎人、十分难得。当时有一场荒唐而可耻的官司闹得满城风雨，报纸乘便大肆诋毁他，那些被他的恃才傲物、目无下尘的态度刺伤了的人，也都纷纷借机报复；而令他们大为恼火的是，他好像不为所动，处之泰然。

"何苦呢，就让他们有道理好了，既然他们没有别的东西，只能以此安慰自己。"他就是这样回答别人的谩骂。

然而，"上流社会"却义愤填膺，那些所谓"互相敬重"的人认为必须以蔑视回敬，把他视同路人。这又是一层原因：我受到一种秘密力量的吸引，在众目睽睽之下，走上前去，同他友好地拥抱。

看到我在同什么人说话，最后几个不知趣的人也退走了，只剩下我和梅纳尔克。

刚才受到情绪激烈的批评和无关痛痒的恭维,现在只听他对我的讲课评论几句,我的心情就宁帖了。

"您把原先珍视的东西付之一炬,"他说道,"这很好。只是您这一步走晚了点儿,不过,火力也因而更加猛烈。我还不清楚是否抓住了您的要领;您这人真令我惊讶。我不好同人聊天,但是希望跟您谈谈。今天晚上赏光,同我一起吃饭吧。"

"亲爱的梅纳尔克,"我答道,"您好像忘记我有了家室。"

"哦,真的,"他又说道,"看到您敢于上前跟我搭话,态度那么热情坦率,我还以为您自由得多呢。"

我怕伤了他的面子,更怕自己显得软弱,便对他说,我晚饭后去找他。

梅纳尔克到巴黎总是暂时客居,在旅馆下榻;即便如此,他也让人整理出好几个房间,安排成一套房子的规模。他有几个仆人侍候,单独吃饭,单独生活。他嫌墙壁和家具俗气丑陋,就把他从尼泊尔带回来的几块布挂上去;他说等布挂脏了好赠送给哪家博物馆。我过分急于见他,进门时见他还在吃饭,便连声叨扰。

"不过,我还不想就此结束,想必您会容我把饭吃完。您若是到这儿吃晚饭,我就会请您喝希拉兹酒,这是哈菲兹[①]歌颂过的佳酿;可是现在太迟了,这种酒宜于空腹喝。您至少喝点别的酒吧?"

我同意了,心想他准会陪我喝一杯,却见他只拿一只杯子,不免

[①] 哈菲兹(1320—1389):波斯最著名的抒情诗人。

奇怪。

"请原谅，我几乎从来不喝酒。"他说道。

"您怕喝醉了吗？"

"嗳！恰恰相反！"他答道，"在我看来，滴酒不沾，才是酩酊大醉；我在沉醉中保持清醒。"

"而您却给别人斟酒。"

他微微一笑。

"我总不能要求人人具备我的品德。在他们身上发现我的邪癖，就已经不错了。"

"起码您还吸烟吧？"

"烟也不大吸。这是一种缺乏个性的消极的醉意，极容易达到；我在沉醉中寻求生活的激发，而不是生活的缩减。不谈这个了。您知道我是从哪儿来的吗？从比斯克拉。我听说您不久前到过那里，就想去寻觅您的踪迹。这个盲目的学者，这个书呆子，他到比斯克拉干什么去啦？我有一种习惯，只有别人告诉我的事情，我听完为止，不再探究，而对我自己要了解的事情，老实说，我的好奇心是没有止境的。因此，凡是能去的地方，我都去寻觅，搜索，调查过了。我的冒失行为还真有了用，正是这种行为使我产生了再同您晤面的愿望，而且我知道现在要见的，不是我从前所见的那个墨守成规的老夫子，而是……是什么，这要由您来向我说明。"

我感到自己的脸涨红了。

"您了解到我什么情况了，梅纳尔克？"

"您想知道吗？不过，您不必担心呀！您了解您的朋友和我的朋友，知道我不可能对任何人谈论您。您也瞧见了您讲的课是否为人理解！"

"然而，"我略微不耐烦地说，"还没有任何迹象表明我对您可以深谈。好了！您究竟打听到我什么情况了？"

"首先，听说您得了一场病。"

"哦，这情况毫无……"

"嗳！这情况就已经很重要了。还听说您好独自一人出去，不带书（从这儿我开始佩服您了），或者，您不是独自一人出去的时候，更愿意让孩子而不是让尊夫人陪同。不要脸红呀，否则我就不讲下去了。"

"您讲吧，不要看我。"

"有一个孩子，如果我记得不错的话，他叫莫克蒂尔，长得没有那么俊的，又好偷，又好骗；我看出他能提供很多情况，便把他笼络住，收买他的信任，您知道这并不容易，因为，我认为他一边说不再撒谎，一边还在撒谎。他对我讲的有关您的事，您告诉我这是不是真的。"

这时，梅纳尔克已经起身，从一个抽屉里拿出一个小匣，把它打开。

"这把剪刀是您的吧？"他问道，同时递给我一样锈迹斑斑的、又尖又弯的形状很怪的东西；然而，我没有怎么费劲就认出正是莫克蒂尔从我那偷走的小剪刀。

"对，是我的，这正是我妻子原来的剪刀。"

"他说是趁您回过头去的工夫拿走的，那天房间里只有你们两个人。不过，有趣的还不在这儿；他说他把剪刀藏进斗篷的当儿，就明白了您在镜子里监视他,而且警见了您映在镜子里的窥察的眼神。您目睹他偷了东西,却绝口不提!对您这种缄默,莫克蒂尔感到非常意外……我也一样。"

"听了您讲的,我也深感意外:怎么!他居然知道我瞧见啦!"

"这还不是最重要的。您想比一比谁狡猾;在这方面,那些孩子总能把我们耍了。您以为逮住了他,殊不知他却逮住了您……这还不是最重要的。请向我解释一下,您为什么保持沉默。"

"我还希望别人给我解释呢。"

我们静默了半晌。梅纳尔克在屋里踱来踱去,漫不经心地点燃一支烟,随即又扔掉。

"事情在于'一种意识'。"他又说道,"正如别人所说的'意识',而您好像缺乏,亲爱的米歇尔。"

"'道德意识',也许是吧。"我勉强一笑,说道。

"嗳!不过是所有权的意识。"

"我看您自己这种意识也不强。"

"可以说微乎其微,您瞧,这里什么也不是我的;不提也罢,就连我睡觉的这张床也不属于我。我憎恶安逸;有了财物,就滋长这种思想,要高枕无忧。我相当喜爱生活,因而要活得清醒;我正是以这种不稳定的情绪刺激,至少激发我的生活。我不能说我好弄险,但是我喜欢充满风险的生活,希望这种生活时刻要我付出全部勇气、全部幸福和整个健康的体魄。"

"既然如此,您责怪我什么呢?"我打断他的话。

"嗳!您完全误解了我的意思,亲爱的米歇尔。我试图表明自己的信念，这下又干了蠢事！……如果说我不大理会别人赞同还是反对，这总不是自己要出面表示赞同或反对；对我来说，这些词没有多大意义。刚才我谈自己太多了；自以为被人理解，话就刹不住闸……我只想对您讲，对一个缺乏所有权意识的人来说，您似乎很富有；这就严重了。"

"我富有什么呀？"

"什么也没有，既然您持这种口吻……不过，您不是开课了吗？您在诺曼底不是拥有土地吗？您不是到帕希来安家，布置得相当豪华吗？您结了婚，不是盼个孩子吗？"

"就算是吧！"我不耐烦地说道，"然而，这仅仅证明我有意为自己安排的生活，拿您的话说，比您的生活更'危险'。"

"是啊，仅仅。"梅纳尔克讥诮地重复道，接着猛然转过身来，把手伸给我——

"好了，再见吧；今天晚上就到此为止，再谈下去，也不会有什么名堂。改日见吧。"

有一段时间我没有再见到他。

我又忙于应付新的事务、新的思虑。一位意大利学者通知我，他把一批新资料公之于世，我为讲课用了很长时间研究了那些资料。感到头一讲没有被人正确领会，就更激起我的愿望，我要以不同方法更有力地阐明以下几讲。因此，我原先以巧妙的假说提出的观点，现在就要敷演成学说。多少论证者的力量，就在于别人不理解他们用含蓄的话阐述的问题。至于我，老实说，我还不能分辨在必要的正常论证中，又有多少固执的成分。我要讲述的新东西越难讲，尤其越难讲明白，就越急于讲出来。

然而，跟行为一对照，话语变得多么苍白无力啊！生活、梅纳尔克的一举一动，不是比我讲的话雄辩千倍吗？我恍然大悟，古代贤哲近乎纯粹道德的教诲，总是言行并重，甚而行重于言！

上次晤面之后将近三周，我又在家里见到了梅纳尔克。他到的时候，正值一次人数众多的聚会的尾声。为了避免天天来人打扰，我和玛丝琳干脆每星期四晚上敞门招待，其他日子就好杜门谢客了。因此，每星期四，自称是我们朋友的人便纷纷登门。我们的客厅非常宽敞，能接待很多人，聚会延至深夜。如今想来，吸引他们的主要是玛丝琳的丽雅，以及他们之间交谈的乐趣；至于我，从第二次晚会开始，我就觉得听无可听，说无可说，难以掩饰烦闷的情绪。我遛来遛去，从吸烟室到客厅，又从前厅到书房，东听一句话，西瞥一眼，无心观察他们干什么。

安托万、艾蒂安和戈德弗鲁瓦仰卧在我的妻子的精巧的沙发椅上，在争论议会的最近一次投票。于贝尔和路易乱弄乱摸我父亲收藏的出色的铜版画片。在吸烟室里，马蒂亚斯把点燃的雪茄放在香木桌上，以便更专心地听列奥纳尔高谈阔论。一杯柑香酒洒在地毯上。阿贝尔的一双泥脚肆无忌惮地搭在沙发床上，弄脏了罩布。人们呼吸着物品严重磨损的粉尘……我心头火起，真想把我的客人一个个全推出去。家具、罩布、铜版画，一旦染上污痕，在我看来就完全丧失价值；物品垢污，物品患疾，犹如死期已定。我很想独自占有，把这一切都封存起来。我不免思忖,梅纳尔克一无所有,该是多么幸福啊!而我呢,我正是苦于要珍惜收藏。其实,这一切对我又有什么要紧呢?

在灯光稍暗、由一面没有镀锡的镜子隔开的小客厅里,玛丝琳只接待几个密友;她半卧在靠垫上,脸色惨白,不胜劬劳;我见了陡然惊慌起来,心下决定这是最后一次接待客人了。时间已晚。我正要看表,忽然感到放在我背心兜里的莫克蒂尔那把小剪刀。

"这小家伙,既然偷了剪刀就弄坏,就毁掉,那他为什么要偷呢?"

这时,有人拍拍我的肩膀;我猛地回身,原来是梅纳尔克。

恐怕只有他一人穿着礼服。他刚刚到。他请我把他引见给我妻子;他不提出来,我绝不会主动引见。梅纳尔克仪表堂堂,相貌有几分英俊;已经灰白的浓髭胡垂向两侧,将那张海盗式的面孔截开;冷峻的眼神显出他刚勇果决有余,仁慈宽厚不足。他刚同玛丝琳一照面,我就看出玛丝琳不喜欢他。等他俩寒暄几句之后,我便拉他去吸烟室。

当天上午我就得知,殖民部长交给他一项新的使命。不少报纸发消息的同时,又回顾了他那充满艰险的生涯,溢美之言唯恐不足以颂扬,仿佛忘记了不久前还肆意毁谤他。报纸争相渲染他前几次勘察中的有益发现对国家、对全人类所做的贡献,就好像他只为人道主义的目的效力;还称颂他吃苦耐劳,忠于职守,胆识过人,大有他专门追求这类赞誉的劲头。

我一上来也向他道贺,可是刚说两句就被他打断了。

"怎么!您也如此,亲爱的米歇尔,然而当初您可没有骂我呀,"他说道,"还是让报纸讲这些蠢话去吧。一个品行遭到非议的人,居然有几点长处,现今看来是咄咄怪事。我完全是一个整体,无法区分他们派在我身上的瑕瑜。我只求自然,不想装什么样子,每次行动所感到的乐趣,就是我应当从事的标志。"

"这样很可能有建树。"我对他说。

"我有这种信念,"梅纳尔克又说道,"唉!我们周围的人若是都相信这一点就好了。可是,大多数人却认为对他们自己只有强制,否则不会有任何出息;他们醉心于模仿。人人都要尽量不像自己,人人都挑个楷模来仿效;甚至并不选择,而是接受现成的楷模。然而我认为,人的身上还另有可观之处。他们却不敢,不敢翻过页面。模仿法则,我称作畏惧法则。怕自己孤立;根本找不到自我。我十分憎恶这种精神上的广场恐怖症:这是最大的怯懦。殊不知人总是独自进行发明创造的。不过,这里谁又立志发明呢?自身感到的不同于常人之点,恰恰是稀罕的,使其人具有价值的东西。然而,人们却要千方百计地取消;就这样还口口声声地说热爱生活。"

我由着梅纳尔克讲下去。他所说的,正是上个月我对玛丝琳讲过的话;我本来应当同意。然而,出于何等懦弱心理,我却打断他的话头,一字不差地重复玛丝琳打断我时说的那句话:

"然而,亲爱的梅纳尔克,您总不能要求每个人都跟其他所有人不同。"

梅纳尔克戛然住声,样子奇怪地凝视我,接着,他完全像欧塞贝[①]那样跨上一步告辞,毫不客气地转身去同埃克托尔交谈了。

话刚一出口,我就觉得很蠢,尤其懊悔的是,梅纳尔克听了这话

---

① 欧塞贝(265—340):希腊基督教徒作家。

可能会认为，我感到被他的话刺痛了。夜深了，客人纷纷离去。等客厅里的人几乎走空了，梅纳尔克又朝我走来，对我说道：

"我不能就这样离开您。无疑我误解了您的话，至少让我存这种希望吧。"

"哪里，"我答道，"您并没有误解。我那话毫无意义，实在愚蠢，刚一出口我就懊悔莫及，尤其感到在您的心目中，我要被那话打入您刚刚谴责的那些人之列，而我可以明确地告诉您，我像您一样讨厌那类人，我憎恶所有循规蹈矩的人。"

"他们是人间最可鄙的东西，"梅纳尔克又笑道，"跟他们打交道，就别指望有丝毫的坦率；因为他们唯道德准则是从，否则就认为他们的行为不正当。我稍微一觉察您可能同那些人气味相投，就感到话语冻结在嘴唇上了。我当即产生的忧伤向我揭示，我对您的感情多么深笃。我就愿意是自己失误了，当然不是指我对您的感情，而是指我对您的判断。"

"的确，您判断错了。"

"哦！是这么回事吧？"他猛然抓住我的手，说道，"告诉您，不久我就要启程了，但是我还想跟您见见面。我这次远行，比前几次时间更长，风险更大，归期难以预料。再过半个月就动身；这里还无人知晓我的行期这么近，我只是私下告诉您。天一破晓就起行。不过，我每次动身之前那一夜，总是惶惶不安。向我证明您不是循规蹈矩的人吧；在那最后一夜，能指望您陪伴我吗？"

"在那之前，我们还会见面的嘛。"我颇感意外地说道。

"不会见面了。这半个月，我谁也不见了，甚而不在巴黎。明天，我去布达佩斯，六天之后，还要到罗马。那两个地方有我的友人，离开欧洲之前，我要去同他们话别。还有一个在马德里盼我去呢。"

"一言为定，我跟您一起度过那个夜晚。"

"好，我们可以饮希拉兹酒了。"梅纳尔克说道。

这次晚会过后几天，玛丝琳的身体开始不适。前面说过，她常常感到疲倦，但她忍着不哀怨。而我却以为这种倦怠是她有身孕的缘故，是非常自然的，也就没有在意。起初请来一个老大夫，他不是糊涂，就是不谙病情，叫我们一百个放心。然而，看到玛丝琳总是心绪不宁，身体又发热，我就决定另请特××大夫，他是公认的医道最高明的专家。大夫奇怪为什么没有早些就医，并做出了严格的饮食规定，说患者前一阵就应当遵循了。玛丝琳太好强，不知将息，结果疲劳过度。在一月末分娩之前，她必须终日躺在帆布椅上。她完全服从极为难耐的医嘱，无疑是她颇为担心，身体比她承认的还要不舒服。她一直硬挺着，现在一种教徒式的服帖摧垮了她的意志，以致几天当中，她的病情便突然加重了。

我更加精心护理，并且拿特××的话极力安慰她，说大夫认为她身体没有任何严重的病状。然而，她那样忐忑不安，最后也使我惊慌失措了。啊！我寄寓希望的幸福，真好比幕上燕巢！未来毫无把握！当初我完全埋在故纸堆里，忽然一日，现实却令我心醉，哪知未来襄解了现时的魅力，甚于现时襄解往昔的魅力。自从我们在索伦托度过的那一良宵，我的全部爱、全部生命，就已经投射在前景上了。

话说到了我答应陪伴梅纳尔克的夜晚。整整一个冬夜要丢下玛丝琳，我虽然放心不下，但还是尽量让她理解这次约会和我的诺言非同儿戏，绝不能爽约失信。这天晚上，玛丝琳感觉好一些，不过我还是担心；一位女护士代替我守护她。然而一来到街上，我重又惴惴不安。我进行搏击，要驱除这种情绪，同时也恨自己无计摆脱。我的神经渐渐高度紧张，进入一种异常亢奋的状态，同造成这种状态的痛苦悬念既不同又相近，不过更接近于幸福感。时间不早了，我大步走去；大雪纷纷降落。我呼吸着凛冽的空气，迎斗严寒，迎斗风雪与黑夜，终于感到十分畅快；我在体品自己的勇力。

梅纳尔克听见我的脚步声，便迎到楼道上。他颇为焦急地等候我，只见他脸色苍白，皮肉微微抽搐。他帮我脱下大衣，又逼我脱掉湿了的皮靴，换上软绵绵的波斯拖鞋。在炉火旁边的独脚圆桌上，摆着各种糖果。室内点着两盏灯，但还没有炉火明亮。梅纳尔克首先问询玛丝琳的身体状况。我回答说她身体很好，一语带过。

"你们的孩子呢，快出世了吧？"他又问道。

"还有两个月。"

梅纳尔克朝炉火俯下身去，仿佛要遮住他的面孔。他沉默下来，久久不语，以致弄得我有些尴尬，一时不知道说什么好。我起身走了几步，继而走到他跟前，把手搭在他的肩膀上。于是，他仿佛顺着自己的思路，自言自语地说：

"必须抉择。关键是弄清自己的心愿。"

"唔！您不是要动身吗？"我问道，心里摸不准他的话的意思。

"也许吧。"

"难道您还犹豫吗？"

"何必问呢？您有妻子孩子，就留下吧。生活有千百种形式，每人只能经历一种。艳羡别人的幸福，那是想入非非，即便得到也不会享那个福。现成的幸福要不得，应当逐步获取。明天我启程了；我明白：我是按照自己的身材剪制这种幸福。您就守住家庭的平静幸福吧。"

"我也是按照自己的身材剪制幸福的，"我高声说道，"不过，我个子又长高了。现在，我的幸福紧紧箍住我，有时候，勒得我几乎喘不上来气！"

"哦！您会习惯的！"梅纳尔克说道。接着，他立在我面前，直视我的眼睛，看到我无言以对，便辛酸地微微一哂，又说道："人总以为占有，殊不知反被占有。

"斟希拉兹酒吧，亲爱的米歇尔，您不会经常喝到的；吃点这种粉红色果酱，这是波斯人的下酒菜。今天晚上，我要和您交杯换盏，忘记明天我起行之事，随便聊聊，就当这一夜十分漫长。如今诗歌，尤其哲学，为什么变成了死字空文，您知道吗？就是因为诗歌哲学脱离了生活。古希腊直截了当地把生活理想化，以至艺术家的生活本身就是一部诗篇，哲学家的生活就是本人哲学的实践；同样，诗歌和哲学参与了生活，相互不再隔绝不解，而是哲学滋养着诗歌，诗歌抒发着哲学，两者相得益彰，具有振聋发聩的力量。然而，如今美不再起作用，行为也不再考虑美不美；明智却独来独往。"

"您的生活充满了智慧，"我说道，"何不写回忆录呢？——再不然，"我见他微微一笑，便补充说，"就只记述您的旅行不好吗？"

"因为我不喜欢回忆，"他答道，"我认为那样会阻碍未来的到达，并且让过去侵入。我是在完全忘却昨天的前提下，才强行继承每时每刻。曾经幸福，绝不能使我满足。我不相信死去的东西，总把不再存在和从未有过两种情况混为一谈。"

这番话大大超越了我的思想，终于把我激怒了。我很想往后拉，拉住他，然而我绞尽脑汁，也想不出反驳他的话；况且，与其说生梅纳尔克的气，还不如说生我自己的气。于是，我默然不语。梅纳尔克则忽而踱来踱去，宛似笼中的猛兽，忽而俯向炉火，忽而沉默良久，忽而又开口言道：

"哪怕我们贫乏的头脑善于保存记忆也好哇！可是偏偏保存不善。最精美的变质了；最香艳的腐烂了；最甜蜜的后来变成最危险的了。追悔的东西，当初往往是甜蜜的。"

重又长时间静默，然后他说道：

"遗憾、懊恼、追悔，这些都是从背后看去的昔日欢乐。我不喜欢向后看，总把自己的过去远远甩掉，犹如鸟儿振飞而离开自己的身影。啊！米歇尔，任何快乐都时刻等候我们，但总是要找到空巢，要独占，要独身的人去会它。啊！米歇尔，任何快乐都好比日渐腐烂的荒野吗哪[①]，又好比阿梅莱斯神泉水；根据柏拉图的记载，任何瓦罐也装不住这种神泉水。让每一时刻都带走它送来的一切吧。"

梅纳尔克还谈了很久，我在这里不能把他的话一一复述出来；许多话都刻在我的脑海里，我越是想尽快忘却，就越是铭记不忘。这并不是因为我觉得这些话有什么新意，而是因为它们陡然剥露了我的思想；须知我用多少层幕布遮掩，几乎以为早已把这种思想扼杀了。一宵就这样流逝。

[①] 荒野吗哪：《圣经·旧约》中记载的神赐食物，使古以色列人在旷野四十年而赖以存活。

到了清晨，我把梅纳尔克送上火车，挥手告别之后，踽踽独行，好回到玛丝琳的身边，一路上情绪沮丧，恨梅纳尔克寡廉鲜耻的快乐；我希望这种快乐是装出来的，并极力否认。可恼的是自己无言以对，可恼的是自己回答的几句话，反而会使他怀疑我的幸福与爱情。我牢牢抓住我这毫无把握的幸福，拿梅纳尔克的话说，牢牢抓住我的"平静的幸福"；唉！我无法排除忧虑，却又故意把这忧虑当成我的爱情的食粮。我探望将来，已经看见我的小孩冲我微笑了；为了孩子，我的道德现在重新形成并加强。我步履坚定地朝前走去。

唉！这天早晨，我回到家，刚进前厅，只见异常混乱，不禁大吃一惊。女护士迎上来，用词委婉地告诉我，昨天夜里，我妻子突然感到特别难受，继而剧烈疼痛，尽管算来她还没到预产期；由于感觉不好，她就派人去请大夫；大夫虽然连夜赶到，但是现在还没有离开病人。接着，想必看到我面如土色，女护士就想安慰我，说现在情况已经好转，而且……我冲向玛丝琳的卧室。

房间很暗，乍一进去，我只看清打手势叫我肃静的大夫，接着看见昏暗中有一个陌生的面孔。我惶惶不安，蹑手蹑脚地走到床前。玛丝琳紧闭双目，脸色惨白，乍一看我还以为她死了。不过，她虽然没有睁开眼睛，却向我转过头来。那个陌生人在昏暗的角落里收拾并藏起几样物品；我看见有发亮的仪器、药棉；还看见，我以为看见一块满是血污的布单……我感到身子摇晃起来，倒向大夫，被他扶住了。我明白了，可又害怕明白。

"孩子吗？"我惶恐地问道。

大夫惨然地耸了耸肩膀。——我一时蒙了头，扑倒在病榻上，失声痛哭。噢！猝然而至的未来！我脚下忽地塌陷；前面唯有空洞，我在里面踉跄而行。

这段时间，记忆一片模糊。不过，最初，玛丝琳的身体似乎恢复得挺快。年初放假，我有点闲暇时间，几乎终日陪伴她。我在她身边看书，写东西，或者轻声给她念。每次出去，准给她带回来鲜花。记得我患病时，她尽心护理，十分体贴温柔，这次我也以深挚的爱对待她，以至她时常微笑起来，显得心情很舒畅。我们只字不提毁掉我们希望的那件惨事。

不久，玛丝琳得了静脉炎；炎症刚缓和，栓塞又突发，她生命垂危。那是在深夜，还记得我俯身凝视她，感到自己的心脏随着她的心脏停止或重新跳动。我定睛看着她，希望以强烈的爱向她注入一点我的生命，像这样守护了她多少夜晚啊！当时我自然不大考虑幸福了，但是，能时常看到她的笑容，却是我忧伤中的唯一快慰。

我重又讲课了。哪儿来的力量备课讲授呢？记忆已经消泯，我也说不清一周一周是如何度过的。不过有一件小事，我要向你们叙述：

那是玛丝琳栓塞突发之后不久的一天上午，我守在她的身边，看她似乎见好，但是遵照医嘱，她必须静卧，甚至连胳膊也不能动一下。我俯身喂她水喝，等她喝完仍未离开；这时，她向我目示一个匣子，求我打开，然而由于言语障碍，说话的声音极其微弱。匣子就放在桌子上，我打开了，只见里面装满了带子、布片和毫无价值的小首饰。她要什么呢？我把匣子拿到床前，把东西一样一样拣出来给她看。"是这个吗？是那个吗？……"都不是，还没有找到；我觉察出她有些躁急。——"哦！玛丝琳！你是要这小念珠啊！"她强颜微微一笑。

"难道你担心我不能很好护理你吗?"

"嗳!我的朋友!"她轻声说道。——我当即想起我们在比斯克拉的谈话,想起她听到我拒绝她所说的"上帝的救援"时畏怯的责备。我语气稍微生硬地又说道:

"我完全是靠自己治好的。"

"我为你祈祷过多少回啊。"她答道,声音哀哀而轻柔。我见她眼睛流露出一种祈求的不安的神色,便拿起小念珠,撂在她那只歇在胸前床单上的无力的手中,赢得了她那充满爱的泪眼的一瞥,却不知道如何回答。我又待了一会儿,颇不自在,有点手足无措,终于忍耐不住了,对她说道:

"我出去一下。"

说着我离开怀有敌意的房间,仿佛被人赶出来似的。

那期间,栓塞引起了严重的紊乱;心脏掷出的血块使肺堵塞,负担加重,呼吸困难,发出咝咝的喘息声。病魔已经进驻玛丝琳的体内,症状日渐明显。病入膏肓了。

第三章

季节渐渐宜人。课程一结束,我就带玛丝琳去莫里尼埃尔,因为大夫说危险期已过,她若想痊愈,最好到空气新鲜的地方去休养。我本人也特别需要休息。我几乎每天都坚持守夜,始终提心吊胆,尤其是玛丝琳栓塞发作期间,我对她产生一种血肉相连的怜悯,自身感到她的心脏的狂跳,结果我被弄得精疲力竭,也好像大病了一场。

我很想带玛丝琳去山区；但是，她向我表示渴望回诺曼底，称说那里的气候对她最适宜，还提醒我应该去瞧瞧那两座农场，谁让我有点轻率地包揽下来了。她极力劝说，我既然承担了责任，就必须搞好。我们刚刚到达那里，她就催促我去视察土地……我说不清在她那热情的执意态度中，是不是有很大的舍己为人的成分；她是怕我若不如此，就会以为被拖在她身边照顾她，从而产生本身不够自由之感……玛丝琳的病情也确有好转，面颊开始红润了。看到她的笑容不那么凄然了，我觉得无比欣慰；我可以放心地出去了。

就这样，我回到农场。当时正割第一茬饲草。空气中飘着花粉与清香，犹如醇酒，一下子把我灌醉。仿佛自去年以来，我就再也没有呼吸，或者只吸些尘埃；现在畅吸甜丝丝的空气，多么沁人心脾。我像醉倒一般坐在坡地上，俯视莫里尼埃尔，望见它的蓝色房顶、池塘的如镜水面；周围的田地有的收割完了，有的还青草萋萋；再远处是树林，去年秋天我和夏尔骑马就是去那里游玩。歌声传入我的耳畔已有一阵工夫，现在又越来越近了；那是肩扛叉子耙子的饲草翻晒工唱的。我几乎一个个都认出来了；实在扫兴，他们使我想起了自己在那儿是主人，而不是流连忘返的游客。我迎上去，冲他们微笑，跟他们交谈，仔细询问每个人的情况。当天上午，博加日就向我汇报了庄稼的长势；而且在此之前，他还定期写信，不断让我了解农场发生的各种细事。看来经营得不错，比他当初向我估计的好得多。然而，有几件重要事情还等我拍板；几天来，我尽心管理一切事务，虽无兴致，但总可以装出忙碌的样子，以打发我的无聊日子。

一俟玛丝琳的身体好起来，几位朋友便来做客了。这一圈子人既亲密又不喧闹，深得玛丝琳的欢心，也使我出门更加方便了。我还是喜欢农场的人，觉得与他们为伍会有所收益，这倒不在于总是向他们打听；我在他们身边所感到的快乐难以言传：仿佛我是通过他们来感受的。仅仅看到这些穷光蛋，我就产生一种持久的新奇感，然而，不待我们的朋友开口，我就已经熟悉了他们谈论的内容。

如果说起初他们回答我的询问时，态度比我还要傲慢，那么时过不久，他们跟我就熟了些。我总是尽量同他们多接触，不仅跟他们到田间地头，还去游艺场所看他们。我对他们的迟钝思想不大感兴趣，主要是看他们吃饭，听他们说笑，满怀深情地监视他们的欢乐。说起来类似某种感应，就像玛丝琳心跳引起我心跳的那种感觉，即对他人的每一感觉都立刻产生共鸣；这种共鸣不是模糊的，而是既清晰又强烈的。我的胳臂感到割草工的酸痛；我看见他们疲劳，自己也疲劳；看见他们喝苹果酒，自己也觉得解渴，觉得酒流入喉。有一天他们磨刀时，一个人拇指深深割了一道口子，而我却有痛彻骨髓之感。

我观察景物似乎不单单依靠视觉，还依靠某种接触来感受，而这种接触也因奇异的感应而无限扩大了。

博加日一来，我就有些不自在，不得不端起主子的架子，实在乏味。当然，我该指挥还是指挥，不过是按照我的方式指挥雇工；我不再骑马了，怕在他们面前显得高高在上。为了使他们跟我在一起时不再介意，不再拘谨，我尽管小心翼翼，还是像以往那样，总想探听人家的阴私。我总觉得他们每人的生活都是神秘莫测的，有一部分隐蔽起来。我不在场的时候，他们干些什么呢？我不相信他们没有别的消遣，推定他们每人都有秘密，因而非要探个究竟不可。我到处转悠，跟踪盯梢,尤其爱缠着性情最粗鲁的人。仿佛期待他们的昏昧能放出光来启迪我。

有一个人格外吸引我。他长得不错,高高个头,一点不蠢,但是就好随心所欲,行事唐突,全凭一时的冲动。他不是本地人,偶然被农场雇用;卖劲干两天活,第三天就喝得烂醉如泥。一天夜里,我悄悄地去仓房看他,只见他醉卧在草堆里,睡得死死的。我凝视他多久啊!……真是来去无踪,突然有一天他走了。我很想知道他的去向;当天晚上听说是博加日把他辞退的,我十分恼火,便派人把博加日叫来。

"好像是您把皮埃尔辞退了,"我劈头说道,"请问为什么?"

我竭力控制恼怒的情绪,但他听了还是愣了一下。

"先生总不会留用一个醉鬼吧,他是害群之马,把最好的雇工都给带坏了。"

"我想留用什么人,比您清楚。"

"那是个流浪汉啊!甚至不知道他是从哪儿来的。这种人到此地来不会有好事。等哪天夜里,他放火把仓房烧掉,也许先生就高兴了。"

"不管怎么说,这是我的事情,农场总归还是我的吧;我乐意怎么经营,就怎么经营。今后,您要开走什么人,请事先告诉我缘故。"

前面说过,博加日是看着我长大的,非常喜爱我,不管我说话的口气多么刺耳,他也不会大动肝火,甚至不怎么当真。诺曼底农民就是这种秉性,对于不了解动机的事情,即对于同切身利益无关的事情,他们往往不相信。博加日只把我的责言看作一时的怪念头。

然而,我申饬了一通,不能就此结束谈话,觉得自己言辞未免太激烈,便想找点别的话头。

"您儿子夏尔大概快回来了吧?"我沉吟片刻,终于问道。

"我看到先生根本没把他放在心上,还以为您早把他忘记了呢。"博加日还有点负气地答道。

"我,把他忘记,博加日!怎么可能呢?去年我们相互配合得多好啊!农场的事务,在很大程度上我还要依靠他呢。"

"先生待人的确仁道,再过一星期,夏尔就回来了。"

"那好,博加日,我真高兴。"我这才让他退下了。

博加日说中了八九分:我固然没有把夏尔置于脑后,但是也不再把他放在心上了。原先跟他那么亲热,现在对他却兴味索然,这该如何解释呢?看来,我的心思与情趣大异于去年了。老实说,我对两座农场的兴趣,已不如对雇工的兴趣那么浓了。我要同他们交往,夏尔不离左右就会碍手碍脚。因此,尽管一想起他来,往日的激动情怀又在我心中苏醒,但是看到他的归期日近,我不禁有些担心。

他回来了。啊!我担心得多有道理,而梅纳尔克否认一切记忆又多有见地!我看见进来的不是原先的夏尔,而是一位头戴礼帽、样子既可笑又愚蠢的先生。天哪!他的变化多大啊!我颇为拘束、发窘,但是见他与我重逢的那种喜悦,我对他也不能太冷淡;不过,他的喜悦也令我讨厌,样子显得笨拙而无诚意。我是在客厅里接待他的,由于天色已晚,看不清他的面孔;等掌上灯来,我发现他蓄起了颊髯,不觉有些反感。

那天晚上的谈话相当无聊;我知道他要待在农场,自己干脆不去了,在将近一周的时间里,我埋头研究,并泡在客人中间。后来我重新出门时,马上又有了新的营生。

树林里来了一批伐木工。每年都卖一部分木材。树林等分十二块,每年都能提供几棵不再生长的大树,以及长了十二年可做烧柴的矮树。

这种生意冬季成交,根据卖契条款,伐木工必须在开春之前把伐倒的树木全部运走。然而,指挥砍伐的木材商厄尔特旺老头十分拖拉,往往到了春天,伐倒的树木还横七竖八地堆放着,而在枯枝中间又长出了细嫩的新苗;伐木工再来清理的时候,就要毁掉不少新苗。

今年,买主厄尔特旺老头马虎到了令我们担心的地步。由于没有买主竞争,我只好低价出手。他这样便宜买下了树木,无论怎样都保险有赚头,因而迟迟不开工,一周一周拖下来;一次推托没有工人,还有一次借口天气不好,后来不是说马病了,有劳务,就是说忙别的活……花样多得很,谁说得清呢?左拖右拖,直到仲夏,一棵树还没有运走。

若是在去年,我早就大发雷霆了,而今年我却相当平静;对于厄尔特旺给我造成的损失,我并不佯装不见;然而,树林这样破败芜杂却别有一番风光,我常常兴致勃勃地去散步,窥视猎物,惊走蜂蛇,有时久久坐在一根横卧的树干上;树干仿佛仍然活着,从截面发出几根绿枝。

到了八月中旬,厄尔特旺突然决定派人。一共来了六个,称说十天完工。采伐的地段几乎与瓦尔特里农场相接;我同意从农场给伐木工送饭,以免他们误工。送饭的人叫布特,是个名副其实的小丑,烂透了被军队开出来的——我指的是头脑,因为他的身体棒极了。他成了我喜欢与之交谈的一个雇工,而且我不用去农场就能同他见面。其时，我恰巧重新出来游荡；一连几天，我总是在树林里勾留，用餐时才回莫里尼埃尔，还经常误了吃饭的时间。我装作监视劳动，而醉翁之意不在酒，只想瞧那些干活的人。

厄尔特旺的两个儿子时而来帮这六个人干活，大的二十岁，小的十五岁，他们身体挺拔，一脸横肉，脸形像外国人。后来我还真听说他们母亲是西班牙人。起初我挺奇怪，那女人怎么会来此地生活。不过，厄尔特旺年轻时到处流荡，四海为家，很可能在西班牙结了婚。由于这种缘故，本地人都藐视他。还记得我初次遇见厄尔特旺家老二时正下着雨。他独自一人，仰卧在柴垛码得高高的大车上，埋在树枝中间高唱着，或者说以嚎代唱；歌曲特别怪，我在当地闻所未闻。拉车的马识途，不用人赶，径自往前走。这歌声使我产生的感觉难以描摹，因为我只在非洲听到过类似的歌曲。小伙子异常兴奋，仿佛喝醉了；在我从车旁走过时，他一眼也没有看我。次日我听说他是厄尔特旺家的孩子。我在采伐林中流连不返，就是想再见到他，至少也是为了等候他。伐倒的树很快就要运光了。厄尔特旺家的两个小伙子仅仅来了三次。他们的样子很傲气，我从他们嘴里掏不出一句话。

相反，布特倒好讲。我设法使他很快明白，跟我在一起讲话可以随便；于是，他不再拘束，把当地的秘密全揭出来。我贪婪地听着。这秘密既出乎我的意料，又不能满足我的好奇心。难道这就是暗中流播震荡的事情吗？也许这不过是一种新的伪装吧？无所谓！我盘问布特，如同我从前撰写哥特人残缺不全的编年史那样。从他叙述的深渊起了一团迷雾，升至我的脑际，我不安地呶吸着。他首先告诉我，厄尔特旺同他女儿睡觉。我怕稍微流露出一点谴责的神情会使他噤声，便微微一笑，受好奇心的驱使问道：

"那母亲呢？什么话也不讲吗？"

"母亲！死了有十二年了……在世时，厄尔特旺总打她。"

"他们家几口人？"

"五个孩子。大儿子和小儿子您见到过。还有一个小子，十六岁，身体不壮，想要当教士。另外，大女儿跟父亲已经生了两个孩子……"

我逐渐了解厄尔特旺家的其他情况：那是一个是非之地，气味强烈，虽说我的想象力还算丰富，也只能把它想象成一只牛蝇：——且说一天晚上，大儿子企图强奸一个年轻女仆，由于女仆挣扎，老子就上前帮儿子，用两只粗大的手按住她；当时，二儿子在楼上，该祈祷还祈祷，小儿子则在一边看热闹。说起强奸，我想那并不难，因为布特还说过了不久，那女仆也上了瘾，就开始勾引小教士了。

"没有得手吧？"我问道。

"他还顶着，但是不那么硬气了。"布特答道。

"你不是说还有一个女儿吗？"

"她呀，有一个跟一个，而且什么也不要。她一发了情，还要倒贴呢。只是不能在家里睡觉，老子会大打出手的。他说过这样的话，在家里，谁愿意干什么就干什么，可是别把外人扯进来。拿皮埃尔来说，就是您从农场开掉的那个小伙子，他就守不了嘴，一天夜里，他从那家出来，脑袋上是带着窟窿眼儿的。打那以后，就到庄园的树林里去搞。"

我又用眼神鼓励他，问道：

"你试过吗？"

他装装样子垂下眼睛，嘿嘿笑道：

"有过几次。"他随即又抬起眼睛。

"博加日老头的小儿子也一样。"

"博加日老头的哪个儿子？"

"阿尔西德呗，就是住在农场的那个。先生不认识他吗？"

听说博加日还有一个儿子，我呆若木雕。

"去年，他还在他叔叔那里，这倒是真的。"布特继续说道："可是怪事，先生竟然没有在树林里撞见他；他差不多天天晚上偷猎。"

布特说到最后时，声音放低了，同时注视着我，于是我明白要赶紧一笑置之。布特这才满意，继续说道：

"先生心里清清楚楚有人偷猎。嘿！林子这么大，也糟蹋不了什么。"

我没有不满的表示，布特胆子很快就大了，今天看来，他也是高兴说点博加日的坏话。于是，他领我看了阿尔西德在洼地下的套子，还告诉我在绿篱的哪点儿十有八九能堵住他。那是在一个土坡上，围树林的绿篱有个小豁口，傍晚六点钟光景，阿尔西德常常从那里钻进去。我和布特到了那儿，一时来了兴头，便下了一个铜丝套，而且极为隐蔽。布特怕受牵连，让我发誓不说出他来，然后离开了。我趴在土坡的背面守候。

我白白等了三个傍晚，开始以为布特耍了我。到了第四天傍晚，我终于听见极轻的脚步越来越近。我的心怦怦直跳，突然领略到偷猎者胆战心惊的快感。套子下得真准，阿尔西德撞个正着。只见他猛然扑倒,腿腕被套住。他要逃跑,可是又摔倒了,像猎物一样挣扎。不过,我已经抓住了他。他是个野小子,绿眼珠,亚麻色头发,样子很狡猾。他用脚踢我,被我按住之后,又想咬我,咬不着就冲我破口大骂,那种脏话是我前所未闻的。最后我忍不住了,哈哈大笑。于是,他戛然住声,怔怔地看着我,放低声音说:

"您这粗鲁的家伙,却把我给弄残了。"

"看看嘛。"

他把套子褪到套鞋上,露出脚腕,上面只有轻轻一道红印。——没事儿。——他微微一笑,又嘟囔道:

"我回去告诉我爹,就说您下套子。"

"见鬼!这个套子是你的。"

"这个套子,当然不是您下的了。"

"为什么不是我下的呢?"

"您下不了这么好。让我瞧瞧您是怎么下的。"

"你教给我吧。"

这天晚上,我迟迟不回去吃饭;玛丝琳不知道我在哪儿,非常担心。不过,我没有告诉她我下了六个套子,我非但没有斥责阿尔西德,还给了他十苏钱。

次日同他去起套子,发现逮住两只兔子,我十分开心,自然把兔子让给他。打猎季节还未到。猎物怎样脱手,才不至于牵连本人呢?这个天机,阿尔西德却不肯泄露。最后还是布特告诉我,窝主是厄尔特旺,他小儿子在他和阿尔西德之间跑腿。这样一来,我是不是步步深入,探悉这个野蛮家庭的底细呢?我偷猎的劲头有多大啊!

每天晚上我都跟阿尔西德见面，我们捕捉了大量兔子，甚至还逮住一只小山羊；它还微有气息。回想起阿尔西德宰它时欣喜的样子，我总是不寒而栗。我们把小山羊放在保险的地点，厄尔特旺家小儿子夜里就来取走。

采伐的树木运走了，树林的魅力锐减，白天我就不大去了。我甚至想坐下来工作；须知上学期一结束，我就拒聘了；这工作既无聊，又毫无目的，而且费力不讨好。现在，田野传来一点歌声、一点喧闹，我就倏忽走神儿。对我来说，一声声都变成了呼唤。多少回我啪地放下书本，跃身到窗口，结果一无所见！多少回突然出门……现在我唯一能够留神的，就是我的全部感官。

现在天黑得快了。天一擦黑儿，就是我们的活动时间，我像盗贼潜入门户一样溜出去。从前我还没有领略过夜色的姣美，现已练就一双夜鸟一般的眼睛，欣赏那显得更高、更摇曳多姿的青草，欣赏那显得更粗壮的树木。在夜色中，一切景物都淡化，修远了，地面变得疏阔，整个画面也变得幽邃了。最平坦的路径也似乎险象环生，只觉得隐秘生活的万物到处醒来。

"现在你爹以为你在哪儿呢？"

"以为我在牲口棚里看牲口呢。"

我知道阿尔西德睡在那里，同鸽子和鸡群为邻；由于晚间门上锁，他就从屋顶的洞口爬出来，衣服上还保留家禽的热乎乎的气味。

继而，他一收起猎物，不向我挥手告别，也不说声明天见，就倏地没入黑夜中，犹如翻进活门暗道里。农场里的狗见到他不会乱咬乱叫；不过我知道，他回去之前，肯定要去找厄尔特旺家那小子，把猎物交出去。然而在哪儿呢？我无论怎样探听也是枉然；威吓也好，哄骗也罢，都无济于事。厄尔特旺那家人绝不让人靠近。我也说不清自己的荒唐行径如何才算大获全胜：是继续追踪越退越远的一件普通秘密呢？还是因好奇心太强而臆造那件秘密呢？——阿尔西德同我分手之后，究竟干什么呢？他真的在农场睡觉吗？还是仅仅让农场主相信他睡在那里呢？哼！我白白牵扯进去，一无所获，非但没有赢得他的更大信任，反而失去几分他的尊敬，不禁又气恼又伤心。

他突然消失，我感到极度孤单，穿过田野和露重的草丛回返，浑身泥水和草木叶子，仍旧沉醉于夜色、野趣和狂放的行为中。远处莫里尼埃尔在酣睡；我的书房或玛丝琳卧室的灯光，宛似平静的灯塔指引我。玛丝琳以为我关在书房里，而且我也使她相信，我夜间不出去走走就难以成眠。此话不假：我讨厌自己的床铺，宁肯待在仓房里。

今年野味格外多，穴兔、野兔和雉纷至沓来。布特看到一切顺利，过了三天晚上也入伙了。

偷猎的第六天晚上，我们下的十二副套子只剩下两副了，白天几乎被一扫而光。布特向我讨一百苏再买铜丝的，铁丝套子根本不顶事。

次日，我欣然看到我的十副套子在博加日家里，我不得不称赞他的热忱。最叫人啼笑皆非的是，去年我未假思索地许诺，每缴一副套子赏他十苏；因此，我不得不给博加日一百苏。布特用我给的一百苏又买了铜丝套子。四天之后，又故技重演。于是，再给布特一百苏，再给博加日一百苏。博加日听我赞扬他，便说道：

"该夸奖的不是我，而是阿尔西德。"

"唔！"我还是忍住了；过分惊讶，我们就全坏事儿了。

"对呀，"博加日接着说，"有什么办法呢，先生，我上年纪了，农场的事就够我忙乎的。小家伙代我查林子，他也熟悉，人又机灵，到哪儿能找到偷下的套子，他比我清楚。"

"这不难相信，博加日。"

"因此，先生每副套子给的十苏，我让给他五苏。"

"他当然受之无愧。真行啊！五天工夫缴了二十副套子！他干得很出色。偷猎的人只好认了，他们准会消停。"

"嗳！先生，恐怕是越抓越多呀。今年的野味卖的价钱好，对他们来说，损失几个钱……"

我被愚弄得好惨，几乎认为博加日是同谋。在这件事情上，令我气恼的不是阿尔西德的三重交易，而是看到他如此欺骗我。再说，他和布特拿钱干什么呢？我不得而知，也永远摸不透这种人。他们到什么时候都没准话，说骗就骗我。这天晚上，我给了布特十法郎，而不是一百苏，但警告他这是最后一次，套子再被缴走，那就活该了。

次日，我看见博加日来了，他显得很窘促，随即我比他还要窘促了。发生了什么情况呢？博加日告诉我，布特喝得烂醉如泥，直到凌晨才回农场；博加日刚说他两句，他就破口大骂，然后又扑上来把他揍了。

"因此，"博加日对我说，"我来请示，先生是否允许我（说到此处，他顿了顿），是否允许我把他辞退了。"

"我考虑考虑吧，博加日。听说他对您无礼，我非常遗憾。这事我知道。让我独自考虑一下吧，过两个小时您再来。"——博加日走了。

留用布特，就是给博加日极大的难堪；赶走布特，又会促使他报复。算了，听天由命吧，反正全是我一人的罪过。于是，等博加日再一来，我就对他说：

"您可以告诉布特，这里不用他了。"

随后我等待着。博加日怎么办的呢？布特说什么呢？直到当天傍晚，这起风波我才有所耳闻。布特讲了。我听见他在博加日屋里的喊声，当即就明白了；小阿尔西德挨了打。博加日要来了；果然来了；我听见他那老迈的脚步声越来越近，心怦怦跳得比捕到猎物时还厉害。难熬的一刻啊！所有高尚的感情又将复归，我不得不严肃对待。编造什么话来解释呢？我准装不像！唉！我真想卸掉自己的角色……博加日走进来。我一句话也没有听懂。实在荒谬：我只好让他重说一遍。最后，我听清了这种意思：他认为罪过只在布特一人身上；放过了难以置信的事实；说我给了布特十法郎，干什么呢？他是个十足的诺曼底人，绝不相信这种事。那十法郎，肯定是布特偷的，偷了钱又撒谎，这种鬼话，还不是为了掩饰他的偷窃行为；这怎么能骗得了他博加日呢。再也别想偷猎了。至于博加日打了阿尔西德，那是因为小伙子到外面过夜了。

好啦！我保住了；至少在博加日看来，一切正常。布特这家伙真是个大笨蛋！这天晚上，我自然没有兴致去偷猎了。

我还以为完事大吉了，不料过了一小时，夏尔却来了；老远就望见他的脸色比他爹还难看。真想不到去年……

"喂！夏尔，好久没见到你了。"

"先生要想见我,到农场去就行了。看林子,守夜,又不是我的事儿。"

"哦!你爹跟你讲了……"

"我爹什么也没有跟我讲,因为他什么也不知道。他那么大年纪了,何必了解他的主人嘲弄他呢?"

"当心,夏尔!你太过分了……"

"哼!当然,你是主人嘛!可以随心所欲。"

"夏尔,你完全清楚,我没有嘲弄任何人,即使我干自己喜欢的事,那也是仅仅损害我本人。"

他微微耸了耸肩。

"您都侵害自己的利益,如何让别人来维护呢?您不能既保护看林人,又保护偷猎者。"

"为什么?"

"因为那样一来……哼!跟您说,先生,这里面弯道道太多,我弄不清,只是不喜欢看到我的主人同被抓的人结成一伙,跟他们一起破坏别人为他干的事。"

夏尔说这番话时,声调越来越理直气壮,他那神态几乎是庄严。我注意到他刮掉了颊髯。他说的话也的确有道理。由于我沉默不语(我能对他说什么呢?),他继续说道:

"一个人拥有财产,就有了责任,这一点,先生去年教导过我,现在仿佛忘却了。应当认真履行职责,否则就没有资格拥有财产。"

静默片刻。

"这是你全部要讲的话吗?"

"是的，先生，今天晚上就讲这些；不过，如果先生把我逼急了，也许哪天晚上我要来对先生说，我和我爹要离开莫里尼埃尔庄园。"

他深鞠一躬，便往外走。我几乎未假思索就说道：

"夏尔！——他当然是对的……嘿！嘿！所谓拥有财产，如果就是这样！……夏尔。那我就追他去，连夜把他追回来。"仿佛为了确认我的突然决定，我又极快地说：

"你可以去告诉你爹，我要出售莫里尼埃尔庄园。"

夏尔又严肃地鞠了一躬，一句话未讲就走开了。

这一切真荒唐！真荒唐！

这天晚上，玛丝琳不能下楼来用餐，打发人来说她身体不舒服。我惴惴不安，急忙上楼去她的卧室。她立刻让我放心。"不过是感冒了。"她期望地说。她着凉了。

"你就不能多穿点儿吗？"

"然而，我刚打个冷战，就披上披肩了。"

"应当在打冷战之前，而不是在那之后披上。"

她凝视着我，强颜一笑。噢！也许这一天从起来就极不顺当，我容易忧心吧；哪怕她高声对我说。"我是死是活，你就那么关心吗？"我也不会像这样洞悉她的心思。毫无疑问，我周围的一切在瓦解；我的手抓住了多少东西，却一样也保不住。我朝玛丝琳冲过去，连连吻她那苍白的面颊。于是，她再也忍不住，伏在我的肩头痛哭。

"哎！玛丝琳！玛丝琳！咱们离开这儿吧。到了别处，我会像在索伦托那样爱你。你以为我变了，对不对？等到了别处，你就会看清楚，咱们的爱情一点没有变。"

然而，我还没有完全排解她的忧郁，不过，她已经重又紧紧地抓住了希望！

暮秋未至，而天气却又冷又潮湿；玫瑰的末茬花蕾不待开放就烂掉了。客人早已离去。玛丝琳虽然身体不适，但还没有到杜门谢客的程度。五天之后，我们就启程了。

第三部

我再次试图收心，牢牢抓住我的爱情。然而，我要平静的幸福何用呢？玛丝琳给我的并由她体现的幸福，犹如向不累的人提供的休憩。不过，我感到她多么疲倦，多么需要我的爱，因而对她百般抚爱，情意缠绵，并伪装这是出自我的需要。我受不了她的痛苦，是为了治愈她的苦痛才爱她的。

啊！亲亲热热的体贴、两情缱绻的良宵！正如有的人以过分的行为来强调他们的信念那样，我也张大我的爱情。告诉你们，玛丝琳立即重新燃起希望。她身上还充满青春活力，以为我也大有指望。我们逃离巴黎，仿佛又是新婚宴尔。可是，旅行的头一天，她就开始感到身体很不好；一到纳沙泰尔，我们不得不停歇。

我多么喜爱这海绿色的湖畔！这里毫无阿尔卑斯山区的特色，湖水有如沼泽之水，同土壤长期混合，在芦苇之间流动。我在一家很舒适的旅馆给玛丝琳要了一间向湖的房间，一整天都守在她的身边。

她的身体状况很不妙，次日我就让人从洛桑请来一位大夫。他非要打听我是否知道我妻子家有无结核病史，实在没有必要。我回答说有，其实并不知道，却不愿意吐露我本人因患结核病而险些丧命，而玛丝琳在护理我之前从未生过病。我把病因全归咎于栓塞，可是大夫认为那只是偶然因素，他明确对我说病已潜伏很久。他极力劝我们到阿尔卑斯高山上，说那里空气清新，玛丝琳就会痊愈；这正中下怀，我就是渴望整个冬季在恩迦丁度过。一俟玛丝琳病体好些，禁得住旅途的颠簸，我们就重新启程了。

旅途中的种种感受，如同重大事件一般记忆犹新。天气澄净而寒冷；我们穿上了最保暖的皮袄。到了库瓦尔，旅馆里通宵喧闹，我们几乎未合眼。我倒无所谓，一夜失眠也不会觉得困乏，可是玛丝琳……这种喧闹固然令我气恼，然而，玛丝琳不能闹中求静，以便成眠，尤其令我气恼。她多么需要好好睡一觉啊！次日拂晓前，我们就重新上路；我们预订了库瓦尔驿车的包厢座，各中途站若是安排得好，一天工夫就能到达圣莫里茨。

蒂芬加斯坦·勒朱利、萨马丹……一小时接着一小时，一切我都记得，记得空气的清新和寒峭，记得叮当的马铃声，记得我饥肠辘辘，中午在旅馆门前打尖，我把生鸡蛋打在汤里，记得黑面包和冰凉的酸酒。这些粗糙的食品，玛丝琳难以下咽，仅仅吃了几块饼干；幸亏我带了些饼干以备旅途食用。眼前又浮现落日的景象：阴影迅速爬上森林覆盖的山坡；继而又是一次暂歇。空气越来越凛冽而刚硬。驿车到站时，已是夜半三更，寂静得通透；通透……用别的词不合适。在这奇异的透明世界中，细微之声都能显示纯正的音质与完足的音响。又连夜上路了。玛丝琳咳嗽……难道她的咳声就止不住吗？我想起乘苏塞驿车的情景，觉得我那时咳嗽比她好些，她太费劲了……她显得多么虚弱，变化多大啊！坐在昏暗的车中，我几乎认不出她来了。她的神态多么倦怠啊！她那鼻孔的两个黑洞，叫人怎么忍心看呢？——她咳嗽得几乎上不来气。这是她护理我的一目了然的结果。我憎恶同情；所有传染都隐匿在同情中；只应当跟健壮的人同气相求。——噢！她真的支持不住了！我们不能很快到达吗？……她做什么呢？……她拿起手帕，捂到嘴唇上，扭过头去……真可怕！难道她也要咯血？——我猛地从她手中夺过手帕，借着半明半暗的车灯瞧了瞧……什么也没有。然而，我的惶恐神情太明显了，玛丝琳勉强凄然一笑，低声说道：

"没有，还没有呢。"

终于到达了。赶紧，眼看她支撑不住了。我对给我们安排的房间不满意，先住一夜，明天再换。多好的客房我也觉得不够好，多贵的客房我也不嫌贵。由于还没到冬季，这座庞大的旅馆几乎空荡荡的，房间可以任我挑选。我要了两个宽敞明亮而陈设又简单的房间，一间大客厅与之相连，外端镶着宽大的凸窗户，对面便是一片蓝色的难看的湖水，以及我不知其名的突兀的山峰；那些山坡不是林太密，就是岩太秃。我们就在窗前用餐。客房价钱奇贵，但这又有何妨！我固然不授课了，可是在拍卖莫里尼埃尔庄园。走一步看一步吧。再说，我要钱干什么呢？我要这一切干什么呢？现在我变得强壮了。我想财产状况的彻底变化，和身体状况的彻底变化会有同样教益。玛丝琳倒需要优裕的生活，她很虚弱。啊！为了她，花多少钱我也不吝惜，只要……而我对这种奢侈生活既厌恶又喜欢。我的情欲洗濯沐浴其中，但又渴望漫游。

这期间，玛丝琳的病情好转，我日夜守护见了成效。由于她吃得很少，我就叫美味可口的菜肴，以便引起她的食欲；我们喝最好的酒。我们每天品尝的那些外国特产葡萄酒，我十分喜爱，相信玛丝琳也会喝上瘾：有莱茵的酸葡萄酒、香味沁我心脾的托凯甜葡萄酒。记得还有一种特味酒，叫巴尔巴-格里斯卡，当时只剩下一瓶，因而我无从知晓别的酒是否会有这种怪味。

我们每天出去游览，起初乘车，下雪之后便乘雪橇，但是身体捂得严严的。每次回来，我的脸火辣辣的，食欲大振，睡眠也特别好。不过，我并没有完全放弃学术研究，每天用一个多小时来思考我感觉应当讲的话。历史问题自然谈不上了。我对历史研究的兴趣，早已是仅仅当作心理探索的一种方法。前面讲过，当我看到历史有惊人相似之处的时候，我是如何重新迷上过去的；当时我居然要凌逼古人，从他们的遗墨中得到某种对生活的秘密指示。现在，年轻的阿塔拉里克要同我交谈，就可以从墓穴里站起来；我不再倾听陈迹了。古代的一种答案，怎么能解决我的新问题呢！人还能够做什么？这正是我企盼了解的。迄今为止，人所讲的，难道是他们所能讲的全部吗？难道人对自己就毫无迷惘之点吗？难道人只能重弹旧调吗？……我模糊地意识到文化、礼仪和道德所遮盖、掩藏和遏制的完好的财富，而这种模糊的意识在我身上日益增强。

于是我觉得，我生来的使命就是为了某种前所未有的发现；我分外热衷于这种探幽索隐，并知道探索者为此必须从自身摈弃排除文化、礼仪和道德。

后来，我在别人身上竟然只赏识野性的表现，但又叹惋这种表现受到些微限制便会窒息。在所谓的诚实中，我几乎只看到拘谨、世俗和畏怯。如果能把诚实当成一种难能可贵的品质来珍视，我何乐而不为呢；然而，我们的习俗却把它变成了一种契约关系的平庸形式。在瑞士，它是安逸的组成部分。我明白玛丝琳有此需要，但是并不向她隐瞒我的思想的新路子。在纳沙泰尔，听她赞扬这种诚实，说它从那里的墙壁和人的面孔中渗出来，我就接上说道：

"有我自己的诚实就足矣，我憎恶那些诚实的人。即使对他们无须担心，从他们那儿也无可领教。况且，他们根本没有东西可讲……诚实的瑞士人！身体健康，对他们毫无意义。没有罪恶，没有历史，没有文学，没有艺术，不过是一株既无花又无刺的粗壮的玫瑰。"

我讨厌这个诚实的国家，这是我早就料到的，可是两个月之后，讨厌的情绪进而为深恶痛绝，我一心想离开了。

适值一月中旬。玛丝琳的身体好转，大有起色：慢慢折磨她的持续的低烧退了，脸色开始红润，不再像从前那样始终疲惫不堪，又喜欢出去走走了，尽管还走不远。我对她说，高山空气的滋补作用在她的身上已经完全发挥出来，现在最好下山去意大利，那里春光融融，有助于她的痊愈。我没有用多少唇舌就说服了她，我本人更不在话下，因为我对这些高山实在厌倦了。

然而，趁我此时赋闲，被憎恶的往事又卷土重来，尤其是这些记忆烦扰着我：雪橇的疾驶、朔风痛快的抽打、食欲；雾中漫步、奇特的回声、突现的景物；在十分保暖的客厅里看书、户外景色、冰雪景色；苦苦盼雪、外界的隐没、惬意的静思……啊，还有，同她单独在环绕落叶松的偏僻纯净的小湖上滑冰，傍晚同她一道返回……

南下意大利，对我来说，犹如降落一般眩晕。天气晴朗。我们渐渐深入更加温煦浓凝的大气中，高山上的苍郁的树木落叶松与冷杉，也逐步让位给秀美轻盈的繁茂草木。我仿佛离开了抽象思维，回到生活；尽管是冬季，我却想象到处飘香。噢！我们只冲影子笑的时间太久啦！清心寡欲的生活令我陶醉，而我醉于渴，正如别人醉于酒。我生命的节俭十分可观，一踏上这块宽容并给人希望的土地，我的所有欲望一齐爆发。爱的巨大积蓄把我胀大，它从我肉体的深处冲上头脑，使我的思绪也轻狂起来。

这种春天的幻象须臾即逝。由于海拔高度的突然降低，我一时迷误了；可是，我们一旦离开小住数日的贝拉乔、科莫的以山为屏的湖畔，便逢上了冬季和淫雨。恩迦丁地处高山，虽然寒冷，但是天气干燥清朗，我们还禁得住；不料现在来到潮湿阴晦的地方，我们的日子就开始不好过了。玛丝琳又咳嗽起来。于是，为了逃避湿冷，我们继续南下，从米兰到佛罗伦萨，从佛罗伦萨到罗马，再从罗马到那不勒斯；而冬雨中的那不勒斯，却是我见到的最凄惨的城市。无奈，我们又返回罗马，寻觅不到温暖的天气，至少也图个表面的舒适。我们在宾丘山上租了一套房间；房间特别宽敞，位置又好。到佛罗伦萨时，我们看不上旅馆，就已经在科里大道租了一座精美的别墅，租期为三个月。换个人，准会愿意在那里永久居住下去，而我们仅仅待了二十天。即便如此，每到一站，我总是精心地安排好一切，就好像我们不再离开了。一个更强大的魔鬼在驱赶我。不仅如此，我们携带的箱子少说也有八只，其中有一只装的全是书；可是在整个旅行过程中，我却一次也没有打开。

我不让玛丝琳过问甚而试图缩减我们的花费。我们的开销高得过分，维持不了多久，这我心里清楚。我已经不再指望莫里尼埃尔庄园的款项了；那座庄园一点收益也没有了，博加日来信说找不到买主。

然而，我瞻念前景，干脆更加大手大脚地花钱。哼！平生仅此一次，我要那么多钱何用？我这样想道，同时，我怀着惶惶不安与期待的心情观察到，玛丝琳的衰弱的生命比我的财产消耗得还要快。

尽管事事由我料理，她不必劳神，可是几次匆匆易地，未免使她疲顿；然而，如今我完全敢于承认，更加使她疲顿的是害怕我的思想。

"我完全明白，"有一天她对我说，"我理解你们的学说——现在的确成了学说。也许，这个学说很出色。"她又低沉地、凄然地补了一句："不过，它要消灭弱者。"

"理所当然。"我情不自禁地立即答道。

于是我觉得，这个脆弱的人听了这句狠话，恐惧得蜷缩起来发抖。哦！也许你们以为我不爱玛丝琳。我敢发誓我热烈地爱着她。她从来没有这么美，在我的眼里尤其如此。她有一种柔弱酥软的病态美。我几乎不再离开她，百般体贴照顾她，日夜守护她，一刻也不松懈。无论她的睡眠气息多么轻，我自己习练得比她的还要轻：我看着她入睡，而且首先醒来。有时我想到田野或街上独自走走，却不知怎的柔情系恋，怕她烦闷，心中忽忽若失，很快就回到她的身边。有时我唤起自己的意志，抗御这种控制，心下暗道："冒牌伟人，你的价值不过如此啊！"于是，我强制自己在外面多逛一会儿，然而回去的时候就要带着满抱的鲜花：那是花园的早春花或者暖室的花……是的，告诉你们，我深情地爱着她。可是，如何描述这种感情呢？……随着我的自重之心减弱，我更加敬重她了。人身上共存着多少敌对的激情和思想，谁又说得清呢？

阴雨天气早已过去；季节向前推移，杏花突然开放了。那是三月一日，早晨我去西班牙广场。农民已经把田野上的雪白杏花枝剪光，装进了卖花篮里。我一见喜出望外，立即买了许多，由三个人给我拿着。我把整个春意带回来了。花枝划在门上，花瓣下雪般纷纷落在地毯上。玛丝琳正好不在客厅；我到处摆放花瓶，插上一束花，只见客厅一片雪白。我心里喜滋滋的，以为玛丝琳见了准高兴。听见她走来，到了。她打开房门。怎么啦？……她身子摇晃起来……她失声痛哭。

"你怎么啦？我可怜的玛丝琳……"

我赶紧过去，温柔地抚慰她。于是，她像为自己的哭泣道歉似的说：

"我闻到花的香味难受。"

这是一种淡淡的、隐隐的蜂蜜香味。我气急了，眼睛血红，二话未讲，抓起这些纯洁细嫩的花枝，通通折断，抱出去扔掉。——唉！就这么一点点春意，她就受不了啦！……

我时常回想她那次落泪，现在我认为，她感到自己的大限已到，为惋惜别的春天而涕泣。我还认为，强者自有强烈的快乐，而弱者适于文弱的快乐，容易受强烈快乐的伤害。玛丝琳呢，有一点微不足道的乐趣，她就要陶醉；欢乐再强烈一点，她反倒禁不住了。她所说的幸福，不过是我所称的安宁，而我恰恰不愿意，也不能够安常处顺。

四天之后，我们又启程去索伦托。我真失望，那里的气候也不温暖。万物仿佛都在抖瑟。冷风刮个不停，使玛丝琳感到十分劳顿。我们还要住到上次旅行下榻的旅馆，甚至要了原先的客房。可是，望见在阴霾的天空下，整个景象丧失了魅力，旅馆花园也死气沉沉，我们都很惊诧；想当初，我们的爱情在这座花园游憩的时候，觉得它多么迷人啊。

我们听人夸说巴勒莫的气候好，就决定取海路前往，要回到那不勒斯上船，不过在那里又延宕了些时日。老实说，我在那不勒斯至少不烦闷。这是个生机勃勃的城市，不背陈迹的包袱。

我几乎终日守在玛丝琳身边。她精神倦怠，晚间早早就寝。我看着她入睡，有时我也躺下，继而，听她呼吸渐渐均匀，推想她进入了梦乡，我就蹑手蹑脚地重新起来，摸黑穿好衣服，像窃贼一样溜出去。

户外！啊！我痛快得真想喊叫。我做什么呢？到现在我也不知道。蔽日的乌云已经消散，八九分圆的月亮洒着清辉。我漫无目的地走着，既无情无欲，又无拘无束。我以新的目光观察一切，侧耳谛听每一种声响，呒吸着夜间的潮气，用手抚摸各种物体；我信步徜徉。

我们在那不勒斯度过的最后一个晚上，我延长了这种靡荡的时间，回来发现玛丝琳泪流满面。她对我说，刚才她突然醒来，发现我不在身边，就害怕了。我尽量解释为什么出去了，并保证以后不再离开她，终于使她的情绪平静下来。然而，到达巴勒莫的当天晚上，我按捺不住，又出去了。橘树的第一批花开放了；有点微风就飘来花香。

我们在巴勒莫仅仅住了五天；接着绕了一大圈，又来到塔奥尔米纳；我们二人都渴望重睹那个村子。我说过它坐落在很高的山腰上吗？车站在海边。马车把我们拉到旅馆，又得立即把我拉回车站，以便取行李。我站在车上好跟车夫聊天。车夫是从卡塔尼亚城来的西西里孩子，他像忒俄克里托的一行诗一样清秀，又像一个果实一样绚丽、芬芳而甘美。

"太太长得多美呀[①]！"他望着远去的玛丝琳说，声音听来十分悦耳。

"你也很美啊，我的孩子。"我答道；由于我正朝他俯着身子，我很快忍耐不住，便把他拉过来亲吻。他只是咯咯笑着，任我又亲又抱。

"法国人全是情人[②]。"他说道。

"意大利人可不是个个都可爱[③]。"我也笑道。后来几天，我寻找他，但是不见踪影了。

我们离开塔奥尔米纳，去锡拉库萨。我们正一步一步拆毁我们的第一次行程，返回到我们爱情的初始阶段。在我们第一次旅行的过程中，我的身体一周一周好起来，然而这次我们渐渐南下，玛丝琳的病情却一周一周恶化了。

由于何等荒唐谬误，何等一意孤行，何等刚愎自用，我援引我在比斯克拉康复的事例，不但自己确信，还极力劝她相信她需要更充足的阳光和温暖啊？……其实，巴勒莫海湾的气候已经转暖，相当宜人；玛丝琳挺喜欢那个地方，如果住下去，她也许能……然而，我能自主选择我的意愿吗？能自主决定我的渴望吗？

到了锡拉库萨，因为海上风浪太大，航船不定时，我们被迫又等了一周。除了守在玛丝琳的身边，其余时间我就到老码头那儿消遣。啊，锡拉库萨的小小码头！酸酒的气味、泥泞的小巷、发臭的酒店，只见醉醺醺的装卸工、流浪汉和船员在里边滚动。这帮贱民成为我的愉快伴侣。我何必懂得他们的话语，既然我的整个肉体都领会了他们

[①][②][③]　原文为意大利文。

的意思。在我看来，这种纵情狂放还给人以健康强壮的虚假表象；心想对他们的悲惨生活，我和他们不可能发生同样的兴趣，然而怎么想也无济于事……啊！我真渴望同他们一起滚在餐桌下面，直到凄清的早晨才醒来。我在他们身边，就更加憎恶奢华、安逸和我受到的照顾，憎恶随着我强壮起来而变得多余的保护，憎恶人要避免身体同生活的意外接触而采取的种种防范措施。我进一步想象他们的生活，极想追随他们，挤进他们的醉乡……继而，我眼前突然出现玛丝琳的形象。此刻她做什么呢？她在病痛中呻吟，也许在哭泣……我急忙起身，跑回旅馆；旅馆门上似乎挂着字牌：穷人禁止入内。

玛丝琳每次见我回去，态度总是一个劲儿，脸上尽量挂着笑容，不讲一句责备的话，也没有一丝狐疑。我们单独用餐，我给她要了这家普通旅馆所能供应的最好食品。我边吃边想：一块面包、一块奶酪、一根茴香就够他们吃了，其实也够我吃了；也许在别处，也许就在附近，有人在挨饿，连这点东西都吃不上，而我餐桌上的东西够他们饱食三日！我真想打通墙壁，放他们蜂拥进来吃饭；因为感到有人在挨饿，我的心就惶恐不安。于是，我又去老码头，把装满衣兜的硬币随便散发出去。

人穷就受奴役，要吃饭就得干活，毫无乐趣；我想，一切没有乐趣的劳动都是可鄙的，于是出钱让好几个人休息。我说道："别干了，你干得没意思。"我梦想人人都应享有这种闲暇；否则，任何新事物、任何罪愆、任何艺术都不可能勃兴。

玛丝琳并没有误解我的思想；每次我从老码头回去，也不向她隐瞒我在那里遇见的是多么可怜的人。人蕴藏着一切。玛丝琳也隐约看到我极力要发现什么；由于我说她常常相信她在每人身上陆续臆想的品德，她便答道：

"您呢，只有让他们暴露出某种恶癖，您才心满意足。要知道，我们的目光注视人的一点，总好放大，夸张，使之变成我们认定的样子，这情况难道您还不清楚吗？"

但愿她这话不对，然而我在内心不得不承认，在我看来，人的最恶劣的本能才是最坦率的。再说，我所谓的坦率又是什么呢？

我们终于离开锡拉库萨。对南方的回忆和向往时时萦怀。在海上，玛丝琳感觉好一些……我重睹了大海的格调。海面风平浪静，船行驶的波纹仿佛会持久存在。我听见洒水扫水的声音，那是在冲刷甲板，水手的赤足踏得甲板啪嚓啪嚓直响。我又见到一片雪白的马耳他；突尼斯快到了……我的变化多大啊！

天气很热，碧空如洗，万物绚烂。啊！我真希望快感的全部收获在此升华成每句话。无奈我的生活本无多大条理，现在要强使我的叙述更有条理也是枉然。好长时间我就考虑告诉你们，我是如何变成现在这样的。噢！把我的思想从这种令人难以忍受的逻辑中解脱出来！……我感到自身唯有高尚的情感。

突尼斯。阳光充足，但不强烈。庇荫处也很明亮。空气宛似光流，一切沐浴其中，人们也投进去游泳。这块给人以快感的土地使人满足，但是平息不了欲望。任何满足都要激发欲望。

缺乏艺术品的土地。有些人只会欣赏已经描述并完全表现出来的美，我藐视这种人。阿拉伯民族有一点就值得赞叹：他们看到自己的艺术，歌唱它，却又一天天毁掉它，根本不把它固定下来，不把它化为作品传之千秋万代。此地没有伟大的艺术家，这既是因也是果。我始终认为这样的人是伟大的艺术家：他们大胆赋予极其自然的事物以美的权利，而且令同样见过那些事物的人叹道："当时我怎么就没有理解这也是美的呢？……"

我没有带玛丝琳，独自去了我尚未游览过的凯鲁万城。夜色极美，我正要返回旅馆休息，忽然想起一帮阿拉伯人睡在一家小咖啡馆的露天席子上，于是去同他们挤在一起睡了。我招了一身虱子回来。

海滨的气候又潮又热，大大地削弱了玛丝琳的身体；我说服她相信，我们必须尽快前往比斯克拉。当时正值四月初。

这次旅途很长。头一天，我们一气赶到了君士坦丁；第二天，玛丝琳十分劳顿，我们只到达坎塔拉。向晚时分，我们寻觅并找到了一处阴凉地方，比夜晚的月光还要姣好清爽。那阴凉宛如永不枯竭的水泉，一直流到我们面前。在我们闲坐的坡上，望得见红通通的平原。当天夜里，玛丝琳难以成眠；周围寂静得出奇，一点细微的响动也使她不安。我担心她有低烧，听见她在床上辗转反侧。次日，我发现她脸色更加苍白。我们又上路了。

比斯克拉。这正是我的目的地。对，这是公园；长椅……我认出了我大病初愈时坐过的长椅。当时我坐着看什么书了？《荷马史诗》；从那以后，我再也没有翻开过。——这就是我抚摸过表皮的那棵树。那时候，我多么虚弱啊！……咦！那帮孩子来了……不对；我一个也不认得了。玛丝琳的表情多严肃啊！她跟我一样变了。这样好的天儿，为什么她还咳嗽呢？——旅馆到了。这是我们住过的客房；这是我们待过的平台。——玛丝琳想什么呢？她一句话也没有跟我说。她一进房间，就躺到床上；她疲倦了，说是想睡一会儿。我出去了。

我认不出那些孩子，而他们却认出了我。他们得知我到达的消息，就全跑来了。怎么会是他们呢？真令人失望！发生了什么事情呢？他们长得这么高了；仅仅两年多点的工夫——这不可能……这一张张脸，当初焕发着青春的光彩，现在却变得这么丑陋，这是何等疲劳、何等罪恶、何等懒惰造成的啊？是什么卑劣的营生早早把这些俊秀的身体扭曲了？眼前的景象企业倒闭一般……我一个个询问。巴齐尔在一家咖啡馆里洗餐具；阿舒尔砸路石，勉强挣几个钱；阿马塔尔瞎了一只眼。谁会相信呢：萨代克也规矩了，帮他一个哥哥在市场上卖面包，看样子也变得愚蠢了。阿吉布跟随他父亲当了屠夫，他胖了，丑了，也有钱了，不再愿意同他的地位低下的伙伴说话……体面的差事把人变得多么蠢笨啊！我在我们中间所痛恨的，又要在他们身上看到了吗？——布巴凯呢？——他结婚了。他还不到十五岁。实在可笑。——其实不然，当天晚上我见到了他。他解释说，他的婚事纯粹是假的。我想他是个该死的放荡鬼！真的，他酗酒，相貌走了样儿……这就是保留下来的一切吗？这就是生活的杰作啊！——我在很大程度上是来看他们的，心中真抑制不住忧伤。——梅纳尔克说得对：回忆是自寻烦恼。

莫克蒂尔怎么样？——哦！他出了监狱，躲躲藏藏；别人都不跟他交往了。我想见见他。当初他是所有孩子里最漂亮的，也要令我失望吗？……有人找到了他，给我带来。——还好！他并没有蜕化。甚至在我的记忆中,他也没有如此英俊。他的矫健与英俊达到了完美程度。他认出我来,就眉开眼笑。

"你入狱之前干什么了?"

"什么也没干。"

"偷东西了吧?"

他摇头否认。

"你现在干什么?"

他又笑起来。

"哎!莫克蒂尔!你若是没什么事儿干,就陪我们去图古尔特吧。"——我突然心血来潮,想去图古尔特。

玛丝琳的身体状况不好;我不知道她有什么心事。那天晚上我回旅馆的时候,她紧紧偎依着我,闭着眼睛一句话不讲。她的肥袖筒抬起来,露出了消瘦的胳膊。我抚摩着她,像哄孩子睡觉似的摇了她好长时间。她浑身这样颤抖,是由于情爱,由于惶恐,还是由于发烧呢?……哦!也许还来得及……难道我就不能停下来吗?——我思索,并发现自己的价值:一个执迷不悟的人。——可是,我怎么开得了口,对玛丝琳说我们明天去图古尔特呢?……

现在,她在隔壁房间睡觉。月亮早已升起,此刻光华洒满平台,明亮得几乎令人惊悚。人无处躲藏。我的房间是白石板地面,月色显得尤为粲然。流光从敞着的窗户涌进来。我认出了它在我的房间的光华和房门的阴影。两年前,它照进来得还要远……对,正是它现在延伸到的地方——当时我夜不成寐,便起床了。我的肩头倚在这扇门扉上。还记得,棕榈也是纹丝不动……那天晚上,我读到什么话了呢?……哦!对,是基督对彼得说的话:"现在,你想干什么就干什么吧,你想去哪里就去哪里吧……"我去哪里呢?我要去哪里呢?……我还没有告诉你们,我上次到那不勒斯的时候,一天又独自去了波斯图姆……噢!我真想面对那些石头痛哭一场!古迹美显得质朴、完善、明快,却遭到遗弃。艺术离我而去,我已有所感觉。但是让位给什么呢?代替的东西不再像往昔那样呈现明快的和谐。现在我也不知道我为之效力的神秘上帝。新的上帝啊!还让我认识新的种类,意想之外的美的类型吧。

次日拂晓,我们乘驿车启程了。莫克蒂尔跟随我们,他快活得像国王。

谢卡、凯菲尔多尔、姆莱耶……各站死气沉沉,走不完的路途更加死气沉沉。老实说,我原以为这些绿洲要欢快得多,不料满目石头与黄沙;继而有几簇花儿奇特的矮树丛;有时还望见暗泉滋润的几株试栽的棕榈……现在,我喜欢沙漠而不是绿洲;沙漠是光彩炫目、荣名消泯的地方。人工在此显得丑陋而可怜。现在我讨厌任何别的地方。

"您喜爱非人性。"玛丝琳说道。瞧她自我端详的样子!那目光多么贪婪!

次日有些变天,也就是说起风了,天际发暗。玛丝琳感到很难受:呼吸的黄沙灼热的空气刺激她的喉咙,强烈的光线晃花她的眼睛,怀有敌意的景物在残害她。然而,再返回去已为时太晚。过几个小时就到图古尔特了。

这次旅行的最后阶段虽然相隔很近,给我留下的印象却非常淡薄。第二天旅途的景色、我刚到图古尔特所做的事情,现在都回忆不起来了。不过，我还记得我的心情是多么急切和匆促。

上午非常冷。向晚时分，刮起了干热的西罗科风。玛丝琳由于旅途劳顿，一到达就躺下了。我本指望找一家舒适一些的旅馆，想不到客房糟透了；黄沙、曛日和苍蝇，使一切显得昏暗、肮脏而陈旧。从拂晓以来，我们几乎就没有进食，我立即吩咐备饭。可是，玛丝琳觉得没有一样可口的，任我怎么劝一口也咽不下去。我们随身带了茶点。这些琐事全由我承担了。晚餐将就吃几块饼干，喝杯茶；而当地水污浊，煮的茶也不是味儿。

仁心已泯，最后还虚有其表，我在她身边一直守到天黑。陡然，我仿佛感到自己精疲力竭。灰烬的气味啊！慵懒啊！非凡努力的悲伤啊！我真不敢瞧她，深知自己的眼睛不是寻觅她的目光，而是要死死盯住她那鼻孔的黑洞。她脸上的痛苦表情令人揪心。她也不瞧我。我如同亲身触及一般感到她的惶恐。她咳得厉害，后来睡着了，但时而惊抖。

夜晚可能变天，趁着还不太晚，我要打听一下找谁想想办法，于是出门去。旅馆前面的图古尔特广场、街道，甚至气氛都非常奇特，以致我觉得不是自己看到的。过了片刻，我返回客房。玛丝琳睡得很安稳。刚才我多余惊慌；在这块奇异的土地上，总以为处处有危险，这实在荒唐。我总算放下心来，便又出去了。

广场上奇异的夜间活动景色：车辆静静地来往，白斗篷悄悄地游弋。被风撕破的奇异的音乐残片，不知从何处传来。一个人朝我走过来……那是莫克蒂尔。他说他在等我，算定我还会出门。他咯咯笑了。他经常来图古尔特，非常熟悉，知道该领我到哪儿去。我任凭他把我拉走。

我们走在夜色中,进入一家摩尔咖啡馆。刚才的音乐声就是从这里传出去的。一些阿拉伯女人在跳舞——如果这种单调的移动也能称作舞蹈的话。——其中一个上前拉住我的手,她是莫克蒂尔的情妇;我跟随她走,莫克蒂尔也一同陪伴。我们三人走进一间狭窄幽深的房间,里边唯一的家具就是一张床。床很矮,我们坐到上面。屋里关着一只白兔,它起初非常惊慌,后来不怕人了,过来吃莫克蒂尔的手心,有人给我们端来咖啡。喝罢,莫克蒂尔就逗兔子玩,这个女人则把我拉过去;我也不由自主,如同沉入梦乡一般。

噢!这件事我完全可以作假,或者避而不谈;然而,我的叙述若是不真实了,对我还有什么意义呢?

莫克蒂尔在那里过夜,我独自返回旅馆。夜已深了。刮起了西罗科焚风,这种风卷着沙子,虽在夜间仍然酷热,迷人眼睛,抽打双腿。突然,我归心似箭,几乎跑着回去。也许她已经醒来;也许她需要我吧?……没事儿;房间的窗户是黑的;她还在睡觉。我等着风势暂缓好开门,我悄无声息溜进黑洞洞的房间。——这是什么声响?……听不出来是她咳嗽……真的是她吗?……我点上灯……

玛丝琳半坐在床上,一只瘦骨伶仃的胳膊紧紧抓住床头栏杆,支撑着半起的身子;她的床单、双手、衬衣上全是血,面颊也弄脏了;眼睛圆睁,大得可怕;她的无声比任何垂死的呼叫都更令我恐怖。我在她汗津津的脸上找一点地方,硬着头皮吻了一下;她的汗味一直留在我的嘴唇上。我用凉水毛巾给她擦了额头和面颊。床头下有个硬东西硌着我的脚,我弯腰拾起,正是在巴黎时她要我递给她的小念珠,刚才从她的手中滚落了；我放到她张开的手里，可是她的手一低，又让念珠滚落了。我不知如何是好，想去找人来抢救……她的手却拼命地揪住我不放。哦！难道她以为我要离开她吗？她对我说：

"噢！你总可以再等一等。"她见我要开口，立即又补充一句：

"什么也不要对我讲，一切都好。"

我又拾起念珠，放到她的手里，可是她再次让它滚下去——我说什么？实际上她是撒手丢掉的。我在她身边跪下，把她的手紧紧按在我的胸口。

她半倚在长枕上，半倚在我的肩头，任凭我拉着手，仿佛在打瞌睡，可是她的眼睛却睁得大大的。

过了一小时，她又坐起来，把手从我的手里抽回去，抓住自己的衬衣，把绣花边的领子撕开了。她喘不上气儿。——将近凌晨时分，又吐血了……

我这段经历向你们讲完了，还能补充什么呢？——图古尔特的法国人墓地不堪入目，一半已被黄沙吞没……我仅余的一点意志，全用来带她挣脱这凄凉的地方。她安息在坎塔拉她喜欢的一座私人花园的树荫下，距今不过三个月，却恍若十年了。

米歇尔久久沉默，我们也一声不响，每个人都有一种莫名的失意感。唉！我们觉得米歇尔对我们讲了他的行为，就使它变得合情合理了。在他慢条斯理解释的过程中，我们无从反驳，未置一词，未免成了他的同道，仿佛参与其谋。他一直叙述完，声音也没有颤抖，语调动作无一表明他内心哀痛，想必他厚颜而骄矜，不肯在我们面前流露出沉痛的心情，或许他出于廉耻心，怕因自己流泪而引起我们的慨叹，还兴许他根本不痛心。至今我都难以辨别骄傲、意志、冷酷与廉耻心，在他身上各占几分。

过了一阵工夫，他又说道：

"老实说，令我恐慌的是我依然年轻；我时常感到自己的真正生活尚未开始。现在把我从这里带走，赋予我生存的意义吧，我自己再也找不到了。我解脱了，可能如此；然而这又算什么呢？我有了这种无处使用的自由，日子反倒更难过。请相信，这并不是说我对自己的罪行厌恶了，如果你们乐于这样称呼我的行为的话；不过，我还应当向自己证明我没有僭越我的权利。

"当初你们同我结识的时候，我有一种坚定的信念，而今我知道正是这种信念造就真正的人，可我却丧失了。我认为应当归咎于这里的气候；令人气馁的莫过于这种持久的晴空了。在这里，无法从事任何研究，有了欲念，紧接着就要追欢逐乐。我被光灿的空间和逝去的人所包围，感到享乐近在眼前，人人都无一例外地沉湎其中。我白天睡觉,以便消磨沉闷的永昼及其难熬的空闲。瞧这些白石子,我把它们放在阴凉地儿,然后再紧紧地握在手心里,直到起镇静作用的凉意散尽。于是我再换石子,把凉意耗完的石子放去浸凉。时间就这样过去,夜晚来临……把我从这里拉走吧,而我靠自己是办不到的。我的某部分意志已经毁损了,甚至不知道哪儿来的力量离开坎塔拉。有时我怕被我消除的东西会来报复。我希望从头做起,希望摆脱我余下的财产,瞧,这几面墙上还有盖儿。我在这儿生活几乎一无所有。一个有一半法国血统的旅店老板给我准备点食品。一个孩子早晚给我送来,好得到几苏赏钱和一点亲昵;就是你们进来时吓跑的那个。他特别怕生人,可是跟我一起却很温顺,像狗一样忠诚。她姐姐是乌莱德-纳伊山区人,每年冬季到君士坦丁向过客卖身。那姑娘长得非常漂亮;我来此地头几周,有时允许她陪我过夜。然而一天早晨,她弟弟小阿里来这儿撞见了我们两个。那孩子极为恼火,一连五天没有露面。按说,他不是不知道他姐姐是怎样生活,靠什么生活的;从前他谈起来,语气中没有表露一点难为情。这次难道他嫉妒了吗?——再说,这出闹剧也该收场了,因为我既有些厌烦,又怕失去阿里,自从事发之后,就再也没有让那位姑娘留宿。她也不恼,但是每次遇见我,总是笑着打趣说,我喜爱那孩子胜过喜欢她,还说主要是那孩子把我拴在这里。也许她这话有几分道理……"

窄 门

"你们尽力从这窄门进来吧。"

《路加福音》第十三章第二十四节

致 M.A.G.

第一章

我这里讲的一段经历,别人可能会写成一部书,而我倾尽全力去度过,耗掉了自己的全部美德,就只能极其简单地记下我的回忆。这些往事有时显得支离破碎,但我绝不想虚构点儿什么来补缀或通连——气力花在涂饰上,反而会妨害我讲述时所期望得到的最后的乐趣。

丧父那年我还不满十二岁,母亲觉得在父亲生前行医的勒阿弗尔已无牵挂,便决定带我住到巴黎,好让我以更优异的成绩完成学业。她在卢森堡公园附近租了一小套房间,弗洛拉·阿什布通小姐也搬来同住。这位小姐没有家人了,她当初是我母亲的小学教师,后来陪伴我母亲,不久二人就成了好朋友。我就一直生活在这两个女人中间,她们的神情都同样温柔而忧伤,在我的记忆中总是穿着丧服。且说有一天,想来应是我父亲去世很久了,我看见母亲便帽上的饰带由黑色换成淡紫色,便惊讶地嚷了一句:

"噢!妈妈!你戴这颜色太难看了!"

第二天,她又换上了黑饰带。

我的体格单弱。母亲和阿什布通小姐百般呵护,生怕我累着,幸亏我确实喜欢学习,她们才没有把我培养成个小懒蛋。一到气候宜人的季节,她们便认为我脸色变得苍白,应当离开城市。因而一进入六月中旬,我们就动身,前往勒阿弗尔郊区的封格斯马尔田庄,舅父布克林住在那里，每年夏天都接待我们。

布克林家的花园不是很大，也不怎么美观，比起诺曼底其他花园，并没有什么特色。房子是白色三层小楼，类似上个世纪许多乡居农舍。小楼坐西朝东，对着花园，前后两面各开了二十来扇大窗户，两侧则是死墙。窗户镶着小方块玻璃，有些是新换的，显得特别明亮，而四周的旧玻璃却呈现暗淡的绿色，有些玻璃还有瑕疵，我们的长辈称之为"气泡"。隔着玻璃看，树木歪七扭八，邮递员经过，身子会突然隆起个大包。

花园呈长方形，四周砌了围墙。房子前面，一片相当大的草坪由绿荫遮着，周围有一条沙石小路。这一侧的围墙矮下来，能望见围着花园的田庄大院，能望见大院的边界上符合当地规矩的一条山毛榉林荫道。

小楼背向的西面，花园则更加宽展。靠南墙有一条花径，由墙下葡萄牙月桂树和几棵大树的厚厚屏障遮护，受不着海风的侵袭。沿北墙也有一条花径，隐没在茂密的树丛里，我的表姐妹管它叫"黑色小道"，一到黄昏就不敢贸然走过去。顺着两条小径走下几个台阶，便到了花园的延续部分菜园了。菜园边上的那堵围墙开了一个小暗门，墙外有一片矮树林，正是左右两边的山毛榉林荫路的交会点。站在西面的台阶上，目光越过矮树林，能望见那片高地，欣赏高地上长的庄稼。目光再移向天边，还望见不太远处小村子的教堂，在暮晚风清的时候，还能望见村子几户人家的炊烟。

在晴朗的夏日黄昏，我们吃过饭，便到"下花园"去，出了小暗门，走到能够俯瞰周围的一段高起的林荫路。到了那里，我舅父、母亲和阿什布通小姐，便在废弃的泥灰岩矿场的草棚旁边坐下。在我们眼前，小山谷雾气弥漫，稍远的树林上空染成金黄色。继而，暮色渐浓，我们在花园里还流连忘返。舅母几乎从不和我们出去散步，我们每次回来，总能看见她待在客厅里……对我们几个孩子来说，晚上的活动就到此为止，不过，我们回到卧室往往还看书，过了一阵就听见大人们也上楼休息了。

一天的时光，除了去花园之外，我们就在学习室里度过。这间屋原是舅父的书房，就摆了几张课桌。我和表弟罗伯特并排坐着学习，朱丽叶和阿莉莎坐在我们后面。阿莉莎比我大两岁，朱丽叶比我小一岁。我们四人当中，数罗伯特年龄最小。

我打算在这里写的，并不是我最初的记忆，但是唯有这些记忆同这个故事相关联。可以说，这个故事确实是在父亲去世那年开始的。我天生敏感，再受到我们服丧的强烈刺激，即或不是由于我自己的哀伤，至少是目睹母亲的哀伤所受的强烈刺激，也许就容易产生新的激情：我小小年纪就成熟了。那年我们又去封格斯马尔田庄时，我看朱丽叶和罗伯特就觉得更小了，而又见到阿莉莎就猛然明白，我们二人不再是孩子了。

不错，正是父亲去世的那年，我们刚到田庄时，母亲同阿什布通小姐的一次谈话证实我没有记错。她正同女友在屋里说话，我不经意闯了进去，听见她们在谈论我的舅母。母亲特别气愤，说舅母没有服丧或者已经脱下丧服。（老实说，布克林舅母穿黑衣裙，同母亲穿浅色衣裙一样，我都觉得难以想象。）我还记得，我们到达的那天，露西尔·布克林穿着一件薄纱衣裙。阿什布通小姐一贯是个和事婆，她极力劝解我母亲，还战战兢兢地表明：

"不管怎么说，白色也是服丧嘛。"

"那她搭在肩上的红纱巾呢，您也称为'丧服'吗？弗洛拉，您别气我啦！"我母亲嚷道。

只有在放假那几个月，我才能见到舅母，无疑是夏天炎热的缘故，我见她总穿着开得很低的薄薄的衬衫。我母亲看不惯她披着火红的纱巾，见她袒胸露臂尤为气愤。

露西尔·布克林长得非常漂亮。我保存她的一小幅画像，就能看出她当年的美貌：她显得特别年轻，简直就像她身边两个女儿的姐姐。她按照习惯的姿势侧身坐着，左手托着微倾的头，纤指挨近唇边俏皮地弯曲着。一副粗眼发网，兜住半泻在后颈上的那头卷曲的浓发。衬衫大开领，露出一条宽松的黑丝绒带，吊着一个意大利镶嵌画饰物。黑丝绒腰带绾了一个飘动的大花结，一顶宽边软草帽由帽带挂在椅背上，这一切都给她平添了几分稚气。她的右手垂下去，拿着一本合拢的书。

露西尔·布克林是克里奥尔人，她没见过或者很早就失去了父母。我母亲后来告诉我，沃蒂埃牧师夫妇当时还未生子女，便收养了这个弃女或孤儿。不久，他们举家离开马提尼克岛，带着孩子迁到勒阿弗尔，和布克林家同住在一个城市，两家人交往便密切起来。我舅父当时在国外一家银行当职员，三年后才回家，一见到小露西尔便爱上她，立刻求婚，惹得他父母和我母亲十分伤心。那年露西尔十六岁。沃蒂埃太太收养她之后，却生了两个孩子，她发现养女的性情日益古怪，便开始担心会影响亲生的子女；再说家庭收入也微薄……这些全是母亲告诉我的,她是要让我明白,沃蒂埃他们为什么欣然接受她兄弟的求婚。此外我推测,他们也开始特别为长成姑娘的露西尔担心了。我相当了解勒阿弗尔的社会风气,不难想象那里人会以什么态度对待这个十分迷人的姑娘。后来我认识了沃蒂埃牧师,觉得他为人和善,既勤谨又天真,毫无办法对付阴谋诡计,面对邪恶更是束手无策——这个大好人当时肯定陷入困境了。至于沃蒂埃太太,我就无从说起了。她生第四胎时因难产死了,而这个孩子与我年龄相仿,后来还成为我的好友。

露西尔·布克林极少进入我们的生活圈子。午饭过后,她才从卧室姗姗下来,又随即躺在长沙发床或吊床上,直到傍晚才懒洋洋地站起来。她那额头时常搭一块手帕,仿佛要拭汗,其实一点儿晶莹的汗气也没有。那手帕非常精美,又散发出近似果香的一种芬芳,令我赞叹不已。她也时常从腰间的表链上,取出同其他小物件吊在一起的一面有光滑银盖的小镜子,照照自己,用手指在嘴唇上沾点唾液润润眼角。她往往拿着一本书,但是书几乎总是合着,中间插了一个角质书签。有人走近时,她也不会从遐想中收回心思看人一眼。从她那不经意或疲倦的手中,从沙发的扶手或从衣裙的纹褶上,还往往掉下一方手帕,或者一本书,或者一朵花,或者书签。有一天——我这里讲的还是童年的记忆——我拾起书,发现是诗歌,不禁脸红了。

吃罢晚饭,露西尔·布克林并不到家人围坐的桌子旁,而是坐到钢琴前,得意地弹奏肖邦的慢板《玛祖卡舞曲》,有时节奏戛然中断,停在一个和音上……

我在舅母跟前，总感到特别不自在，产生一种又爱慕又恐惧的感情骚动。也许本能在暗暗提醒我防备她；再者，我觉出她蔑视弗洛拉·阿什布通和我母亲，也觉出阿什布通小姐怕她，而我母亲不喜欢她。

露西尔·布克林，我不想再怨恨您了，还是暂且忘掉您对我造成了多大伤害……至少我要尽量心平气和地谈论您。

不是这年夏天，就是第二年夏天——因为背景环境总是相同，我的记忆相重叠，有时就难免混淆——有一次，我进客厅找一本书，见她在里面，就想马上退出来，不料她却叫住我，而平时她对我好像视而不见。"干吗急忙就走哇？杰罗姆！难道你见我就害怕吗？"

我只好走过去，而心却怦怦直跳。我尽量冲她微笑，把手伸给她。她一只手握住我的手，另一只手则抚摸我的脸蛋儿。"我可怜的孩子，你母亲给你穿得真不像样！……"她说着，就开始揉搓我穿着的大翻领水兵服。"水兵服的领口要大大地敞开！"她边说边扯掉衣服上的一个纽扣。"喏！瞧瞧你这样是不是好看多啦！"

她又拿起小镜子，让我的脸贴在她的脸上，还用赤裸的手臂搂住我脖子，手探进我半敞开的衣服里，笑着问我怕不怕痒，同时手还继续往下摸……我突然一跳，猛地挣开，衣服都扯破了。我的脸火烧火燎，只听她嚷了一句：

"呸！一个大傻帽儿！"

我逃开了，一直跑到花园深处，在浇菜的小水池里浸湿手帕，捂在脑门儿上，接着又洗又搓，将脸蛋儿、脖子以及被这女人摸过的部位全擦洗一遍。

有些日子，露西尔·布克林就"犯病"，而且突然发作，闹得全家鸡犬不宁。碰到这种情况，阿什布通小姐就赶紧领孩子去干别的事。然而，谁也捂不住，可怕的叫喊从卧室或客厅传来，传到孩子们的耳朵里。我舅父慌作一团，只听他在走廊里奔跑，一会儿找毛巾，一会儿取花露水，一会儿又要乙醚。到吃饭的时候，舅母还不露面，舅父焦虑不安，样子老了许多。

发病差不多过去之后，露西尔·布克林就把孩子叫到身边，至少是罗伯特和朱丽叶，她从不叫阿莉莎。每逢这种可悲的日子，阿莉莎就闭门不出，舅父有时去看看她，因为父女俩时常谈心。

舅母这样发作，也把仆人们吓坏了。有一天晚上，她病情格外严重。当时我正在母亲的房间，听不大清客厅里发生的事情，只听厨娘在走廊里边跑边嚷：

"快叫先生下来呀，可怜的太太要死啦！"

我舅父当时正在楼上阿莉莎的房间，我母亲出去迎他。一刻钟之后，他们俩从敞着的窗前经过，没有注意我在屋里，母亲的话传到我耳中：

"要我告诉你吗，朋友，这样闹，就是做戏给人看。"她还一字一顿重复好几遍，"做——戏——给——人——看。"

这情况发生在暑假快结束的时候，父亲去世有两年了。后来很久我没有再见到舅母。一个可悲的事件把全家搅得天翻地覆，而在这种结局之前不久还发生一件小事，促使我对露西尔·布克林的复杂而模糊的感情，一下子转化为纯粹的仇恨了。不过，在讲述这些情况之前，我也该谈一谈我的表姐了。

阿莉莎·布克林长得很美，只是当时我还没有觉察到。她别有一种魅力，而不是单纯的美貌吸引我留在她身边。自不待言，她长得很像她母亲，但是她的眼神却不同，因此很久以后，我才发现母女这种相似的长相。她那张脸我描绘不出了，五官轮廓，甚至连眼睛的颜色都记不清了，只记得她微笑时已经呈现的近乎忧郁的神情，以及眼睛上方挑得特别高的两道弯眉，那种大弯眉的线条，我在哪儿也未见过……不，见也见过，是在一尊但丁时期的佛罗伦萨小雕像上，在我的想象中，贝雅特丽齐①小时候，自然也有这样高耸的弓眉。这种眉毛给她的眼神乃至整个人，平添了一种又多虑又信赖的表情——是的，一种热烈探询的表情。她身上的每个部位，都完全化为疑问和期待……我会告诉您，这种探询如何抓住我，如何安排了我的生活。

看上去，也许朱丽叶更漂亮，她身上焕发着健康和欢乐的神采。然而，比起姐姐的优雅深致来，她的美就显得外露，似乎谁都能一览无余。至于我表弟罗伯特，还没有什么独特的地方，无非是个我这年龄的普通男孩。我同朱丽叶和罗伯特在一起玩耍，同阿莉莎在一起却是交谈。阿莉莎不怎么参加我们的游戏，不管我怎么往前追溯，她在我的记忆中总是那么严肃，一副微笑而若有所思的样子。——我们俩谈些什么呢？两个孩子在一起，又能谈什么呢？我很快就会向您说明，不过，我还是先讲完我舅母的事儿，免得以后再提及她了。

---

① 贝雅特丽齐：佛罗伦萨少女，是但丁在《神曲》中一个人物的创作原型。

那是父亲去世之后两年，我和母亲去勒阿弗尔过复活节，由于布克林家在城里的住宅较小，我们没有去住，而是住到母亲的一位姐姐家。我姨妈家的房子宽敞，她夫家姓普朗蒂埃，孀居多年，我难得见到她，也不怎么认识她的子女，他们比我大得多，性情差异也很大。照勒阿弗尔的说法，"普朗蒂埃公馆"并不在市内，而是坐落在俯临全城的、人称"海滨"的半山腰上。布克林家临近商业区。走一条陡峭的小路，能从一家很快到另一家，我每天上坡下坡要跑好几趟。

且说那一天，我是在舅父家吃的午饭。饭后不大工夫，他就要出门。我陪他一直走到他的办公室，然后又上山去普朗蒂埃家找我母亲。到了那儿我才听说，母亲和姨妈出去了，直到晚饭时才能返回。于是，我立即又下山，回到我很少有机会闲逛的市区，走到因海雾而显得阴暗的港口，在码头上溜达了一两个小时。我突然萌生一种欲望，要出其不意，再去瞧瞧刚分手的阿莉莎……我跑步穿过市区，按响布克林家的门铃，门一打开就往楼上冲，却被女仆拦住了：

"别上楼，杰罗姆先生！别上楼，太太正犯病呢。"

我却不予理睬："我又不是来看舅母的……"阿莉莎的房间在三楼。一楼是客厅和餐室，舅母的房间在二楼，里面有说话声。我必须从门口经过，而房门大敞着，从里边射出一道光线，将楼道隔成明暗两部分。我怕被人瞧见，犹豫片刻，便闪身到暗处，一见房中的景象就惊呆了：窗帘全拉上了，两个枝形大烛台上的蜡烛的光亮增添一种喜兴，舅母躺在屋子中央的长椅上，脚边有罗伯特和朱丽叶，身后站着一个身穿中尉军服的陌生青年。今天看来，拉两个孩子在场实在恶劣，但当时我太天真，还觉得尽可放心呢。

他们笑着注视那陌生人，听他以悠扬的声调反复说："布克林！布克林！……我若是有一只绵羊，就肯定叫它布克林。"

我舅母咯咯大笑。我看见她递给那青年一支香烟，那青年点着烟，她接过来吸了几口，便扔到地上，那青年扑上去要拾起来，假装绊到一条披巾，一下子跪倒在我舅母面前……这种做戏的场面很可笑，我趁机溜过去，没有让人瞧见。

来到阿莉莎的房门口，我停了片刻，听见楼下的说笑声传上来。我敲了敲门，听听没有回应，大概是敲门声让楼下的说笑声盖住了。我便推了一下，房门无声无息地开了。屋子已经很暗了，一时看不清阿莉莎在哪儿。原来她跪在床头，背对着透进一缕落日余晖的窗子。我走近时，她扭过头来，但是没有站起身，只是咕哝一句："噢！杰罗姆，你又回来干什么？"

我俯下身去吻她，只见她泪流满面……

这一刹那便决定了我的一生，至今回想起来，心里仍然惶恐。当时对于阿莉莎痛苦的缘由，我当然还不十分了解，但是已经强烈感到如此巨大的痛苦，这颗颤抖的幼小心灵，这个哭泣抽动的单弱身体，是根本承受不了的。

我站在始终跪着的阿莉莎身旁，不知道该如何表述我心中刚刚萌发的激情，只是把她的头紧紧搂在我胸口，嘴唇贴在她的额头上，以便倾注我的灵魂。我陶醉在爱情和怜悯之中，陶醉在激情、献身和美德的混杂而模糊的萌动中，竭尽全力呼唤上帝，甘愿放弃自己的任何生活目标，要用一生来保护这个女孩子免遭恐惧、邪恶和生活的侵害。我心里充满祈祷，最后也跪下，让她躲进我的怀抱，还隐隐约约听她说道:"杰罗姆!他们没有瞧见你,对不对?噢!快点儿走吧!千万别让他们看到你。"

继而,她的声音压得更低:"杰罗姆,不要告诉任何人……可怜的爸爸还什么也不知道……"

我对母亲只字未提,然而我也注意到,普朗蒂埃姨妈总和母亲嘀嘀咕咕,没完没了,两个女人神秘兮兮的样子,显得又匆忙又难过,每次密谈见我靠近,就打发我走开:"孩子,到一边玩去!"这一切向我表明,布克林的家庭阴私,她们并不是一无所知。

我们刚回到巴黎,就接到要母亲回勒阿弗尔的电报——舅母私奔了。

"同一个人跑的吗?"我问留下照看我的阿什布通小姐。

"孩子,这事儿以后问你母亲吧,我回答不上什么来。"家里的这位老朋友说道。出了这种事,她也深感惊诧。

过了两天,我们二人动身去见母亲。那是个星期六,第二天我就能在教堂见到表姐妹了,心思全放在这事上。我这孩子的头脑,特别看重我们重逢的这种圣化。归根结底,我并不关心舅母的事儿,而且顾及面子,我也绝不问母亲。

那天早晨,小教堂里的人不多,沃蒂埃牧师显然是有意宣讲基督的这句话:"你们尽力从这窄门进来吧。"

阿莉莎隔着几个座位,坐在我前面,只能看见侧脸。我目不转睛地注视她,完全忘记了自己,就连笃诚地聆听到的这些话语,也仿佛是通过她传给我的。舅父坐在母亲旁边哭泣。

牧师先将这一节念了一遍："你们尽力从这窄门进来吧，因为宽门和宽路通向地狱，进去的人很多；然而，窄门和窄路，却通向永生，只有少数人才找得到。"接着，他分段阐明这个主题，首先谈谈宽路……我神游体外，仿佛在梦中，又看见了舅母的房间，看见她躺在那里，笑嘻嘻的，那个英俊的军官也跟着一起笑……嬉笑、欢乐这个概念本身，也化为伤害和侮辱，仿佛变成罪恶的可恶的炫耀！……

"进去的人很多。"沃蒂埃牧师又说道，接着便描绘起来。于是我看见一大群打扮得花枝招展的人欢笑着，闹哄哄向前走去，拉成长长的队列，而我感到自己既不能也不愿跻身其间，因为与他们同行，我每走一步都会远离阿莉莎。——牧师又回到这一节的开头，于是我又看见应当力求进去的那扇窄门。我在梦幻中，看到的窄门好似一台轧机，我费力才挤进去，只觉创巨痛深，但也在其中预先尝到了天福的滋味。继而，这扇门又变成阿莉莎的房门，为了进去，我极力缩小身形，将身上的私心杂念统统排除掉……"因为窄路通向永生……"沃蒂埃牧师继续说道。于是，在一切苦行的尽头，在一切悲伤的尽头，我想象出并预见到另一种快乐，那种纯洁而神秘的天使般的快乐，是我的心灵渴望已久的。我想象那种快乐犹如一首又尖厉又轻柔的小提琴曲，犹如一团要将我和阿莉莎的心烧成灰烬的烈焰。我们二人身上穿着《启示录》中所描述的白衣[①]，眼睛注视着同一目标，手拉着手前进……童年的这种梦想，引人发笑又有什么关系！我原原本本复述出来，难免有模糊不清的地方，不能把感情表达得更准确，但也只是

---

① 见《圣经·启示录》，灵魂没有污点的人才能穿上圣洁的白衣服。

措辞和形象不完整的缘故。

"只有少数人才找得到。"沃蒂埃牧师最后说道,他还解释如何才能找到窄门……"少数人——"也许我就是其中之一。

布道快结束时,我的精神紧张到了极点,等礼拜一完,我就逃掉了,不打算看看表姐,而这是出于骄傲的心理,要考验自己的决心(决心我已经下了),认为只有立刻远远离去,才更能配得上她。

第二章

　　这种苦行的训诫,在我的心灵产生了共鸣。我天生就有责任感,又有父母做出表率,以清教徒的戒律约束我心灵初萌的激情,这一切终于引导我崇尚人们所说的美德。因此在我看来,我约束自身,同别人放纵自己一样,都是天经地义的。对我的这种严格要求,我非但不憎恶,反而沾沾自喜。我对未来的追求,主要不是幸福本身,而是为赢得幸福所付出的无限努力,可以说在这种追求中,幸福与美德已经合而为一了。当然,我不过是个十四岁的孩子,尚未定型,还可能往不同的方向发展。然而时过不久,我出于对阿莉莎的爱恋,便毅然决然确定了这个方向。这是心灵的一次顿悟,我一下子认识了自己。在此之前,我觉得自己内向自守,发展得不好,虽然充满期望,但是不大关心别人,进取心也不强,仅仅梦想在克制自己这方面的胜利。我爱好学习,至于游戏,只喜欢动脑筋和费点儿力的。我不大与年龄相仿的同学交往,有时凑凑趣儿,也仅仅出于友情或礼貌。不过,我同阿贝尔·沃蒂埃结下友谊,第二年他转学到巴黎,又入了我那班,成了我的同窗。他是个可爱的男孩,有点懒散。我对他主要感到亲热而不是钦佩,我和他在一起,至少可以聊聊我的神思时时飞去的地方:

　　勒阿弗尔和封格斯马尔。我表弟罗伯特·布克林,作为寄宿生,也在我那所中学学习,但是比我低两级,到了星期天才能见面。他长得不像我的表姐妹，如果不是她们的弟弟，我根本没有兴趣见他。

当时我的爱占据了我的全部心思，而且正是在这种爱的照耀下，这两个人的友谊在我的心目中才有了重要性。阿莉莎就好比《福音》中所讲的那颗无价珍珠，而我则是变卖全部家产、志在必得的人。不错，我还是个孩子，这样谈论爱情，把我对表姐的感情称作爱情，难道就错了吗？我后来所经历的一切，在我看来没有一样更配得上这种称呼——而且，我长到一定年龄，肉体上感受到十分具体的欲念之后，这种感情也没有发生本质的变化。童年时只想配得上，后来我也并不更为直接地寻求占有这个女子。无论努力学习还是助人为乐，我所做的一切都秘密献给阿莉莎，从而升华成一种更为高尚的美德：我只为她所做的事，又往往不让她知道，我就是这样陶醉在一种自迷的谦抑中。唉！不大考虑自己的愉悦，结果养成一种习惯，绝不满足于毫不费劲的事情。

这种争强好胜，难道只激励我一人吗？我没有觉出阿莉莎有什么反应，她也没有为我做任何事，而我的全部努力却只为了她。她的心灵朴实无华，还完全保持着最自然的美。她的贞淑那么娴雅裕如，仿佛是自然的流露。就连她那严肃的目光，也因稚气的微笑而富有魅力。我恍若又看见她那极其温柔、略带疑问的目光，也就明白舅父在惶惶无主的时候，为什么要到长女身边讨主意，寻求支持和安慰。第二年夏天，我经常看见他们父女交谈。舅父伤心不已，衰老了许多，在餐桌上极少开口，有时突然强颜欢笑，看着比他沉默还要让人难受。他待在书房里一支接着一支吸烟，直到傍晚时分阿莉莎来找他，再三恳求，他才出去走走。阿莉莎就像照看孩子似的，带他到花园里。二人沿着花径走下去，到了菜园台阶附近的圆点路口，就坐到事先摆放好的长椅上。

一天傍晚，我迟迟未归，躺在高大的紫红色山毛榉树下的草坪上看书。隔着一排月桂篱笆就是那条花径，能遮住视线，却挡不住说话的声音。忽然，我听见阿莉莎和我舅父的谈话，显然他们刚刚谈过罗伯特，阿莉莎又提到我的名字，说话声也开始清晰了，只听我舅父高声说：

"哦！他呀，他什么时候都会喜欢学习。"

我无意中成了窃听者，真想走开，至少有个表示，让他们知道我在这儿，可是，怎么表示呢？咳嗽一声？或者喊一嗓子："我在这儿！我听见你们说话了！"……我到底没有吭声，倒不是受好奇心的驱使想多听点儿，而是由于尴尬和胆怯。再说，他们只是路过，我也只能听到点儿只言片语……可是，他们走得极慢，阿莉莎肯定还像往常那样，挎一只轻巧的篮子，边走边摘下开败的花朵，拾起被海雾催落在果树墙脚下的青果。我听见她清亮的声音：

"爸爸，帕利西埃姑父是个出色的人吗？"

舅父的声音低沉含混，回答的话我没有听清。阿莉莎又追问道：

"你是说很出色，对吗？"

舅父的回答还是特别模糊不清。接着，阿莉莎又问道：

"杰罗姆人挺聪明，对不对？"

我怎么没有竖起耳朵呢？……可是没用，我一点儿也听不清。阿莉莎又说道：

"你认为他能成为一个出色的人吗？"

这回，舅父提高了嗓门：

"可是，孩子，我要首先弄清楚，你是怎么理解'出色'这个词的！有人可能非常出色，表面上却看不出来，至少在世人看来并不出色……在上帝眼里却非常出色。"

"我也正是这么理解的。"阿莉莎说道。

"再说……现在能说得准吗？他还太年轻……对，当然了，他将来会有出息；但是，要有成就，光凭这一点还不够……"

"还需要什么呢？"

"哦，孩子，你叫我怎么说呢？还需要自信、支持、爱情……"

"支持，你指什么？"阿莉莎截口问道。

"感情和尊重，我这辈子就缺少这些。"舅父伤心地回答。接着，他们说话的声音终于消失了。

无意间我偷听了别人的谈话，不禁感到内疚，做晚祷的时候，就拿定主意向表姐认错。也许这次，倒是好奇心在作祟，想多了解点儿情况。

第二天，没等我讲上两句，她就对我说道：

"喏，杰罗姆，这样听别人说话很不好。你应该招呼我们一声，或者走开。"

"我向你保证，我不是存心要听……是无意中听到的……再说，你们只是打那儿经过。"

"我们走得很慢。"

"对，可我听不大清啊，而且不久就听不见你们的说话声了……告诉我，你问需要什么才能有成就，舅父是怎么回答的？"

"杰罗姆,"她笑着说道,"你听得一清二楚,还让我再说一遍,是要逗人玩呀。"

"我向你保证只听见开头……听见他说要有自信和爱情。"

"接着他还说,需要许多其他东西。"

"那你呢,是怎么回答的?"

阿莉莎的神情突然变得非常严肃。

"他谈到生活中要有人支持时,我就回答说你有母亲。"

"嗳!阿莉莎,你完全明白,母亲不能守我一辈子呀……再说,这也不是一码事儿……"

阿莉莎低下头:

"他也是这么回答我的。"

我颤抖着拉起她的手:

"将来无论我成为什么人,只是为了你才肯成为那样子。"

"可是,杰罗姆,我也可能离开你呀。"

我的话则发自肺腑:

"而我,永远也不离开你。"

她微微耸了耸肩:

"你就不能坚强点儿,独自一人走路?我们每人都应当单独到达上帝那里。"

"那得你来给我指路。"

"有基督啊,为什么你还要另找向导呢?我们二人祈祷上帝而彼此相忘,难道不正是相互最接近的时刻吗?"

"是的,让我们相聚,"我打断她的话,"这正是我每天早晚祈求上帝的。"

"难道你还不明白,在上帝那里相交融是怎么回事儿吗?"

"这我心领神会,就是在一件共同崇拜的事物中,欣喜若狂地重又相聚。我觉得正是为了和你重聚,才崇拜我知道你也崇拜的东西。"

"你的崇拜动机一点儿也不纯。"

"不要太苛求我了。如果到天上不能与你相聚,我就不管什么天不天了。"

她把一根手指按到嘴唇上,神情颇为庄严地说:

"你们首先要寻找天国和天理。"

我们这种对话,我记录时就明显地感到,在那些不懂得一些孩子多么爱用严肃的言辞的人看来,有点儿不像孩子说的。我有什么办法呢?设法辩解吗?不,我既不辩解,也不想粉饰而显得更加自然一些。

我们早就弄来拉丁文的福音书,大段大段背诵下来。阿莉莎借口辅导弟弟,也早就和我一起学习拉丁文,不过现在想来,她主要是为继续跟进我的阅读。自不待言,在明知她不会伴随我的情况下,我也不敢轻易对一个学科发生兴趣。这一点有时固然会妨害我,但是也并不像人想象的那样,能阻遏我思想的冲动。情况正相反,我倒觉得她什么方面都很自如,走在我前面。不过,我是依据她来选择自己的精神道路的。当时我们满脑子所想的,我们所称作的思想,往往只是某种交融的借口,而这种交融更为巧妙,要超过感情的修饰、爱情的遮掩。

当初,母亲不免担心,她还估量不了这种感情有多深。现在她感到体力渐衰,就喜欢用同样的母爱将我们俩搂抱在一起。她患有心脏病很多年了,近来发作的次数越来越多了。有一次发病特别厉害,她就把我叫到面前，说道：

"我可怜的孩子，你看见了，我老多了，总有一天会突然抛下你。"

她住了口，喘息非常艰难。我再也忍不住了，高声说出她似乎期待的话：

"妈妈……你也知道，我要娶阿莉莎。"

我的话显然触动了她最隐秘的心事，她马上接口说：

"是啊，我的杰罗姆，我正想跟你谈这件事呢。"

"妈妈！"我哭泣着说，"你认为她爱我，对不对？"

"对，我的孩子。"她温柔地重复了好几遍，"是的，我的孩子。"她又吃力地补充道：

"还是由主来安排吧。"

这时，我凑得更近了，她便把手放在我头上，又说道：

"我的两个孩子，愿上帝保佑你们！愿上帝保佑你们俩！"说罢，她又进入昏睡状态，我也就没有设法将她唤醒。

这次谈话再也没有被提及了。次日，母亲感觉好一点儿，我又去上学了。知心话说了半截儿就煞住了。况且，我又能多了解什么呢？阿莉莎爱我，对此我一刻也不怀疑。这种疑虑，即使在我心上萌生过，随着不久发生的哀痛事，也就永远冰释了。

我母亲是在一天傍晚安详去世的，临终只有我和阿什布通小姐在身边。最后这次发病夺去了她的生命，开头并不比前几次严重，最后才突然恶化，亲戚们都来不及赶过来。这头一天夜晚，我就和母亲的老友为亲爱的死者守灵。我深深爱我的母亲，可我惊奇地发现，我流泪归流泪，心里并不怎么感到悲伤，主要还是为阿什布通小姐而洒同情之泪，只因她眼看着比她年岁小的朋友先去见上帝了。而我暗想表姐就要来奔丧了，这个念头完全超过了我的哀痛。

舅父第二天就到了，他把女儿的一封信交给我。阿莉莎要晚一天，和普朗蒂埃姨妈一同来。她在信中写道：

……杰罗姆，我的朋友，我的兄弟，我多么遗憾，未能在临终前对她把话说了，好极大地满足她的心愿。现在，但求她宽恕我！但愿从今往后，上帝是我们二人的唯一向导。别了，我可怜的朋友。

你的比任何时候都更加情深的阿莉莎

这封信意味着什么呢？她遗憾未能讲出来的，究竟是什么话呢？不就是订下我们的终身吗？我还太年轻，不敢急于求婚。况且，难道我还需要她的承诺吗？我们不是已经跟订了婚一样吗？我们相爱，对我们的亲友，这不是什么秘密了。舅父同我母亲一样，都没有阻挠；情况正相反，他已经把我看成他儿子了。

没过几天便是复活节了，我又到勒阿弗尔去度假，住在普朗蒂埃姨妈家，但是每顿饭几乎全在舅父布克林家吃。

菲莉西·普朗蒂埃姨妈，是世上最和善的女人了，然而，无论我还是表姐妹，跟她都不十分亲密。她不停地忙忙碌碌，累得上气不接下气。她的动作一点儿也不轻柔，声音一点儿也不悦耳，就连爱抚我们也笨手笨脚，一天也不分个什么时候，总憋不住要亲热一通，而对我们来说，她的亲热未免过火。布克林舅父很喜欢她，不过一听他对她讲话的语气，我们就不难觉出他更喜欢我母亲。

第二章 · 145 ·

"我可怜的孩子,"一天晚上她对我说道,"不知道今年夏天你打算干什么,我要先了解你的计划,再决定我自己做什么。我若是能帮你什么忙的话……"

"我还没怎么考虑呢。"我回答说,"看吧,也许去旅行。"

她又说道:

"要知道,我家里,封格斯马尔那边,什么时候都欢迎你。你去那边,你舅父和朱丽叶都会高兴的……"

"您是说阿莉莎吧。"

"可不是嘛!真抱歉……说了你都不会相信,我还以为你爱朱丽叶呢!后来你舅父告诉我了……还不到一个月呢……你也知道,我很爱你们,可又不大了解你们,见面的机会太少啦!……还有,我也不怎么善于观察,没有时间停下来,仔细看一看与我无关的事情。我见你总和朱丽叶一起玩……我就想……她长得那么美,人又特别喜兴。"

"对,现在我还愿意和她一起玩儿,但我爱的是阿莉莎……"

"很好!很好!由你自己……我呢,你也知道,可以说我不了解她;她比她妹妹话少。我想,你挑选她,总是有充分的理由。"

"嗳,姨妈,我并没有经过挑选才爱她。我从来就没考虑过什么理由……"

"别生气,杰罗姆,我跟你说说,没有恶意……我要跟你说什么来着,都让你给弄忘了……唔!是这样,我想啊,最后当然要结婚了;不过,你还在服丧,现在就订婚,还不大妥当……再说,你年龄也太小……我想过,你母亲不在了,你再一个人去封格斯马尔,就可能引起闲话……"

· 146 · 窄门

"说得是啊,姨妈,正因为如此,我才说去旅行。"

"对。我的孩子,这么着吧,我想我要是去那儿,事情就可能方便多了。我安排了一下,今年夏天空出来一段时间。"

"只要我一开口,阿什布通小姐准愿意陪我来。"

"我就知道她会来,但是光有她还不够,我也得去……哦!我没有那种意思,要取代你可怜的母亲。"她补充一句,突然抽噎起来,"我可以管管家务……反正,不会让你、你舅父和阿莉莎感到我碍事。"

菲莉西姨妈估计错了,她认为自己去了怎么怎么好,其实,她只会妨碍我。正如她所宣布的那样,一进入七月份,她就在封格斯马尔安顿下来。没过几天,我和阿什布通小姐也去了。她借口帮助阿莉莎料理家务,让这个十分清静的住宅回荡着持续不断的喧闹。她为讨我们喜欢而大献殷勤,如她所说"方便事情",但是殷勤得过分,弄得阿莉莎和我极不自在,我们在她面前几乎不吭声。她一定觉得我们态度很冷淡……即使我们开口讲话,难道她就能理解我们爱情的性质吗?反之,朱丽叶的性格,就容易适应这种过分的亲热。而我见姨妈偏爱小侄女,不免心生反感,也许就影响了我对姨妈的感情。

一天早晨,姨妈收到一封信,她便把我叫到跟前:

"我可怜的杰罗姆,万分抱歉,我女儿病了,来信叫我回去。没法子,我得离开你们……"我满怀毫无必要的顾虑,跑去问舅父,不知道姨妈走了之后,我该不该留在封格斯马尔田庄。可是,我刚一开口,舅父便嚷道:

"我那可怜的姐姐又想出什么花样儿,多么自然的事情也被她搞复杂了。嗳！你为什么要离开我们呢？你不是差不多已经成了我的孩子了吗？"

姨妈在封格斯马尔只住了半个月，她一走就清静了，这种极似幸福的静谧，重又笼罩这所住宅。丧母的哀痛，并没有给我们的爱情蒙上阴影，只仿佛增添几分严肃的色彩。一种日复一日的单调生活开始了，我们恍若置身于音响效果极佳的场所，连心脏的轻微跳动都听得见。

姨妈走后几天，有一次我们在晚餐桌上谈起她——我还记得这样的话：

"真忙乎人！"我们说道，"生活的浪涛，怎么可能没有给她的心灵留下一点儿间歇呢？爱心的美丽外表啊，你的映象在这里变成了什么样子？"……我们这样讲，是想起歌德的一句话，他谈论施泰因夫人①时写道："看看世界在她心灵的映象，一定很美妙。"我们当即排起等级来，认为沉思默想的特质才是上乘。舅父一直没有插言，这时苦笑着责备我们：

"孩子们，"他说道，"哪怕自己的影像破碎了，上帝也能认出来。要注意，我们评价人，不能根据一时的表现。我那可怜的姐姐身上，凡是你们讨厌的方面，全都事出有因，而那些事件我非常了解，也就不会像你们这样严厉地批评她。年轻时惹人喜爱的品质，到老年没有不变糟的。你们说菲莉西忙乎人，可是在当初，那完全是可爱的激情，本能的冲动，一时忘乎所以，显得特别喜兴……我可以肯定，我

---

① 夏洛蒂·冯·施泰因夫人（1742—1827）：歌德少年时的情人。

们当年和你们今天的样子，没有什么大差异。我那时候就挺像你，杰罗姆，也许比我估计的还要像。菲莉西就像现在的朱丽叶……对，长相也一样……"他又转身，对大女儿说，"你说话的一些声调，有时会猛然让我想起她。她也像你这样微笑，也有这种姿势，有时就像你这样闲坐着，臂肘朝前，交叉的手指顶着脑门儿，不过，这种姿势在她身上很快就消失了。"

阿什布通小姐朝我转过身，声音压得相当低：

"看看阿莉莎，就能想起你母亲。"

这年夏天，天空格外晴朗，万物似乎都浸透了碧蓝。我们青春的热忱战胜了痛苦，战胜了死亡，阴影在我们面前退却了。每天清晨，我都被快乐唤醒，天一亮就起床，冲出去迎接日出……这段时光，每次进入我的遐思，就会沾满露水又在我眼前浮现。朱丽叶比爱熬夜的姐姐起得早，她同我一道去花园。她成为我和她姐姐之间的信使，我没完没了地向她讲述我们的爱情，她好像总也听不厌。我爱得太深，反而变得胆怯而拘谨，有些话不敢当面对阿莉莎讲，就讲给朱丽叶听。这种游戏，阿莉莎似乎听之任之，见我同她妹妹畅谈也似乎很开心，她不知道或者佯装不知道，其实我们只是谈她。

爱情啊，狂热的爱情，你这美妙的矫饰，通过什么秘密途径，竟然把我们从笑引向哭，从极天真的欢乐引向美德的境界！

多么纯净，又多么柔软的夏日时光，倏然而逝的光阴，今天在我的记忆中几乎没有留下什么痕迹。唯一记得的事件就是谈话、看书……

"我做了一个伤心的梦,"暑假快结束的一天早晨,阿莉莎对我说,"梦见我还活着,你却死了。不,我并没有看着你死,只是有这么回事儿:你已经死了。太可怕了,简直不可能,因此我强迫自己认为:你仅仅外出了。我们天各一方,我感到还是有办法与你相聚。于是我就想法儿,为了想出办法,我付出极大的努力,一急便醒了。"

"今天早晨,我觉得自己还在梦中,仿佛还在继续做梦,还觉得和你分离了,还要和你分离很久,很久……"说到这里,她声音压得极低,又补充一句,"分离一辈子,而且一辈子都要付出极大的努力……"

"为什么?"

"每个人都一样,必须付出极大的努力,我们才能团聚。"

她这番话,我没有当真,或者害怕当真。我觉得心跳得厉害,就突然鼓起勇气,仿佛要反驳似的,对她说道:

"我呀,今天早晨也做了个梦,梦见要娶你,要结合得十分牢固,无论什么,无论什么也不能将我们分开——除非死了。"

"你认为死就能将人分开吗?"她又说道。

"我是说……"

"我想恰恰相反,死亡能把人拉近……对,能拉近生前分离的人。"

这些话深深印入我们的脑海里,说话的声调今天犹然在耳,但是全部的严重性,到后来我才理解。

夏天流逝。大部分田地已收完庄稼,光秃秃的,视野之广出人意料。我动身的前一天,不对,是前两天傍晚,我和朱丽叶外出散步,到下花园的小树林。

"昨天你给阿莉莎背诵什么来着?"她问我。

"什么时候?"

"就在泥灰石场的长椅上,我们走了,把你们丢下之后……"

"唔!……想必是波德莱尔的几首诗……"

"都是哪些诗?你不愿意念给我听听吗?"

"不久我们要沉入冰冷的黑暗……"我不大情愿地背诵道。不料她立刻打断我,用颤抖而变了调的声音接着背诵:

"别了,我们的灿烂夏日多短暂!"

"怎么!你也熟悉?"我十分惊讶,高声说道,"我还以为你不喜欢诗呢……"

"为什么这样说呢?就因为你没有给我背诵诗吗?"她笑着说道,但是颇有点不自然,"你有时候好像认为我是个十足的笨蛋呢。"

"非常聪明的人,也不见得都喜欢诗嘛。我从来就没有听你念过,你也从来没有要我给你背诵。"

"因为阿莉莎一个人全包揽了……"她停了片刻,又突然说道:

"你后天要走啦?"

"也该走了。"

"今年冬天你打算做什么?"

"上巴黎高师一年级。"

"你想什么时候和阿莉莎结婚?"

"等我服完兵役吧。甚至还得等我稍微确定将来要干什么。"

"你还不知道以后要干什么?"

"我还不想知道。感兴趣的事情太多了,我尽量推迟选择的时间,一经确定就只能干那一件事儿了。"

"你推迟订婚,也是怕确定吗?"

我耸耸肩膀,未予回答。她又追问道:

"那么,你们不订婚还等什么呢?你们为什么不马上订婚呢?"

"为什么一定要订婚呢?我们知道彼此属于对方,将来也如此,这还不够吗?何必通知所有人呢?如果说我情愿将一生献给她,那么我用许诺拴住我的爱情,你认为就更美好吗?我可不这么想。誓愿,对爱情似乎是一种侮辱……只有在我信不过她的情况下,我才渴望同她订婚。"

"我信不过的可不是她……"

我们俩走得很慢,不觉走到花园的圆点路——正是在这里,我无意中听到了阿莉莎和她父亲的谈话。我忽然萌生一个念头:刚才我看见阿莉莎到花园来了,坐在圆点路,也能听到我们的谈话,何不让她听听我不敢当面对她讲的话。这种可能性立刻把我吸引住了,这样做戏我很开心,于是提高嗓门——

"唉!"我高声说道,显出我这年龄稍嫌夸张的激情,而且十分专注于自己说的话,竟然听不出朱丽叶的话外之音……"唉!我们若能俯向我们心爱的人的心灵,就像对着镜子一样,看看映出我们的是一副什么形象,那该有多好啊!从别人身上看自己,好比从自身看自己,甚至看得还要清楚。在这种温情中多么宁静!在这种爱情中多么纯洁!"

我还自鸣得意,认为我这种蹩脚的抒情搅乱了朱丽叶的方寸,只见她突然把头埋在我的肩头：

"杰罗姆！杰罗姆！我希望确信你能使她幸福！如果她也因你而痛苦，那么我想我就要憎恶你。"

"嗳！朱丽叶，"我高声说道，同时吻了一下她的额头，"那样我也要憎恶自己。你哪儿知道！……其实，正是为了只同她更好地开始我们的生活，我才迟迟不肯决定干什么职业！其实，我的整个未来悬着，全看她的啦！其实，没有她，将来无论成为什么人，我都不愿意……"

"你跟她谈这些的时候，她怎么说呢？"

"可是，我从来不跟她谈这些！从来不谈。也正因为如此，我们到现在还没有订婚。我们之间，从来不会提结婚的事，也不会谈我们婚后如何如何。朱丽叶啊！在我看来，跟她一起生活简直太美了，我还真不敢……这你明白吗？我还真不敢跟她说这些。"

"你是要给她来个意外惊喜呀。"

"不是！不是这么回事儿。其实我害怕……怕吓着她，你明白吗？……怕我隐约望见的巨大幸福，把她吓坏了！……有一天我问她想不想旅行，她却回答说什么也不想，只要知道有那种地方，而且很美，别人能够前往，这就足够了……"

"你呢，杰罗姆，你渴望去旅行吗？"

"哪儿都想去！在我看来，一生就像长途旅行——和她一道，穿过书籍，穿过人群，穿过各地……起锚，你明白这词的意思吗？"

"明白！这事儿我经常想。"朱丽叶喃喃说道。

然而我听而不闻，让她这话像受伤的可怜小鸟跌落到地上，我接着又说：

"连夜启程，醒来一看，已是霞光满天，感到两个人单独在变幻莫测的波涛上漂荡……"

"然后，就抵达小时候在地图上见过的一个港口，觉得一切都是陌生的……我想象得出，阿莉莎由你挽着手臂，从舷梯下船。"

"我们飞快跑到邮局，"我笑着补充一句，"去取朱丽叶写给我们的信……"

"……是从封格斯马尔寄出的，她会一直留在那儿，而你们会觉得，封格斯马尔多么小，多么凄凉，又多么遥远……"

她确实是这么讲的吗？我不能肯定，因为，我也说了，我的爱情占据了我的全部心思，除了这种爱的表述，我几乎听不见别种声音。

我们走到圆点路附近，正要掉头往回走，忽见阿莉莎从暗处钻出来。她脸色十分苍白，朱丽叶见了不禁惊叫起来。

"不错，我是感觉不太舒服，"阿莉莎结结巴巴赶紧说，"外面有点儿凉。看来我最好还是回去。"她话音未落，就离开我们，快步朝小楼走去。

"她听见我们说的话了。"等阿莉莎走远一点儿，朱丽叶高声说道。

"可是，我们并没有讲什么令她难过的话呀。恰恰相反……"

"噢！让我走吧。"她说了一声，便跑去追赶姐姐。

这一夜我睡不着了。阿莉莎只在吃晚饭时露了一面，便说头痛，随即又回房间了。她都听见我们说了什么吗？我惴惴不安，回想我们说过的话。继而我想到，我散步也许不该紧挨着朱丽叶，不该用手臂搂着她，然而，这是孩童时就养成的习惯啊，而且阿莉莎何止一次看见我们这样散步。嘿！我真是个可怜的瞎子，只顾摸索寻找自己的过错，居然连想也没有想朱丽叶说过的话。她的话我没有注意听，也记不大起来了，也许阿莉莎听得更明白。管他是什么缘由！我忐忑不安，一时乱了方寸，一想到阿莉莎可能对我产生怀疑，便慌了手脚，决心克服自己的顾虑和恐惧，第二天就订婚，也不想一想会有别的什么危险，更不顾我对朱丽叶可能说过什么话，也许正是她那关于订婚的话影响了我。

这是我离开的前一天。她那样忧伤，我想可以归咎于此吧。看得出来她在躲避我。整个白天过去，我一直没有单独同她见面的机会，真担心该说的话没有对她说就得走了，于是在快要吃晚饭的时候，我径直去她房间找她。她背对着房门，抬着两只手臂，正往颈上系一条珊瑚项链，面前的镜子两侧，各点燃一支蜡烛。她微微探着身子，注视着肩头上面，先是在镜子里看见我，持续注视我半晌，没有转过身来。

"咦！我的房门没有关上吗？"她说道。

"我敲过门，你没有应声，阿莉莎，你知道我明天就走吧？"

阿莉莎一句话也没有回答，只是把没有扣上的项链放到壁炉上。"订婚"一词，我觉得太直露、太唐突了，不知道临时怎么绕弯子说出来。阿莉莎一明白我的意思，就仿佛站立不稳了，便靠到壁炉上……然而，我本人也抖得厉害，根本不敢抬头看她。

我站在她身边，没有抬起眼睛，但拉住她的手。她没有把手抽回去，只是脸朝下倾一倾，稍稍抬起我的手吻了一下。她半偎在我身上，轻声说道：

"不,杰罗姆,不,咱们还是不要订婚吧,求求你了……"

我的心怦怦狂跳,我想她一定能感觉到。她声音更加温柔,说道:"不,现在还不要……"

"为什么?"

"我正该问你呢,为什么?为什么要改主意呢?"

我不敢向她提昨天那次谈话,但是她定睛看着我,一定觉出我在往那儿想,就好像干脆回答我的想法:

"你搞错了,朋友,我并不需要齐天的洪福。咱们现在这样不是也挺幸福吗?"

我想笑笑,却没有笑出来:"不幸福,因为我就要离开你。"

"听我说,杰罗姆,今天晚上这会儿,我不能同你谈什么……咱们最后这时刻,别扫了兴……不,不。我还像往常一样爱你,放心吧。我会给你写信的,并且向你解释。我保证给你写信,明天就写……你一走就写……现在,你走吧!瞧,我都流泪了……让我一个人待会儿。"

她轻轻推我,把我从她身旁推开。这就是我们的告别,因为到了晚上,我就再也未能同她说上什么话,而次日我动身的时候,她还关在房间里。我看见她站在窗口,向我挥手告别,目送我乘坐的车子驶远。

第三章

这一年光景,我差不多未能见到阿贝尔·沃蒂埃。他提前入伍服兵役,而我则重读修辞班,准备拿学士学位。今年我和阿贝尔同入巴黎高师,我比他小两岁,可以等毕业之后再去服兵役。

我们俩这次重逢,都非常高兴。他离开部队之后,又旅行了一个多月,我真怕见了面发现他变了。他往日的魅力丝毫未减,只是增加了几分自信。开学的前一天下午,我们是在卢森堡公园度过的。我的心事当然憋不住,对他谈了许久,况且他原也了解我的恋情。这一年当中,他同一些女人有过交往,不免有点优越感,摆出一副自命不凡的神气,对此我倒毫不介意。他笑话我不善于决断,照他所说的原则,绝不能让女人冷静下来。由他说去,我心想他这套高论对我和对阿莉莎都不适用,这表明他对我们还不十分了解。

我回到巴黎的次日,便收到这封信:

亲爱的杰罗姆:

对于你提议的事(也是我提议的事!就这样称呼我们的订婚吧!),我思考再三,恐怕我年龄太大,对你不合适。现在也许你还不觉得,因为你还没有机会看到别的女人,然而我却想到,我嫁给你之后,万一看出失去你的欢心,那会感到多么痛苦。你读我这封信,一定非常气愤,我仿佛听见你的抗辩之声了。不过,我还是请你再等一等,等你涉世稍深的时候再说。

要明白,我讲这些只为了你好,至于我,深信永远也不会停止爱你。

阿莉莎

我们停止相爱!怎么可能有这种事!——我感到伤心,更感到奇怪,一时心乱如麻,立刻跑去,让阿贝尔看看这封信。

他摇着头看完信,从紧闭的嘴唇中迸出一句:"既然如此,你打算怎么办呢?"他见我双臂举起,满脸疑惑和苦恼,便又说道:"至少我希望你别回信。一旦同一个女人争论起来,那就完蛋了……听我说,我们星期六就住在勒阿弗尔,星期日一早就可以去封格斯马尔,星期一早上赶回来上第一节课。我服兵役之后,还没有见到你那些亲戚呢。有这个借口就足够了,也挺体面的。如果阿莉莎看出来这是个借口,那就再好不过了!朱丽叶由我来照看,你就去跟她姐姐谈。你千万别耍小孩子脾气……老实说,你这爱情里面,总有点什么我弄不大明白。大概你没有全告诉我……无所谓!我会搞清楚的……我们去的事,千万不要通知,要出其不意,让你表姐来不及戒备。"

我推开花园的栅栏门,只觉心怦怦狂跳。朱丽叶立刻跑来迎接我们。阿莉莎正在收拾内衣和床上用品,没有急于下楼。我们在客厅里,同舅父和阿什布通小姐聊天,阿莉莎终于进来了。如果说我们的突然到来会使她心慌意乱,可是她至少没有流露出一丝一毫。我自然想到阿贝尔对我说的话,她迟迟不露面,肯定要准备好对付我。朱丽叶异常活跃,相比之下,阿莉莎的矜持态度就显得太冷淡了。我感觉得出她不赞成我去而复返,至少摆出一副不以为然的神态;而在这种态度的后面,我实在不敢期望隐藏着多么强烈的感情。她坐到靠窗的一个角落,离我们挺远,仿佛在聚精会神地做一件刺绣活儿,嘴唇还翕动着计数针脚。阿贝尔在讲话,幸而有他!我连开口说话的勇气都没有了,要不是他讲述一年服兵役的情景和旅游见闻,那么这次重聚的开头一段时间,就会非常沉闷了。舅父本人也显得忧心忡忡。

刚吃过午饭,朱丽叶就把我叫到一边,又拉我去花园。

"想得到吗,有人向我求婚啦!"我们一到没人的地方,她就高声说道,"菲莉西姑妈昨天给爸爸写信来,说是尼姆的一个葡萄园主想攀亲。据姑妈说,他那人非常好,今年春天在社交场合,他遇见我几次,就爱上我了。"

"那位先生,你注意到了吗?"我问道,语气中含着对求婚者的不由自主的敌意。

"注意到了,一看就知道是什么人。是个好性儿的堂吉诃德式人物,没有文化,长得很丑,非常俗气,姑妈一见他就憋不住笑。"

"那么,他有……希望吗?"我又以揶揄的口气问道。

"瞧你,杰罗姆!开什么玩笑!一个经商的!……你若是见过他,就不会这样问了。"

"那……舅父是怎么答复人家的?"

"跟我的答复一样,我年龄还太小,不能结婚……倒霉的是,"她又笑着补充道,"姑妈料到了这种答复,还在附言上说明一句:爱德华·泰西埃尔先生——这是他的名字——他同意等我,早早提出来,是为了'排上号'……荒唐透顶。可是,我有什么办法呢?我总不能让人转告,说他长得太丑吧!"

"当然不能,只能说你不愿意嫁给一个葡萄园主。"

她耸了耸肩膀:

"这种理由,在姑妈脑子里可站不住脚……不说这个了——阿莉莎给你写信啦?"她说起话来滔滔不绝,显得非常冲动。我把阿莉莎的信递给她,她看了就满面通红,我似乎觉出她以一种恼怒的口吻问我:

"那么,你怎么办呢?"

"我也不知道了。"我回答,"现在我来了,却又感到还不如写信好说些,我已经责备自己不该来。你明白她是什么意思吗?"

"明白,她要给你自由。"

"给我自由,难道我看重自由吗?你明白她为什么给我写这些吗?"

她回答一声:"不知道。"语气十分冷淡,我听了虽然还猜不出真相,但至少立即确信朱丽叶也许不是不知情。我们走到花径的拐弯处,她身子突然一转,说道:

"你现在走吧,反正你不是来同我谈话的。咱们在一起的时间已经太久了。"

她逃开了,朝小楼跑去。过了一会儿,我就听见她弹起钢琴。

等我回到客厅时,她还在弹琴,但无精打采的,仿佛随意地即兴弹奏,同时和去找她的阿贝尔闲聊。我又转身离去,到花园游荡许久,寻找阿莉莎。

她在果园里,正采摘在墙脚下初放的菊花,花香和山毛榉树枯叶的芬芳相混杂。空气中弥漫着秋意。阳光只有照在几排靠墙的果树上,才显出几分暖意,不过东半边的天空格外纯净。她的脸几乎让大帽子全遮住了,那顶泽兰①帽,是阿贝尔旅游时给她带回来的,她立即就戴上了。我走近时,她没有立即回过身,但是禁不住微微抖了一下,表明她听出了我的脚步声。我已经全身绷紧,鼓起勇气面对她的责备,以及她要射向我的严厉的目光。然而,我快要走到跟前时,好像胆怯了,又放慢了脚步。而她呢,开头也不回身看我,还低着头,好似赌气的孩子,不过背冲着我伸出握满鲜花的手,仿佛示意要我过去。我一见招呼的手势,反而站住了,就觉得好玩似的。她终于回过头,朝我走了几步,扬起那张脸,我方始看见她满面笑容。她明亮的眼睛让我忽又觉得什么都那么简单,那么容易,毫不费劲就开了口,声调极其正常:

"是你的信招我回来的。"

"这我想到了,"她说道,接着便用婉转的声音冲淡严厉的责备,"我就是生这个气。你为什么曲解我的话呢?当时说得很清楚呀……(现在看来,愁苦和困难,果然都是胡思乱想出来的,完全是我头脑的产物。)我跟你说得明明白白,咱们这样很幸福,你要改变,我拒绝了,你又何必大惊小怪呢?"

的确,我在她身边感到很幸福,十分幸福,因而我的思想也要同她的思想完全吻合。我不再奢望什么,除了她的微笑,只要像这样,同她手拉着手在暖融融的花径上散步,就心满意足了。

其他任何希望,一下子全打消了,我完全沉浸在眼前的美满幸福中,一本正经地对她说道:"如果你认为这样好,咱俩就不订婚了。我

---

① 荷兰的省名。

收到你的信时，便恍然大悟，自己确实是幸福的人，但又要失去幸福了。唔！将我原来的幸福还给我吧，我已经离不开了。我爱你就是爱你，等一辈子也愿意。不过，阿莉莎，最让我受不了的念头，就是你不再爱我，或者怀疑我的爱情。"

"唉！杰罗姆，我无法怀疑了。"

她对我说这话的声音，既平静又伤悲。然而，她那微笑焕发光彩，呈现出无比恬静的美，我见了不免惭愧，自己不该这样多心和争辩。我还当即觉得，从她声音深处听出的隐隐伤悲，也是由这种多心和争辩引起的。话锋一转，我又谈起自己的计划、学习，以及可望大有收益的这种新型生活。当年的巴黎高师还不像近年这样子，那时鼓励勤奋学习，只有懒学生和笨学生，才会感到比较严格的纪律的压力。我倒喜欢这种修道院式的生活习惯，与外界隔绝，况且，社交界对我也没有什么吸引力，只要阿莉莎害怕，在我眼里就立刻变得可憎了。在巴黎，阿什布通小姐还保留她和我母亲同住的那套房间。阿贝尔和我在巴黎，只有她这么一个熟人，每星期天，我们都要去她那儿坐几小时。每星期天，我都要给阿莉莎写信，好让她完全了解我的生活。

我们坐到敞开的菜园的架子上，只见黄瓜粗大的藤蔓爬出来，最后一茬黄瓜已经摘掉了。阿莉莎听我讲，还问我一些事儿。我还从未感到她如此温柔而专注，如此殷切而情深。担心、忧虑，甚至极轻微的躁动，都在她的微笑中涣然冰释，都在这种迷人的亲热中化为乌有，犹如雾气消散在清澈的蓝天中一样。

我们坐在山毛榉小树林的长椅上，过了一会儿，朱丽叶和阿贝尔也来了。下午的晚半晌,我们又重读斯温伯恩①的诗:《时间的胜利》。每人一节节轮流读,直到夜幕降临。

"好了!"在我们动身的时候,阿莉莎拥抱我,半打趣地说,"现在答应我,从今往后,再也不要这样胡思乱想了。"她摆出一副大姐姐的样子,这也许是我行事莽撞使然,也许是她喜欢如此。

"怎么样!订婚了吧?"我们刚重又单独在一起,阿贝尔就问我。

"亲爱的,这事儿不用再提了。"我答道,随即又以不容置疑的口气补充一句,"这样更好。今天晚上,我比什么时候都更幸福。"

"我也一样。"他突然搂住我的脖子,高声说道,"我要告诉你一件事儿,非常美妙,异乎寻常!我狂热地爱上了朱丽叶!去年我就有所觉察,不过后来,我到外面去闯荡了,在这次重新见你的表姐妹之前,我还不愿意向你透露。现在呢,定了,我这辈子有着落了。

我爱,岂止爱,对朱丽叶是崇拜!

"我早就觉得,对你像连襟一样亲热……"

阿贝尔又笑又闹,紧紧地拥抱我,还像孩子一样,在我们回巴黎的火车座位上打滚。听他这样坦陈爱情,我惊呆了,也感到有点儿别扭,只觉得他的表白中有文学渲染的成分。然而,这样的激情和欢乐,又有什么办法抵制呢?……

"这么说,你已经表白爱情啦?"在他闹腾的中间,我终于插言问道。

---

① 斯温伯恩(1837—1909):英国维多利亚时代最后一位重要的诗人。

"还没有！还没有！"他高声答道，"我不想匆忙翻过这事的最迷人的一章。

> 爱情最美好的时刻，
> 并不是说出：我爱你……

"嘿！你这慢功夫大师，你不会责怪我吧。"
"说到底，"我有点儿恼火，又说道，"你认为她那方面，也……"
"她这次又见到我时有多慌乱，你没有注意到吗？这次拜访自始至终，她是那么激动，脸一阵一阵红，话也特别多！……是啊，你当然什么也没有注意到了，心思全放在阿莉莎身上……她还向我问这问那！如饥似渴地听我说话！这一年来，她的智力发展极快。我真不明白，你怎么能说她不爱看书，你总认为只有阿莉莎才喜欢书……然而，老弟，她懂得那么多，真叫人吃惊！你知道晚饭前，我们玩什么了吗？一起回想但丁的一首抒情诗，我们轮流每人背诵一句；我背错时她还纠正。这句诗你肯定知道：

> 爱，在头脑里劝导我。①

"你可没有告诉我，她学过意大利文。"
"就连我也不知道啊。"我说道，心中也颇感意外。
"怎么可能！开始背诵诗的时候，她就说是你教给她的。"
"她一定是哪天听到我给她姐姐念了，她常在一旁做衣裳或刺绣，

---

① 引自但丁《飨宴》。

可是见鬼，当时她一点儿也没有显露出来听懂了。"

"真的！阿莉莎和你，也真够自私的。你们俩完全封闭在自己的爱情里，瞧也不瞧一眼她的才智和心灵的出色展现！我也不是自吹自擂，可毕竟我来得正是时候……嗳！哪里，哪里，我不怪你，这你完全明白。"他说着，又拥抱我，"只求你答应我，只字也不要向阿莉莎透露。我要独自处理这件事。朱丽叶已经坠入情网，这是肯定的，而且相当肯定，我甚至敢把她撂一撂，下次放假再说，这期间连信都不打算给她写。不过，新年放假，你我一道去勒阿弗尔，到那时……"

"到那时怎么样……"

"到那时，阿莉莎就会突然得知我们订婚了。我打算这事儿办得干脆利落。你猜接下来会出现什么情况？你一直得不到阿莉莎的允诺，我就以我们的榜样给你争取到手。我们要说服她相信，我们总不能在你们之前结婚……"

他这样一直讲下去，话语像浪涛一样，简直要把我淹没，甚至火车抵达巴黎也不住口，甚至回到学校还讲个没完。我们从火车站步行回校，虽然已是深夜，他还是陪我到宿舍，并且留下一直谈到清晨。

阿贝尔兴高采烈，把现在和未来一股脑儿全安排了。他仿佛已经看到并具体向我讲述我们双双举行婚礼的情景。他还想象并描绘每个人的惊讶和喜悦，自己也迷上了我们的美丽故事，迷上了我们的友谊和他在我的爱情中所起的作用。如此撩人的火热激情难以抵制，我终于觉得受了感染，也渐渐响应他那种虚无缥缈的建议。我们的雄心和勇气，也借助爱情之势膨胀起来，设想大学一毕业，我们就请沃蒂埃牧师主持婚礼，然后四个人动身去旅行，然后我们就干一番大事业，而我们的妻子也乐意同我们合作。阿贝尔对教书不感兴趣,他自认为天生就适于写作,只要创作出几部成功的剧本,就能很快挣到他需要的一大笔钱。至于我这个人,更喜欢研究,不大考虑收益,打算潜心研究宗教哲学,写一部宗教哲学史……可是,怀有那么多希望,现在回想起来又有什么用呢?

第二天,我们又投入学习。

第四章

　　转眼到了新年假期,这段时间过得飞快,我还受上次同阿莉莎谈话的激励,信念一刻也没有动摇。我按照心中的打算,每逢星期日给她写一封很长的信。一周的其他时日,我则回避同学,几乎只跟阿贝尔交往,在想念阿莉莎中生活,在自己爱看的书上为她做了不少记号,根据她可能产生的兴趣,来决定自己该对什么感兴趣。她经常给我回信,但是信的内容还是令我不安,看得出来,她热切关心我,主要是在鼓励我学习,而不是出于思想的冲动。在我看来,评价、讨论、批评,无非是表达思想的一种方式,可是她却相反,用这一切掩饰自己的思想。有时我甚至怀疑,她是当作一种游戏……管他呢!我拿定主意不发一点儿怨言,信中丝毫也不流露自己的不安情绪。

　　十二月底,我和阿贝尔又动身去勒阿弗尔。
　　我下了火车,便直奔普朗蒂埃姨妈家,到那儿时刚好她不在。不过,我刚在房间里安顿好,一名仆人就来通知说她在客厅里等我。
　　姨妈稍微问两句我的身体怎样,居住和学习怎样,接着就受亲情和好奇心的驱使,不管不顾地问道:
　　"你还没有告诉我呢,孩子,上次你在封格斯马尔住的那段日子,满意不满意?你的事儿有了点儿进展吧?"

姨妈为人憨直,我只好受着。可是,用最纯洁、最温柔的语言谈论我们的感情,我都觉得有点儿唐突,何况如此简单地对待呢。然而,她说话的语气却那么直率,那么亲热,我若是恼火就未免太愚蠢了。不过,开头我还是有所反应:

"春天那时候,您不是对我说过订婚太早吗?"

"对,我知道,一开始大家都这么说。"她拉起我一只手,深情地紧紧握住,又说道,"我知道,你要上学,要服兵役,好几年结不了婚。再说了,我个人就不大赞成订婚之后拖得太久,这会让姑娘们生厌的……不过,有时候也挺感人的……还有,订婚也没有必要搞得那么正式……只是让人明白——唔!当然也不要张扬——让人明白,别再给她们找人家了。此外,订了婚,你们就能通信了,保持联系。总之,再有人登门求婚——这种情况很可能有,"她恰如其分地微微一笑,暗示道,"那就可以婉转地告诉对方……不行,别费这个心了。你知道吧,有人来向朱丽叶求婚了!今年冬天,她非常引人注意。年龄倒是还小了点儿,她也是这样答复人家的。不过,那年轻人表示愿意等待——说准确点儿,那人也不年轻了……但总归是门好亲,是个靠得住的人。明天你也就见到了——他要来瞧瞧我的圣诞树。对他是什么印象,你告诉我。"

"只怕他白费心思,姨妈,朱丽叶另有意中人了。"我说道,强忍着才没有立即讲出阿贝尔的名字。

"哦?"姨妈怀疑地撇了撇嘴,头歪到一边,发出疑问,"你这话可真叫我奇怪,她怎么什么也没有对我说呢?"

我咬住嘴唇,免得话说多了。

"哼！到时候就知道了……这阵子，朱丽叶身体不舒服……再说，现在不是谈她的事儿……啊！阿莉莎也很可爱……总之，有还是没有，你有没有向她表白？"

"表白"这个词，我打心眼儿里就反感，觉得它粗鲁得要命，但是，既然正面提出这个问题，我又不会说谎，就只好含糊地回答："表白了。"我立即感到脸上发烧。

"那她怎么说？"

我垂下头，真不愿意回答，但又事出无奈，就更加含糊地回答："她不肯订婚。"

"好哇，这个小丫头，她做得对！"姨妈高声说道，"你们的时间长着呢，当然了……"

"噢！姨妈，别说这事儿了。"我说道，可是拦也拦不住。

"其实，她这么做我一点儿也不奇怪。我一直觉得，你的表姐比你懂事……"

也不知道当时我怎么了，无疑是让这样的盘问弄得神经紧张，我突然感到心痛欲裂，便像小孩子一样，脑门儿伏到好心肠的姨妈的双膝上，失声痛哭。

"姨妈，不，您不明白。"我高声说道，"她没有要求我等待……"

"什么！她是拒绝你啦！"她说道，语气满含怜悯，非常轻柔，同时用手扶起我的头。

"也不是……不，还不完全是。"

她忧伤地摇了摇头：

"你担心她不爱你啦？"

"嗳！不是，我担心的不是这个。"

"我可怜的孩子，你要想让我明白，那就得稍微说清楚一点儿呀。"

我又羞愧，又懊悔，不该显得这样意志薄弱。姨妈当然弄不明白，我这样含糊其词是何缘故。不过，阿莉莎拒绝的背后，如果隐藏着什么明确的动机，那么姨妈慢慢探问，也许能帮助我弄个水落石出。她很快就主动提出了。

"听我说，"她又说道，"明天早上，阿莉莎要来帮我布置圣诞树，我很快就能弄清到底是怎么回事，吃午饭的时候告诉你。我敢肯定，你会明白并没有什么可惶恐不安的。"

我去布克林家吃晚饭。朱丽叶确实病了几天，在我看来样子变了。她那眼神略显凶狠，甚至近乎冷酷，跟她姐姐的差异比以前更大了。这天晚上，我同她们姐儿俩哪个都没有机会单独谈话，而且，我也丝毫没有这种愿望。舅父又显得疲惫，因此饭后不久，我就告辞了。

普朗蒂埃姨妈布置的圣诞树，每年都要招来一大帮孩子和亲友。圣诞树放在对着楼梯口的门厅里，而门厅又连着前厅、客厅，以及设了餐台的玻璃门的冬季花房。圣诞树还没有装点好。圣诞节的早晨，也就是我到达的次日，正如姨妈所说，阿莉莎早早就来了，帮着往圣诞树上挂装饰物、彩灯、水果、糖果和玩具。我倒十分乐意和她一起忙乎，但是，我得让姨妈和她单独聊聊，因此没有同她照面就出门了，整个上午就品味自己的不安情绪。

我先去布克林舅父家，想见见朱丽叶，但是听说阿贝尔比我早到一步，正在她身边，我就立刻退出来，以免打扰一场关键性的谈话。我在码头和街上游逛，直到吃午饭时才返回。

"傻小子！"姨妈一见我回来，便高声说，"怎么能这样糟蹋自己的生活呢！今天早上你跟我说的那一套，没有一句是在理的话……哼！我也没有拐弯抹角，干脆打发走费力帮我们的阿什布通小姐，等到只有我和阿莉莎了，我就直截了当地问她，今年夏天为什么没有订婚。你大概以为会把她问得不好意思吧？——她一点儿也没有显得慌乱，非常平静地回答我说，她不愿意在她妹妹之前结婚。当初你若是开门见山地问一问，她就会像对我这样回答你。这点儿事就了不得了，自寻烦恼，对不对？明白了吧，我的孩子，什么也比不上实话实说……可怜的阿莉莎，她还对我提起她父亲，说她不能抛下不管……唔！我们谈了很多。这丫头，非常懂事。她还对我说，她还不能肯定她就是对你合适的姑娘，恐怕年龄大了，希望你找个朱丽叶那样年龄的……"

姨妈还在说下去，可我已经听而不闻了。只有一个情况对我来说关系重大：阿莉莎不肯在她妹妹之前结婚。——嘿！不是还有阿贝尔吗！这个自命不凡的家伙，他讲得还真有道理：一箭双雕，同时解决两桩婚事……

事情一说破却如此简单，我听了内心十分激动，但是尽量掩饰，只显露出在她看来非常自然的一种欢快，并且让她高兴的是，这种欢快似乎是她给的。刚吃过午饭，我也记不清找了一个什么借口，又离开她，去找阿贝尔了。

"哼！我跟你说什么来着！"他一听说我的高兴事儿，就一边拥抱我，一边高声说，"老弟呀，我已经可以向你宣布，今天上午，我同朱丽叶的谈话几乎具有决定意义，尽管我们差不多只谈了你。不过,她显得有点儿疲惫、烦躁……我害怕说得过头会使她过分激动,也害怕谈得过久会使她过分亢奋。有了你告诉我的这个情况,这事儿就成了!老弟呀,我这就扑向我的手杖和帽子,你要一直陪我到布克林家门口,以便拉住我,不让我在半路飞起来——我觉得身子比欧福里翁①还轻……等朱丽叶得知仅仅由于她阿莉莎才不肯答应你,等我马上一求婚……啊!朋友,我眼前已经浮现父亲的身影。今天晚上,他就站在圣诞树前,边赞美上帝边流下幸福的眼泪,满怀祝福把手伸在两对跪着的未婚夫妇头上。阿什布通小姐要化作一声叹息,普朗蒂埃姨妈也会化作满襟泪水,而灯火辉煌的圣诞树将歌颂上帝的荣耀,像《圣经》里的群山那样鼓掌。"

只有等到天黑时,才能点亮圣诞树上的灯火,孩子和亲友才在圣诞树周围团聚。我同阿贝尔分手之后,无事可干,只觉六神无主,心情焦躁。为了消磨等待的这段时间,便跑到圣阿雷斯悬崖上,不料迷了路,等我回到普朗蒂埃姨妈家时,欢庆活动已经开始好一会儿了。

我一走进门厅,就看见阿莉莎,她好像在等我,一见我便迎上来。她穿一件半圆开领的浅色上衣,脖子上挂着一枚老式的紫晶小十字架,那是我母亲的遗物,我送给她留作纪念,但是还从未见她戴过。她面容倦怠,一副惨苦的神情,看着真叫我心里难受。

"为什么这么晚你才回来?"她声调压抑,急促地说道,"我本来要跟你谈谈。"

"我在悬崖上迷路了……怎么,你不舒服了……噢!阿莉莎,出

---

① 欧福里翁:希腊神话中阿喀琉斯之子,长有双翼。

什么事儿啦?"

她站在我面前,嘴唇发抖,一时说不出话来。我惶恐不安到了极点,都不敢问她了。她抬手放到我的脖颈上,似乎要把我的脸拉近,想必要跟我说话。可是不巧,这时进来几位客人,她不免气馁,手又垂落下去……

"来不及了。"她喃喃说道。接着,她见我泪水盈眶,就以这种哄小孩的解释来回答我疑问的目光,好像这就足以使我平静下来:

"不……放心吧,我只是有点儿头疼,这些孩子太喧闹了……我不得不躲到这儿来……现在,我该回到他们身边了。"

说罢她就突然离去。又有人进来,将我和她隔开。我打算进客厅找她,却看见她在另一端,正带周围一帮孩子做游戏。在我和她之间,我认出好几个人,要过去就得被他们缠住,寒暄一通,我感到自己做不来,也许溜着墙根儿……试试看吧。

我经过花房的大玻璃门时,忽然觉得胳臂让人抓住了。原来是朱丽叶,她半躲在门洞里,用门帘遮住身子。

"咱们到花房去。"她急匆匆说道,"我得跟你谈谈,你走你的,我随后就去那儿找你。"继而,她半打开门,停了一会儿,便溜进花房。

出什么事儿啦?我本想再跟阿贝尔碰碰头。他究竟说了什么?究竟干了什么?……我回到门厅瞧了瞧,这才进花房,看见朱丽叶在等我。

朱丽叶满脸通红,双眉紧锁,目光透出一种冷酷而痛苦的表情,眼睛亮晶晶的,就好像发了高烧,连说话的声音也似乎变得生硬而发紧了。她的情绪显得异常激奋,样子显得美极了,我虽然心事重重,见她这么美也不禁惊讶,甚至有点儿发窘。房中只有我们二人。

"阿莉莎跟你谈过啦?"她立刻问我。

"没说上两句话,是我回来太晚了。"

"你知道她要我先结婚吗?"

"知道了。"

她定睛看着我:

"那你知道她让我嫁给谁吗?"

我愣在那里没有回答。

"嫁给你!"她嚷了一声。

"简直荒唐透顶!"

"可不是嘛!"她的声调里既含绝望,又含得意。她挺了挺身子,确切地说,整个身子往后一仰……

"往后的事儿该怎么办,现在我知道了。"她含混地补充了一句,便打开花房的门,人一出去,随手又狠狠将门关上。

在我的头脑里和心里,一切都动摇了。我感到血液击打着太阳穴。在极度慌乱中,只有一个念头:找到阿贝尔,也许他能向我解释姐妹俩的话为什么这么怪……可是我不敢回客厅,怕是我这心慌意乱的样子,谁都能看得出来。于是我来到外面。花园寒气袭人,倒使我冷静下来。我在园中待了一会儿,夜幕降临,海雾遮蔽了城市,树木光秃秃的,大地和天空看上去无限凄凉……这时歌声响起,一定是围着圣诞树的儿童们的合唱。我走进门厅,看见客厅和前厅的门全敞着。客厅里空荡荡的,只发现姨妈半躲在钢琴后面,正和朱丽叶说话,客人全挤在前厅的圣诞树周围。孩子们唱完赞歌,全体肃静,站在圣诞树前边的沃蒂埃牧师便开始布道了。他绝不放过任何一次机会,进行他所说的

"撒播良种"。灯光和热气让我感觉不舒服,我还想到外面去,却忽然瞧见阿贝尔正靠门站着。他在那儿大概有一阵工夫了。他以敌视的眼神注视我,当我们的目光相遇时,他就耸耸肩膀。我朝他走过去。

"笨蛋!"他低声说道,继而,又突然说道,"喂!走!咱们出去,这种说教我都听腻了!"

我们一出了门,他见我不说话,只是不安地看着他,便又说道:"笨蛋!其实,她爱的是你,笨蛋!你就不能早点儿告诉我?"

我惊呆了,简直不敢相信。

"不可能,对不对!你自己甚至都察觉不出她的感情!"

他抓住我的胳膊,狠命地摇晃。他咬牙切齿,说话带着嗡嗡的颤音。

"阿贝尔,求求你了。"我由他拖着大步胡乱走着,半晌没吭声,也终于声音颤抖地说道,"先别发这么大火,还是告诉我怎么回事儿吧。我什么也不知道哇。"

来到一盏路灯下,他突然拉我站住,凝视我的脸。继而,他又猛地把我拉到一起,头搭在我肩上,呜咽着咕哝道:"对不起!我也一样,是个笨蛋。可怜的兄弟,我不比你强,也没有看出来。"

流过眼泪,他看来平静了一些。他抬起头,又朝前走去,同时说道:"怎么回事儿?……现在说它还有什么用呢?我不是跟你说过,今天早晨我同朱丽叶谈过了。她简直美极了,也显得特别兴奋,我还以为是我引起的,其实只是因为谈论你。"

"当时你就没有明白过来?……"

"没有,就是不明白。可是现在,多么微小的迹象,也都一清二楚了……"

"你就肯定没有弄错？"

"弄错！嗳！亲爱的，只有瞎子，才看不出她爱的是你。"

"那么阿莉莎……"

"阿莉莎牺牲自己。她无意中发现了秘密，就想给妹妹让位。喏，老弟！按说，这并不难理解……那会儿，我还要同朱丽叶谈谈，可是，我刚说两句话，确切地说，她一明白我的用意，就从我们坐的长沙发上站起来，一连说好几遍'我早就料到了'，而那声调却表明根本没有料到……"

"喂！可开不得玩笑！"

"怎么这么说？这件事，我觉得很滑稽……她冲进姐姐的房间。房里传出吵闹声，我听了不禁慌了神儿，很想再见见朱丽叶，不料过了一会儿，却是阿莉莎出来了。她戴了帽子，见到我显得挺不自然，匆匆打了声招呼就走过去了……就是这些。"

"你没有再见到朱丽叶？"

阿贝尔迟疑了一下，才说道：

"见到了。阿莉莎走后，我就推门进去，看见朱丽叶站在壁炉前，臂肘挂在大理石炉台上，双手托着下巴颏儿，正一动不动地照镜子。她听见我进去的声音，头也不回，只是跺着脚嚷道：'哎呀！别来烦我！'语气非常生硬，我不好再说什么就走了。就是这些。"

"那么现在呢？"

"哦！跟你一说，我感觉好多了……现在吗？跟你说，你要想法儿治好朱丽叶爱情的创伤。在这之前，阿莉莎不会回到你身边，否则就算我不了解她。"

我们默默地走了许久。

"回去吧"他终于说道,"客人现在都走了。恐怕父亲在等我了。"

我们回去一看,客厅里的人果然都走了,前厅里的圣诞树上的礼物被拿光了,彩灯差不多全熄了,旁边只剩下姨妈和她的两个孩子、布克林舅父、阿什布通小姐、我的两个表姐妹,还有一个相当可笑的人物,我曾见他同姨妈长时间交谈,不过这会儿才认出他就是朱丽叶所说的那位求婚者。他的身材比我们每人都高大、健壮,脸色也比我们每人都红润,但是头顶差不多秃了。他显然来自另一个等级,另一个阶层,另一个种族,在我们中间似乎感到自己是异类。他揪着一大撮花白髭胡,神经质地捻来捻去。门厅的灯已经熄灭,但是门还开着,因此,我们俩悄悄地回来,谁也没有发觉。我一阵揪心,有一种可怕的预感。

"站住!"阿贝尔说了一声,同时抓住我的胳臂。

这时,我们看见陌生人走到朱丽叶近前,拉起她的手;而朱丽叶没有扭头看他,但是手却任由人家握住而未反抗。我的心顿时沉入黑夜。

"喂,阿贝尔,怎么回事?"我啜嚅道,就好像我还不明白,或者希望理解错了。

"这还用说!小丫头要抬高身价。"他说道,话语夹着呲音,"她可不肯甘居姐姐之下。天使肯定在天上鼓掌祝贺呢!"

阿什布通小姐和姨妈都围在朱丽叶身边,舅父过去亲了亲小女儿,沃蒂埃牧师也凑上前……我往前跨了一步,阿莉莎一发现我,立即跑过来,颤抖着说道:

"杰罗姆啊,这事儿可不成。朱丽叶并不爱他!今天早上她还跟我说来着。想法儿阻止她,杰罗姆!噢!将来她可怎么办啊?……"

她伏在我的肩上哀求,简直痛苦欲绝。只要能减轻她的惶恐不安,豁出命去我也干。

忽然,圣诞树那边一声叫喊,接着便是一阵混乱……我们跑过去,只见朱丽叶不省人事,倒在我姨妈的怀里。大家都围拢过去看她,我几乎瞧不见,只看到散乱的头发似乎在向后扯她那张惨白的脸。她的身体在抽搐,显然不是一般的昏厥。

"嗳!没事儿,没事儿!"姨妈高声说,以便让我舅父放心。而沃蒂埃牧师用食指指天,已经在安慰他了。姨妈又说道:"没事儿!一点儿事也没有。只是太激动了,一时神经太紧张。泰西埃尔先生,您有劲儿,帮我一把,我们把她抬进我的房间,放到我床上……放到我床上……"接着,她又附在长子的耳边说了句什么,只见他立刻出门,肯定是请医生去了。

姨妈和那个求婚者抬着半仰在他们手臂上的朱丽叶的肩膀。阿莉莎则深情地搂住妹妹的双脚。阿贝尔上前托住她那要朝后仰的头——我看见他拢起她那散乱的头发,弯下腰连连亲吻。

到了房间门口我就停下。大家将朱丽叶安置在床上。阿莉莎对泰西埃尔先生和阿贝尔说了几句话,我没有听见。她把他们送到门口,请求我们让她妹妹休息,有她和我姨妈照看就行了……

阿贝尔抓住我的胳臂,拉我到外面。我们俩心灰意懒,漫无目的,在黑夜中走了很久。

第五章

我的一生除了爱情别无他求,于是抓住爱情不放,只关心我的女友,其他什么也不期待,也不想期待了。

次日,我正要去看看她,姨妈却拦住我,递给我她刚收到的这封信:

> ……朱丽叶服了医生开的药之后,直到凌晨,烦躁的情绪才算缓解。我恳求杰罗姆这几天不要来。朱丽叶需要绝对的安静,她会听出杰罗姆的脚步或者说话的声音。
> 朱丽叶病成这样,恐怕我得守护了。假如杰罗姆动身之前,我还不能接待他,亲爱的姑妈,就烦请你转告一声,我会给他写信的……

这道禁令只是针对我,姨妈可以随便去,任何别人也可以随便去布克林家,而且姨妈上午就要去一趟。我能弄出什么声音来?多么差劲儿的借口……没关系!

"好吧,不去就不去。"

不能很快去看看阿莉莎,我心里特别不是滋味,然而又害怕再次见面,害怕她把妹妹的病状归咎于我,因此不去见她,倒比见她发脾气容易忍受一些。

至少,我还想见见阿贝尔。

到了他家门口,一名女仆交给我一张字条:

> 我给你留这张字条,免得你担心。待在勒阿弗尔,离朱丽叶这么近,这是我不能忍受的。夜晚同你分手之后,我就立即乘船去南安普敦。我打算去伦敦S君家度完假期。我们回学校再见。

所有人的救援,一下子全丧失了,再待下去就只有痛苦,于是未等开学,我就回到巴黎。我的目光转向上帝,转向广施真正的安慰、各种恩泽和完美赏赐的主。我的痛苦也同样献给他,想必阿莉莎也是向他寻求庇护的,而且一想到阿莉莎在祈祷,我的祈祷也就受到鼓舞和激励。

在沉思和学习中过去好长一段时间,除了我和阿莉莎往来通信,没有任何大事可言。她的信件我全留着,此后有记忆模糊的地方,就拿来参照……

勒阿弗尔的消息,起初还是通过姨妈,也仅仅通过她得到的。我得知头几天朱丽叶病情严重,着实让人担惊受怕。我离开的第十二天早上,终于接到阿莉莎的这封信:

> 亲爱的杰罗姆,请原谅,没有及早给你写信。我们可怜的朱丽叶病成这样子,我实在抽不出时间来。你走之后,我几乎日夜守护她。我们的情况,我曾请姑妈告诉你,想必她这样做了。你应当知道,这几天来,朱丽叶好多了。我感谢上帝,但是还不敢太乐观。

直到现在我还没有怎么提罗伯特，他比我晚几天回到巴黎，给我带来他两位姐姐的消息。我关心他是因为她们的缘故，而不是我天生的性格所致。他在农学院就读，每逢放假，我总照顾他，想方设法多让他散散心。

我不敢直接问阿莉莎和我姨妈的事情，就是通过罗伯特了解到的：爱德华·泰西埃尔去得很勤，探望朱丽叶的病情，不过，在罗伯特离开勒阿弗尔之前，朱丽叶还没有再同他见过面。我还得知从我走后，她在姐姐面前一直沉默不语，怎么也无法让她开口。

不久之后，我又听姨妈说，订婚一事，朱丽叶本人要求尽早正式宣布，而阿莉莎却像我预感的那样，希望立即解除。她决心已定，只是板着脸，一言不发，什么也不看，怎么劝告，怎么命令，怎么哀求也无济于事……

时间就这样过去。我只收到阿莉莎一些令我极为失望的短信，还真不知道回信写什么好。冬季的浓雾笼罩，无论学习的灯光，还是爱情和信仰的全部热忱——唉！都不能驱散我心中的黑夜和寒冷。时间就这样过去了。

后来，春季的一天早上，我忽然收到姨妈转来的一封信——是她不在勒阿弗尔时阿莉莎写给她的。信中能说明问题的部分抄录如下：

……赞扬我的顺从吧！我听从了你的劝告，接见了泰西埃尔先生，同他长谈了。我承认他的表现极佳，老实说，我几乎相信，这门婚事不会像我当初担心的那样不幸。当然，朱丽叶并不爱他，但是一周一周下来，他给我不值得爱的印象逐渐削弱了。他能清醒地看待自己的处境，也没有看错我妹妹的性格，不过，他深信他所表达的爱情极为有效，自信没有他的恒心所克服不了的东西。这就表明他爱得很深。

杰罗姆那么照顾我弟弟，令我十分感动。我想他这样做，完全出于责任——也可能是为了让我高兴——因为罗伯特和他的性格没有什么相似之处。毫无疑问，他已经认识到，担负的责任越艰巨，就越能教诲和提高人的心灵。这种思考未免超凡脱俗！不要太笑话你的大外甥女，须知正是这类想法支撑着我，帮助我尽量把朱丽叶的婚姻视为一件好事。

亲爱的姑妈，你的体贴关怀，让我心里感到很温暖！……然而，你不要认为我有多么不幸，我几乎可以说：恰恰相反，因为，朱丽叶刚刚经受的考验，也在我身上产生了反响。《圣经》里的这句话："信赖人必不幸"，过去我常背诵，却不大明白，现在却恍然大悟了。这句话最早不是在我的《圣经》里，而是在杰罗姆寄给我的一张圣诞贺卡上读到的，那年他还不到十二岁，我也刚满十四岁。卡片上有一束花，当时我们觉得非常好看，旁边印着高乃依①的释义诗：

是何种战胜尘世的魅力
今天引我飞升去见上帝？
把希望寄托在世人身上，
到头来自身就会遭祸殃！

不过，老实说，我更喜欢耶利米②那句言简意赅的话。毫无疑问，杰罗姆当时选这张贺卡，没大注意这句话。但是

---

① 高乃依（1606—1684）：法国古典主义悲剧作家。
② 耶利米（约公元前 650 / 645—前 580）：《圣经·旧约》中四大先知之一，做过犹太王约西亚的先知。

从他新近的来信能判断出，如今他的倾向同我颇为相像。我感谢上帝把我们俩同时拉近他。

我们那次谈话，我还记忆犹新，不再像过去那样给他写长信，免得打扰他学习。你一定会认为，我这样谈他是想借机补回来。我就此搁笔，怕再写下去。下不为例，不要太责怪我了。

这封信叫我怎么想啊！可恨姨妈总爱瞎管闲事（阿莉莎提到的令她对我沉默的那次谈话，究竟是怎么回事？），还瞎献殷勤，干吗把信转给我看！阿莉莎保持沉默，已经够我受的了。哼！她不再对我讲的事却写信告诉别人，这情况就更不应该让我知道啦！这封信处处让我气愤——我们中间这些细小的秘密，她都这么轻易地讲给姨妈听，语调还这么自然，这么坦然，这么认真，这么诙谐，叫我看着简直……

"嗳，不，我可怜的朋友！你恼火，就因为这封信不是写给你的。"阿贝尔对我说道。阿贝尔成为我每天的伙伴，是我唯一能够谈心的人。我感到孤独的时候，感到气馁，需要发点怨言赢得同情的时候，就不断向他倾诉；我陷入困境的时候，也相信他能给我出好主意，尽管我们性情不同，或者正因为性情不同……

"咱们研究研究这封信吧。"他说着，将信往写字台上一摊。

四天三夜，我是在气恼中度过的！现在朋友要给我分析分析，我自然愿意听一听了：

"朱丽叶和泰西埃尔这部分，我们就丢进爱情之火中，对不对？我们知道那火焰的厉害。不错！我看泰西埃尔就像扑火的飞蛾……"

"别说这个了,"我听他这样开玩笑不禁反感,便对他说,"看看其余部分吧。"

"其余部分?"他说道,"其余部分全是写给你的。你就抱怨吧!没有一行,没有一个词不充满对你的思念。可以说,整个这封信就是写给你看的。菲莉西姨妈将它转给你,倒是物归原主了。阿莉莎不能直接写给你,就寄给这位好婆婆,这是不得已而求其次。其实,你姨妈懂得什么高乃依的诗!——顺便说一句,这是拉辛[①]的诗——跟你说吧,她这是同你谈心。所有这些话,是说给你听的。两周之内,你表姐如不以同样轻松愉快的口气,写同样的长信,那只能表明你是个大笨蛋……"

"她不大可能这样做。"

"这全看你的了!你还要我出主意吗?那好,从现在起,在很长一段时间内,你绝口不提你们的爱情,也不提结婚。她妹妹出了事儿之后,她懊恼的正是这个,难道你还看不出来吗?你要在手足之情上下功夫,不厌其烦地同她谈罗伯特,既然你这样耐心照顾这个傻瓜。只要持续不断地让她的精神得到愉悦,其余的事儿就自然水到渠成。嘿!换了我,瞧我怎么给她写信!……"

"你可没有资格爱她。"

然而,我还是按照阿贝尔的主意行事。时过不久,阿莉莎的信果然又恢复生气。不过,我还不敢指望她由衷地快活起来,毫无保留地交心,那要等到即或不能保障朱丽叶的幸福,也要保障她的终身之后。

阿莉莎告诉我,朱丽叶病情好转,婚礼将在七月份举行。阿莉

[①] 拉辛(1639—1699):法国古典主义悲剧作家。

莎在信中还说，她认为办喜事那天，我和阿贝尔肯定要上课而参加不了……我明白她的意思，我们最好不要出席婚礼。于是，我们便以考试为由，仅仅去信祝贺了。

婚礼之后约有半个月，阿莉莎给我写来一封信：

我亲爱的杰罗姆：

你想想我该多么惊讶，昨天我偶尔翻阅拉辛的这本漂亮的书，发现了夹在我的《圣经》中快十年的圣诞贺卡，就是你送给我的那张贺卡上的四句诗：

是何种战胜尘世的魅力
今天引我飞升去见上帝？
把希望寄托在世人身上，
到头来自身就会遭祸殃！

我原以为是引自高乃依的一首释义诗，老实说，当时我并不觉得它有多美。不过，我接着阅读第四章圣歌时，碰到几节诗，觉得十分美妙，就忍不住抄下来寄给你。从你贸然写在页码边上的缩略姓名来判断（我的确养成了这种习惯，爱在我的书和阿莉莎的书上我喜欢的章节旁，写下她名字的头一个字母，以示提醒），你肯定读过。这倒没有什么关系！反正我抄录下来也是自得其乐。我还以为有什么新发现，可是一看到是你建议读的，开头不免有点儿扫兴，继而转念一想，你跟我一样喜欢这些诗章，又以喜悦取代了这种不快的感觉。我抄录的时候，就觉得你又跟我一起阅读：

永恒智慧如雷的声音，

用这种话语教导我们:
人类子孙哟,你们听着,
光靠自身有什么结果?
虚妄的灵魂,实在谬误,
竟让纯洁的血液流出,
往往只换取虚形幻影,
而不是能果腹的圣饼,
你们付出纯洁的血液,
为何比从前还要饥饿?

我向你们推荐的圣饼,
唯有天使才能享用;
使用的是优质面粉,
由上帝亲手制作而成。
这种圣饼多么香甜,
尘世的餐桌怎能得见!
随我走我就给圣饼,
你们不要留恋这尘寰。
过来吧,你们要永生?
拿着吧,吃下这圣饼。

……

被俘的灵魂有多幸运,
在主的枷锁里得安宁,
渴了畅饮长生之泉,
长生泉永远也流不尽。
这泉水人人可畅饮,

这泉水欢迎所有人。
然而我们却狂奔乱窜，
跑去寻找什么泥潭，
寻找什么骗人的水池，
那里的水时刻会流逝。

多美呀！杰罗姆，多美呀！你真的和我觉得它同样美吧？我这个版本上有一条小注解，说德·曼特侬夫人①听到德·欧马尔小姐唱这支圣歌，似乎十分赞赏，"洒了几滴眼泪"，并请她重复唱了一段。现在我记在心里，还不厌其烦地背诵。我唯一伤感的是，在这里没有听你给我朗诵过。

我们那对旅行结婚的夫妇，继续传来佳音。要知道，在巴约讷和比亚里茨，尽管天气酷热，别提朱丽叶玩得有多高兴。后来，他们又游览了封塔拉比亚，到布尔戈斯停了停，两次翻越比利牛斯山脉……现在，朱丽叶是在蒙塞拉特给我写来一封欢欣鼓舞的信。他们打算还要在巴塞罗那逗留十天，然后再回到尼姆，因为爱德华要在九月之前赶回去，以便安排好收获葡萄。

父亲和我，我们住到封格斯马尔已有一周，阿什布通小姐明天就来，四天之后，罗伯特也回来了。跟你说，这个可怜的孩子考试没有通过。倒不是因为题目太难，而是主考老师向他提出的问题太古怪，弄得他不知所措。我从你的信中得知罗伯特很用功，就难以相信他没有准备好，看来还是那位主考老师喜欢刁难学生。

至于你的优异成绩，亲爱的朋友，我不能说什么祝贺的

---

① 德·曼特侬侯爵夫人（1635—1719）：先是负责教育路易十四的子女，1683年与国王结婚。1715年国王去世，她便隐居圣西尔，设学校教育穷苦的贵族子弟。

话，总觉得这是理所当然的。杰罗姆，我对你信心十足，一想到你，心里就充满希望。你前次提起的那项工作，现在能着手就做起来吗？……

……这儿的花园什么也没有变，然而，住宅却显得空荡荡的！我求你今年不要回来，现在你该明白为什么，对不对？我感到这样更好些。可是我每天都要在心里说一遍，因为，这么久不见你，确实挺难受的……有时，我就不由自主地寻找你，看看书会停下，猛然一回头……就觉得你在旁边！

我接着写信。已经是夜间了，别人都睡觉了，我还对着敞开的窗户给你写信。花园弥漫着芳香，空气温煦。你还记得吗，我们小时候，一看见或者听到美妙的东西，心中就想：上帝啊，谢谢你创造出来……今天夜晚，我全部心思都在想：上帝啊，谢谢你创造出这样美好的夜晚！于是，我突然希望你就在这儿，感到你在这儿，就在身边，这种愿望极为强烈，你大概已经感觉到了。

是的，你在信中说得好，"在天生纯良的心灵里"，赞美和感激融为一体……还有多少事情我要写给你呀！——我想到朱丽叶说的那个阳光灿烂的国家。我还想到别的国度，更加辽阔，更加空落落，阳光也更加灿烂。我身上寓居一种奇异的信念：终有一天，我也不知道以什么方式实现，我们将一同看到神秘的大国……

不难想象，我看这封信是多么欣喜若狂，又流下多少爱情的眼泪。还有一些信件接踵而来。阿莉莎固然感谢我没有去封格斯马尔，她固然也恳求过我今年不要去见她，但是她确实也遗憾我不在跟前，现在渴望同我见面,每页信纸都回响着这一召唤。我哪儿来的力量拒不响应呢?无疑是听了阿贝尔的劝告,无疑怕一下子毁了我的快乐,也是我拘板的天性阻遏我感情的宣泄。

后来的几封信中,凡是能说明这篇故事的部分,全抄录如下:

亲爱的杰罗姆:

　　看你的信,我沉浸在喜悦中。我正要答复你从奥尔维耶托写来的信,又同时接到你分别从阿西西和佩鲁贾写来的信。我也神游这些地方,仿佛只把躯体留在这里。真的,我和你行驶在翁布里亚的白色大路上;一早和你一道启程,用崭新的目光凝望曙光……在科尔托纳的平台上,你真的呼唤我了吗?我听见了……在阿西西城的北山上,我们渴得要命!方济各会修士给我的那杯水多么可口!我的朋友啊!我是透过你看每件事物。我多么喜欢你给我的信上关于圣徒方济各的那段话!是的,应当寻求的,绝不是思想的一种解放,而是一种狂热。思想的解放必定会产生可恶的骄傲。树立思想的抱负,不是要反抗,而是要效劳……

　　尼姆方面的消息好极了,我觉得这是上帝允许我尽情欢乐。今年夏天的唯一阴影,就是我那可怜父亲的精神状态。尽管我悉心照料,他依然愁眉苦脸,确切说来,我一丢下他独自一人,他就重又沉入悲伤,而且总是难以自拔。我们周围的大自然多么欢快,可是大自然的语言对他变得陌生了,他甚至都不用心去听了。阿什布通小姐还好。我给他们二人念你的信。每封信,我们都要足足谈论三天;接着下一封信又寄到了。

　　……罗伯特前天离开我们。假期的最后几天,他要去他朋友R君家度过,R君的父亲经营一座模范农场。毫无疑问,我们在这里过的生活，在罗伯特看来不大快活。他提出要走，我当然只能支持他的计划……

……要对你讲的事儿太多了！我真渴望这样永无休止地交谈下去！有时，我想不出词儿来，思路也不清晰了——今晚给你写信，就恍若做梦——只有一种近乎紧迫的感觉：有无限的财富要赠予和接受。

在那么漫长的几个月中，我们竟然能保持沉默。毫无疑问，我们那是冬眠。噢！那个可怕的沉默的冬季，但愿它永远结束啦！我又重新找到了你，就觉得生活、思想、我们的灵魂，一切都显得那么美，那么可爱，那么丰饶而永不枯竭。

9月12日

你从比萨寄来的信收到了。我们这里也晴空万里，诺曼底从来没有像现在这样美。前天我独自一人漫步，穿越田野兜了一大圈，回家并不觉得累，还兴奋不已，完全陶醉在阳光和快乐之中。烈日下的草垛多美啊！我无须想象自己在意大利，就能感到一切都很美好。

是的，我的朋友，你所说的大自然的"混杂的颂歌"，我聆听并听懂了，这是欢乐的礼赞。这种礼赞，我从每声鸟啼中都能听出，从每朵花的芳香中都能闻到，因此我认定，赞美是唯一祈祷的形式——我和圣徒方济各重复说：我的上帝！我的上帝！"而非别者"，心中充满难以言传的爱。

你也不必担心，我绝不会转而成为无知的修女！近来我看了不少书，这几天也是下雨的关系，我仿佛将赞美收敛到书中了……刚看完马勒伯朗士[1]，就立刻拿起莱布尼茨[2]的

---

[1] 马勒伯朗士（1638—1715）：法国哲学家、神学家。
[2] 莱布尼茨（1646—1716）：德国哲学家、数学家。

《致克拉克的信》。继而放松放松，又看了雪莱的《钦契一家》，没有什么意思，还看了《含羞草》……说起来可能惹你生气，我觉得雪莱的全部作品、拜伦的全部作品，也抵不上去年夏天我们一起念的济慈的四首颂歌；同样，雨果的全部作品，也抵不上波德莱尔的几首十四行诗。"大"诗人这个字眼儿，说明不了什么，重要的是，是不是一位"纯"诗人……我的兄弟哟！谢谢你帮我认识、理解并热爱这一切。

……不，切勿为了相聚几天的欢乐就缩短你的旅行。说正经的，我们现在还是不见面为好。相信我，假如你在我身边，我就不会进一步思念你了。我不愿意惹你难过，然而现在，我倒不希望你在眼前了。要我讲实话吗？假如得知你今天晚上来……我马上就躲开。

唔！求求你，不要让我向你解释这种……感情。我仅仅知道我一刻不停地思念你（这该足以使你幸福了），而我这样就很幸福。

……

收到最后这封信不久，我便从意大利回国，并且立即应征入伍，被派往南锡服兵役去了。在那里我举目无亲，没有一个熟人，不过独自一人倒也欣然，因为这样一来，无论对阿莉莎还是我这骄傲的情人来说，情况就更加清楚。她的书信是我的唯一庇护所，而我对她的思念，拿龙萨①的话来讲，就是"我的唯一隐德来希②"。

老实说，我轻松愉快地遵守相当严厉的约定，什么情况都能挺住，我在写给阿莉莎的信中，仅仅抱怨她不在身边。我们甚至认为，

---

① 龙萨（1524—1585）：法国七星诗社的诗人。
② 隐德来希：古希腊哲学家亚里士多德用语，意为"圆满"。

这样长时间的分离，才是对我们勇气的应有的考验。"你呀，从来不抱怨，"阿莉莎给我写道，"你呀，我也很难想象会气馁……"为了证明她这话，又有什么我不能忍受的呢？

我们上次见面一别，将近一年过去了。这一点她似乎没有考虑，而仅仅从现在才开始等待。于是我写信责怪她，她却回信说：

> 我不是同你一道游览意大利了吗？忘恩负义！我一天也没有离开过你。要明白，从现在起的一段时间里，我不能跟随你了，正因为如此，也仅仅因为如此，我才称作分离。不错，我也尽量想象你穿上军装的样子……可是我想象不出来。顶多能想到晚上，你在甘必大街的那间小寝室里写信或看信……甚至能想到，不是吗？一年之后你在封格斯马尔或者勒阿弗尔的样子。
>
> 一年！我不计数已经过去的日子，我的希望盯着将来的那一点，看着它缓慢地，缓慢地靠近。想必你还记得，在花园尽头，墙脚下栽种菊花的那堵矮墙，我们曾冒险爬上去过，你和朱丽叶大胆地往前走，就像直奔天堂的穆斯林教徒；可是我，刚走两步就头晕目眩，你在下面就冲我喊："别低头看你的脚！……往前看！盯住目标！一直朝前走！"最后，你还是爬上墙，在另一头等我——这比你的话管用多了——我不再发抖了，也不觉得眩晕了，眼睛只注视着你，跑过去，投入你张开的手臂……
>
> 杰罗姆，如果没有对你的信赖，那我该怎么办呢？我需要感到你坚强，需要依靠你。你可别软弱。

我们故意延长等待的时间,这是出于一种挑战的心理,也许是基于害怕的心理,害怕我们重聚不会那么完美,我们商定临近新年那几天假,我就去巴黎陪陪阿什布通小姐……

我说过,我并不把所有信件照录下来。下面是我在二月中旬收到的一封信:

  前天我好激动啊,经过巴黎街 M 书店,看见橱窗赫然摆着阿贝尔的书——你告诉过我,可我总不相信他会真的出书。我忍不住走进去,但是觉得书名十分可笑,犹豫半晌最终没有对店员讲。我甚至想随便抓一本书就离开书店,幸好柜台旁边有一小摞《狎昵》出售,我无须开口,操起一本,丢下一百苏就走了。
  我真感激阿贝尔没有把他的作品寄给我!我一翻阅就会感到丢脸。说丢脸,主要不是指书本身——我在书中看到的蠢话比下流话多——而是想到书的作者阿贝尔,就是你的好友阿贝尔·沃蒂埃。我一页页看下去,并没有找见《时代》杂志的批评家所发现的"伟大天才"。在我们勒阿弗尔经常谈论阿贝尔的小圈子里,我听说这本书非常成功。这种不可理喻的庸俗无聊的才智,被称作"轻松自如"和"优美"。自不待言,我始终持谨慎的态度,只对你谈谈我的读后感。至于可怜的沃蒂埃牧师,开头他挺伤心,这也是理所当然的,后来就拿不定主意了,是不是应当引以为豪,因为周围的人都极力劝他相信儿子的成功。昨天在普朗蒂埃姑妈家,V 太太突然说:"令郎成绩斐然,牧师先生,您应当高兴才是!"他却有点惶恐不安,回答说:"上帝啊,我还没有想到这一步……""您会想到的!您会想到的!"姑妈连声说道,她这话当然没有恶意,不过语气充满了鼓励,把所有人,包括牧师本人全逗

第五章 ·193·

笑了。据说报上已经载文,透露他正为一家通俗剧院创作剧本《新阿拜拉尔》,可是搬上舞台会怎么样呢?……可怜的阿贝尔!难道这就是他所渴望的成功,并要以此为满足吗?

昨天我阅读《永恒的安慰》,看到这段话:"凡真正渴求永恒的荣耀者,则必放弃世俗的荣耀;凡不能于内心鄙视世俗的荣耀者,则必不会爱上天的荣耀。"由此我想:我的上帝,感谢你选中杰罗姆当此上天的荣耀,而相比之下,另一种荣耀不值一提。

在单调的营生中,一周又一周,一月又一月流逝过去。然而,我的思想只能紧紧抓住回忆或者希望,倒也不怎么觉得时间过得多慢,时日多么漫长。

舅父和阿莉莎打算六月份去尼姆郊区看望朱丽叶,那是她的预产期;不过,那边的消息不太好,他们便提前动身了。

到尼姆之后,阿莉莎给我写信来:

你的上封信寄到勒阿弗尔时,不巧我们刚刚离开,经过一周才转到我手中,究竟是怎么回事儿呢?整整一周,我就跟丢了魂儿似的,又惊悚,又猜疑,虚弱得很。我的兄弟啊!只有同你在一起,我才能真正成为我自己,超越我自己……

朱丽叶身体状况有所好转,说不定哪天就分娩,我们等着,并不怎么担心。她知道我今天早晨给你写信。我们到艾格维沃的次日,她就问过我:"杰罗姆呢,他怎么样啦?……他一直给你写信吗?……"我自然不能对她说谎。"你再给他写信时,就告诉他……"她迟疑一下,又含笑极为轻柔地说,

"……说我治好了。"——她给我写信总那么快活,只怕她是做戏骗我,也骗她自己……她今天用来营造幸福的东西,同她从前所梦想的大相径庭,而当初她的幸福应当取决于她所梦想的东西!……噢!所谓的幸福同心灵相去不远,而似乎构成幸福的外部因素则无足轻重!我独自在常青灌木丛那边漫步,有许多感触,这里就不赘述了。不过我要说一点:最令我惊讶的是,我并没有感到更快活。朱丽叶幸福了,我应当满心欢喜才是……然而为什么又无缘无故地伤感,而我却摆脱不掉这种情绪呢?……你从意大利给我写信那时候,我善于通过你观察万物;而现在我没有你所看到的一切,似乎都是从你那儿偷来的。还有,我在封格斯马尔和勒阿弗尔,养成了忍耐雨天的抗力;可是到了这里,这种抗力用不上了,而我感到它派不上用场,心中便觉不安。当地人的笑容和景物令我不快,我所说的"忧愁",也许仅仅不像他们那样喧闹罢了……毫无疑问,从前我的快乐中掺杂几分骄傲,因为现在,我来到这种陌生的欢快的氛围中,就有一种近似屈辱的感觉。

我来到这里之后,就未能怎么祈祷——我有一种幼稚的感觉,上帝不在原来的位置上了。再见,我马上就搁笔了。我感到羞愧,竟然这样亵渎上帝,表现出软弱和伤感,而且还老实承认,写信告诉你这一切,这封信如果今晚不寄走,明天我就可能撕掉……

接下来的一封信,就只谈了刚出生的小外甥女,打算请她做教母,朱丽叶多么高兴,舅父多么高兴,就是不提她本人的感想。

继而,又是从封格斯马尔写来的信,七月份朱丽叶去了那里……

今天早晨,爱德华和朱丽叶离开了我们。我最舍不得的还是我那小教女，半年之后再见面，恐怕认不出她的每一个动作了；而到现在为止，她的一举一动，无不是在我的注视下生发出来的。人的成长，总是那么神妙难测而令人惊讶！我们只是因为不大留意，才没有经常产生这种惊奇之感。有多少时辰，我俯瞰这充满希望的小摇篮。由于何等的自私、自满和不求上进，人的这种发展就戛然而止，距离上帝那么远就固定下来呢？唉！假如我们能够，而且愿意靠上帝再近一点儿……那种竞赛该有多好啊！

看来朱丽叶很幸福。我见她放弃钢琴和阅读，起初还挺伤心。可是，爱德华·泰西埃尔不喜欢音乐，对书籍也没有什么大兴趣，因此，朱丽叶不去寻求不能与他分享的乐趣，也算是明智之举。反之，她对丈夫的营生渐渐发生兴趣，而丈夫也让她了解所有生意情况。今年，他的生意有很大发展，他还开玩笑地说，他结了这门婚事，才在勒阿弗尔赢得大量客户。最近这次外出洽谈生意，爱德华还让罗伯特陪同，对他关怀备至，并说了解他的性格，希望他对这项工作实实在在产生兴趣。

父亲的身体好多了。眼见女儿幸福了，他也年轻起来，又开始关心农场、花园，有时还让我继续高声给他念书。前一阶段阿什布通小姐也在，我开始给他们念德·于伯奈男爵的游记，我对这本书也产生了浓厚的兴趣，由于泰西埃尔一家人来才中断。现在，我有更多的时间用来读书，不过，我还等你给予指点。今天上午，我一连翻看了好几本书，对哪一本都不感兴趣！……

从这时候起，阿莉莎的信越发暧昧而急迫了。夏末，她在给我的信中这样写道：

我怕让你担心，就没有告诉你，我是多么盼望你回来。在重新见到你之前，我度日如年，每一天都压得我喘不上气来。还有两个月呀！我觉得比我们已经别离的全部时间还要长！我在等待中为了消磨时光所干的事儿，在我看来全是暂时性的，无足挂齿，我强制自己做什么都做不下去。书籍丧失了灵验，读起来索然无味；散步也吸引不了我；花园也黯然失色，没有了芳香，整个大自然都失去了魔力。我羡慕起你当兵的苦差事儿，羡慕不由你选择的强制训练。那种训练让你顾不了自己，让你疲惫不堪，鲸吞你的白天，而到了晚间，又把你困乏的身子推入梦乡。你向我谈到的操练，描绘得活灵活现，真叫我心神不宁。这几天夜晚我觉都睡不好，好几次惊醒，听见了起床号声，实实在在听到了。你说的那种微微的陶醉、清晨的那种轻快、那种惺忪的状态……我都能想象得真真切切。在清冷的灿烂曙光中，马尔泽维尔高原的景色该有多美！……

近来我的身体不大好。唔！也没有什么大事儿。大概只是因为盼你的心情急切了些。

六周之后，我又收到一封信：

我的朋友，这是我最后一封信了。你的归期虽然还未确定，但是也不会久了，因此我不能再给你写信了。本来我希望在封格斯马尔田庄与你相见，可是现在季节变得很糟，天气非常冷了，父亲开口闭口要回城。朱丽叶和罗伯特都不在跟前，让你住在我们家一点儿问题也没有。不过，你最好住到菲莉西姑妈那里，她也会很高兴接待你的。

第五章 · 197 ·

相见的日期迫近，我盼望的心情也越发焦急了，简直惶恐起来了。原先那么盼你回来，现在仿佛又怕你回来；我尽量不去想它。我想象听见你按门铃的声音、你上楼的脚步声，而我的心即刻停止跳动，或者感到不适……尤其不要期望我能对你说什么……我感到我的过去就此完结，往前什么也看不见。我的生命停止了……

不料四天之后，即我复员的前一周，我又收到她一封短简：

我的朋友，我完全同意你的想法，不在勒阿弗尔逗留太久，也不把我们久别后第一次见面的时间拉得太长。我们在信中什么都写到了，见了面还有什么可说的呢？既然从二十八号起，你就得回巴黎注册，那你就别犹豫，甚至不要惋惜只同我们一起待了两天。我们不是有整整一生吗？

第六章

我们第一次见面是在姨妈家。我突然觉得服了兵役，自己变得滞重而笨拙了……事后我想到，她一定觉得我变样了。然而对我们来说，初见的这种错觉又有什么关系呢？——我这方面，开头还不敢怎么正眼看她，生怕不能完全认出她来了……不对，弄得我们这样不自在的，倒不如说是硬要我们扮演的未婚夫妇的这种荒唐角色，以及人人要走开，让我们单独在一起的这种殷勤态度。

"嗳，姑妈，你一点儿也不妨碍我们呀，我们并没有什么秘密事儿要说。"阿莉莎终于嚷起来，因为这位老人家要躲避的意图太明显了。

"不对！不对，孩子们！我非常了解你们，好久没见面了，总有一大堆小事儿，彼此要聊一聊……"

"求求你了，姑妈，你走开，就太让我们扫兴了。"阿莉莎说这话，声调带有几分火气，真叫我难以辨认了。

"姨妈，我向您保证，如果您走开，我们就一句话也不讲了。"我笑着帮腔，但是我们俩单独在一起，心里就萌生几分惶恐。于是，我们三个又接着说话，讲些无聊的事儿，每人都装出快活的样子，故意显得那么兴奋，以掩饰内心的慌乱。次日我们还要见面，舅父邀请我去吃午饭，因此这第一个晚上，我们倒也不难分手，而且还高兴结束这场戏。

我提早好多时间到舅父家，不巧阿莉莎正同一位女友说话，不好意思打发走，而那位又不识趣，没有主动离去。等到终于只剩下我们两个人了，我还装作奇怪，为什么没有留人家吃饭。昨天一夜，我们都没有睡好觉，都显得无精打采，一副倦怠的样子。舅父来了。阿莉莎看出我觉得他老多了。他耳朵也背了，听不清我说什么。要让他听明白，我就只好大声嚷嚷，结果说出来的话也变蠢了。

午饭过后，普朗蒂埃姨妈如约开车来接我们，带我们去奥尔合，并打算回来时让我和阿莉莎步行一段路，因为那段路风景最美。

虽已深秋，可这天的天气却很热。我们步行的一段海岸阳光直射，没有什么魅力了。树木光秃秃的，一路没有遮阴的地方。我们担心老人家的汽车在前边等久了，便不适当地加快了脚步。我头疼得厉害，根本想不出什么话茬儿，为了装作坦然一点儿，或者想借由免得说话，我就边走边拉着阿莉莎的手，而阿莉莎也任凭我拉着。一方面心情激动，快步走得气喘吁吁，另一方面彼此沉默又颇尴尬，结果我们的血液冲到脸上。我听见太阳穴怦怦直跳，阿莉莎的脸色也红得难看。不大工夫，我们感到手心出汗了，潮乎乎的，握在一起挺别扭，就干脆放开，各自伤心地垂下去。

我们走得太急，到了路口却早早赶在汽车前面——姨妈走另一条路，为了给我们聊天的时间，她的车开得很慢。于是，我和阿莉莎就坐到路边的斜坡上。我们浑身出了汗，忽然吹来一股冷风，吹得我们一激灵，又赶紧站起来，去迎姨妈的车子。然而，最糟糕的还是可怜的姨妈的过分关心，她确信我们肯定说了很多话，就想问我们订婚的事儿。阿莉莎再也受不了了，泪水盈眶，推说头疼得厉害。结果回去这一路，大家都默默无语。

次日我醒来，就觉得腰酸背痛，有点儿感冒，浑身难受得很，直到下午才决定再去布克林家。不巧阿莉莎有客人，是普朗蒂埃姨妈的孙女玛德兰·普朗蒂埃去了——我知道阿莉莎时常爱跟她聊天。她到祖母家住几天，一见我进屋便高声说：

"一会儿你离开这儿，要是直接回'山坡'，咱们就一起走吧。"

我机械地点了点头，这下子又不能跟阿莉莎单独谈谈了。不过，这个可爱的小姑娘在场，无疑帮了我们的忙，我们就不像昨天那样尴尬得要命了。我们三人很快就随便聊起来，谈话的内容也不像我开头担心的那样琐碎。我起身告辞的时候，阿莉莎冲我古怪地微微一笑，就好像到这时她还未明白，第二天我就要走了。再者，不久我们还会见面，因此我这次告别，也就没有出现伤感的场面。

可是，晚饭之后，我又感到隐隐不安，便下山进城，游荡了将近一小时，才决定再次去按布克林家的门铃。这次是舅父出来接待我。阿莉莎身体不适，已经上楼回房间，一定是随即上床歇息了。我同舅父聊了一会儿，便起身离去……

几次见面都这么不凑巧，可是责怪又有什么用呢？就算事事如意，我们也会生出尴尬事儿来。这一点，阿莉莎也感觉到了，这比什么都让我心里难受。我刚回到巴黎，就接到她的来信：

> 我的朋友，这次见面多叫人伤心！你似乎在怪罪别人，可是这样连你自己都不信服。现在我终于明白了，将来恐怕就永远如此了。唔！求求你，我们再也不要见面了！
>
> 我们有多少话要讲，可是见了面，为什么这样别扭，有

这种做作的感觉，为什么这样目瞪口呆，讲不出话来呢？你回来的第一天就沉默寡言，我还窃窃心喜，以为你会打破沉默，对我讲些美妙的事情，不讲完是不会走的。

然而，去奥尔舍的那趟散步，我看多么凄苦，尤其我们拉在一起的手放开，无望地垂落下去，我就感到心痛欲碎。最令我伤心的倒不是你的手放开我的手，而是感到你不这样做，我的手也会放开的，既然它在你的手中不舒服了。

第二天，也就是昨天的事儿，我等了你一上午，简直要发疯了。我实在烦躁不安，在家待不住了，就给你留了个字条，让你到海堤那儿去找我。我久久凝望波涛汹涌的大海，可是独自观望海景，我心中又苦不堪言。我往回走时，猛然想象你就在我的房间等我呢。我知道自己下午没有空：头一天玛德兰表示要来看我，我原以为上午能见到你，便约她下午来。不过，也许多亏有她在场，我们这次重逢才有这段唯一美好的时光。当时一阵工夫，我产生一种奇异的幻觉，似乎这种轻松的谈话会持续很久，很久……然而，你凑近我和玛德兰坐着的长沙发，俯身对我说"再见"时，我都未能应答，就觉得一切全结束了——我恍然大悟，你要走了。

你和玛德兰刚一走，我就感到这是不可能的，也是无法容忍的。你想不到，我又出门啦！还想跟你谈谈，把我没有对你说的话全讲出来。我已经抬脚朝普朗蒂埃家跑去……可是天色已晚，没时间了，我就未敢……我心中绝望，回到家给你写信……说我再也不想给你写信了……写一封诀别信……因为归根结底，我深深地感到，我们的全部通信无非是一大幻影，我们每人，唉！不过是在给自己写信……杰罗姆！杰罗姆！噢！我们还是永远分开吧！

不错，我撕掉了这封信，可是，现在我给你重写一封，差不多还是原样。我的朋友啊，我对你的爱丝毫未减！非但未减，而且一当你靠近，我就心慌意乱，局促不安，从而比任何时候都更明显地感到，我爱你有多深，可又多么绝望。你应知道，因为我在内心必须承认：你离得远我爱你更深。唉！这种情况我早就料到！这次见面我是多么热切地企盼，却最终让我明白这一点；而你，我的朋友，你也应当深信不疑。别了，我深深爱着的兄弟，愿上帝保佑你并指引你——唯有靠近上帝才不受惩罚。

就好像这封信给我造成的痛苦还不够似的，她在第二天又加写这段附言：

> 在发信之前，我还得向你提一点要求：关于你我二人的事，你还是谨慎一些。你不止一次伤害了我，将我们之间的事儿告诉了朱丽叶或阿贝尔。正因为如此，我在你觉察之前，早就想到你的爱理性成分居多，是温情和忠诚在理智上的一种执意的表现。

毫无疑问，她是怕我向阿贝尔出示这封信才补充最后这几行文字。她看出了什么而起了疑心，才这样警觉起来了呢？难道她在我的言谈话语中，早就看出我朋友出过主意的影子吗？……

其实从那以后，我感到同阿贝尔疏远多了！我们已经分道扬镳。我已经学会独自承受折磨我的忧伤的重负，阿莉莎的这种嘱咐显然是多余的。

一连三天，我一味地抱怨，想给阿莉莎写信，又顾虑多多，怕争论起来太认真，申辩起来太激烈，又怕哪个词用得不当，揭了我们的伤疤而难以医治了。我的爱情在奋力挣扎的这封信，不知反复写了多少遍。今天拿起来再看，每次都要流泪，泪水会浸湿我终于决定寄出去的这封信的副本：

阿莉莎！可怜可怜我，可怜可怜我们俩吧！……你的信叫我心里难过。对于你的种种担心，我真希望一笑置之！对，你写给我的这些，我早就有所感觉，只是不敢承认而已。你把纯粹臆想的东西当成多么可怕的现实，又极力把它加厚隔在我们中间！

如果你感到对我的爱减弱了……噢！这种残忍的设想，跟我的头脑不沾边，也遭到你这封信从头至尾的否定！那么，你这种一时的恐惧又有什么要紧的呢？阿莉莎！我一要讲道理，语句就僵硬冻结了，只能听见自己这颗心在痛苦呻吟了。我爱你爱得太深，就无法显得机灵；我越爱你，就越不会跟你说话。"理性的爱"，让我怎么回答好呢？我对你的爱，是发自我的整个灵魂，怎么能划分得开我的理智和感情呢？既然我们的通信为你诟病，既然通信将我们抬得很高，又将我们抛入现实中而遭受重创，既然你现在认为，你写信只是给自己看的，既然我没有勇气再看到一封类似的信，那么求求你了，我们就暂时停止书信来往吧。

我在信中接着表示不同意她的判决，要求重新审议，恳请她再安排一次会面。而刚结束的这次见面，处处不顺，背景条件、配角人物、季节都不利，就连我们热情洋溢的通信，也没有慎重地为我们做心理准备。而这一次，我们会面之前要完全保持沉默。我还希望春天，将会面安排在封格斯马尔田庄，那里有过去的时光为我辩护，舅父也愿意在复活节假日接待我，至于多住些日子还是少住两天，那就看她高兴什么样子。

我主意已定，信一发出去，就专心投入学习中了。

可是还未到年底，我就又见到阿莉莎了，只因近几个月来，阿什布通小姐身体渐渐不支，在圣诞节前四天去世了。我服兵役回来，就同她住在一起，基本上没有离开过，是看着她咽气的。阿莉莎寄来一张明信片，表明她挂念我的哀痛，更切记我们保持沉默的誓愿。她赶头一趟火车来，再乘第二趟火车返回，只来参加葬礼，因为舅父来不了。

送葬几乎只有我们两个人，我们跟随灵柩，并排走着，一路上没有说几句话。然而到了教堂，她坐到我身边，有好几次我觉出，她朝我投来深情的目光。

"就这么定了，"临别时她对我说，"复活节前什么也不谈。"

"好吧，可是到了复活节……"

"我等你。"

我们走到了墓地门口，我提出陪她去车站，而她却一招手叫住一辆车，连句告别的话也没讲就走了。

第七章

"阿莉莎在花园里等你呢。"舅父像父亲一样吻了我，对我说道。我是四月底来到封格斯马尔田庄的，没有看到阿莉莎立刻跑来迎我，开头还颇感失望，但是很快又心生感激，是她免去了我们刚见面时的俗礼寒暄。

她在花园里端。我朝圆点路走去，只见紧紧围着圆点路有丁香、花楸、金雀花和锦带花等灌木，这个季节正好鲜花盛开。我不想远远望见她，或者说不想让她瞧见我走近，便从花园另一侧过去，沿着一条树枝遮护的清幽小径，脚步放得很慢。天空似乎同我一样欢快，暖融融、亮晶晶的，一片纯净。她一定以为我要从另一条花径过去，因此我走到近前，来到她身后，她还没有听见。我站住了……就好像时间也能同我一道停住似的。我心中想道：就是这一刻，也许是最美妙的一刻，它在幸福到来之前，甚至胜过幸福本身……

我想走到跟前跪下，走了一步，她却听见了，霍地站起来，手中的刺绣活儿也失落到地上。她朝我伸出双臂，两手搭在我肩上。我们就这样待了片刻。她伸开双臂，满脸笑容地俯向我，一言不发，温情脉脉地凝视我。她穿了一身白衣裙。在她那张有些过分严肃的脸上，我重又发现她童年时的笑容。

"听我说，阿莉莎，"我突然高声说道，"我有十二天假期，只要你不高兴，我一天也不多留。现在我们定下一个暗号，表示次日我应该离开封格斯马尔。而且到了次日，我说走就走，既不责怪谁，也不发怨言。你同意吗？"

这话事先没有准备，我讲出来更为自然。她考虑了片刻，便说道：

"这样吧，晚上我下楼吃饭，脖子上如果没戴你喜爱的那副紫晶十字架……你会明白吗？"

"那就是我在这里住的最后一晚。"

"你能那样就走吗？不流泪，也不叹息……"

"而且不辞而别。最后一晚，还像头一天晚上那样分手，极其随便，会引你心中犯合计：他究竟明白了没有？可是第二天早晨，你再找我，就发现我悄然离去。"

"第二天，我也不会寻找你。"

我接住她伸过来的手，拉到唇边吻了吻，同时又说道：

"从现在起，到那决定命运的夜晚，不要有任何暗示，以免让我产生预感。"

"你也一样，不要暗示即将离开。"

现在，该打破这种庄严的会面可能在我们之间造成的尴尬气氛，我又说道：

"我热切希望在你身边的这几天，能像平常日子一样……我是说，我们二人，谁也不觉得有什么特别的。再说……假如我们一开始别太急于要谈……"

她笑起来。我则补充说：

"我们就一点儿也没有可以一起干的事了吗？"

我们始终对园艺感兴趣。新近来的花匠不如原来那个有经验，花园撂了两个月，好多处需要修整。有些蔷薇没有剪枝，有的长得很茂盛，但是枯枝壅塞；还有的支架倒塌，枝蔓乱爬；另外一些疯长的，夺走了其他枝叶的营养。这些花大多都是我们从前嫁接的，都还认得自己干的活儿，但是照料起来，费时费工，占去了我们头三天的时间。我们也说了许多话，绝没有涉及严肃的事儿，沉默的时候，也没有冷场的沉重之感。

我们就这样彼此重又习惯了。我不想做任何解释，还是倚重于这种习惯。就连分离的事儿，也在我们之间淡忘了；同样，我常常感到的她内心的那种畏惧，以及她所担心我的灵魂深处的那种矛盾，也都已锐减。阿莉莎显得青春焕发，比我秋天那次可悲的探访时强多了，在我看来她比任何时候都更美丽。我这次来，还没有拥抱过她。每天晚上，我都看见金链吊着紫晶小十字架，在她胸衣上闪闪发亮。我有了信心，希望也就在我心中复萌了。我说什么，希望？已经是深信不疑了，而且我想象阿莉莎也会有同感。我对自己没有什么怀疑了，因而对她也不再心存疑虑了。我们的谈话逐渐大胆起来。

一天早晨，空气温馨欢悦，我们感到心花怒放，我不禁对她说："阿莉莎，朱丽叶现在生活幸福美满了，你就不能让我们俩也……"

我说得很慢，眼睛注视她，忽见她的脸唰地失去血色，异乎寻常地惨白，我到嘴边的话都没有说完。

"我的朋友！"她说道，但是目光没有移向我，"在你身边，我感到非常幸福，超出了我想象人所能得到的；不过，要相信我这话：我们生来并不是为了幸福。"

"除了幸福，心灵还有什么更高的追求呢？"我冲动地嚷道。

她却喃喃地说："圣洁……"这话说得声音极低，不如说我是猜出来的，而不是听到的。

我的全部幸福张开翅膀，离开我冲上云天。

"没有你，我根本达不到。"我说道。我随即将额头埋到她双膝里，像孩子一样哭起来，但流的不是伤心泪，而是爱情泪。我又重复说："没有你不行，没有你不行！"

这一天像往日一样过去了。然而到了晚上，阿莉莎没有戴那副紫晶小十字架。我信守诺言，次日拂晓便不辞而别。

我离开的第三天，收到这样一封古怪的信，开头还引了莎士比亚剧中的几句诗：

> 又弹起这曲调，节奏逐渐消沉，
> 经我耳畔，如微风吹拂紫罗兰；
> 声音轻柔，偷走紫罗兰的清芬，
> 偷走还奉送。够了，不要再弹；
> 现在听来，不如从前那样香甜。

……

不错！我情不自禁，一上午都在寻找你，我的兄弟！我无法相信你真的走了，心中还怨你信守诺言。我总想：这是场游戏，我随时会看到他从树丛后面出来——其实不然！你果真走了。谢谢。

这天余下来的时间，我的头脑就一直翻腾着一些想法，希望告诉你——而且，我还产生一种真切的、莫名其妙的担心,这些想法,我若是不告诉你,以后就会觉得对不住你,该受你的谴责。

你到封格斯马尔的头几个小时,我就感到在你身边,整个身心都有一种奇异的满足,我先是惊讶,很快又不安了。你对我说过:"十分满足,此外别无他求!"唉!正是这一点令我不安……

我的朋友,我怕让你误解,尤其怕你把我心灵纯粹强烈感情的表露,当作一种精妙的推理(噢!若是推理,该是多么笨拙啊!)。

"幸福如不能让人满足,那就算不上幸福",这是你对我说的,还记得吗?当时,我不知道如何回答好——不,杰罗姆,幸福不能让我们满足。杰罗姆,它也不应该让我们满足。这种乐趣无穷的满足感,我不能看作是真实存在的。我们秋天见面时不是已经明白,这种满足掩盖多大的痛苦吗?……

真实存在的!嗳!上帝保佑并非如此!我们生来是为了另一种幸福……

我们以往的通信毁了我们秋天的会面,同样,回想你昨天跟我在一起的情景,也消除了我今天写信的魅力。我从前给你写信时的那种陶醉心情哪里去了?我们通过书信,通过见面,耗尽了我们的爱情所能期望的全部最单纯的快乐。现在,我忍不住要像《第十二夜》的奥西诺那样高喊:"够了!不要再弹!现在听来,不如从前那样香甜。"

别了,我的朋友。"从现在开始爱上帝吧。"唉!你能明白我是多么爱你吗?……一生一世我都将是你的。

阿莉莎

我对付不了美德的陷阱。凡是英雄之举,都会令我眼花缭乱,倾心仿效，因为我没有把美德从爱情中分离出去。阿莉莎的信激发出我的最轻率的热忱。上帝明鉴，我仅仅是为了她，才奋力走上更高的美德之路。任何小径，只要是往上攀登，都能引我同她会合。啊！地面再怎么忽然缩小也不为快，但愿最后只能载我们二人！唉！我没有怀疑她的巧饰，也难以想象她能借助峰巅再次逃离我。

我给她回了一封长信，只记得其中这样一段比较清醒的话：

> 我经常感到，爱情是我保存在心中最美好的情感，我的其他所有品质都挂靠在上面。爱情使我超越自己，可是没有你，我就要跌回到极平常极平庸的境地。正因为抱着与你相会的希望，我才总认为多么崎岖的小径也是正道。

不记得我在信中还写了什么，促使她在复信中写了这样一段话：

> 可是，我的朋友，圣洁不是一种选择，而是一种天职（在她的信中，这个词下面画了三条线强调）。如果你是我当初认为的那种人，那么，你也同样不能逃避这种天职。

完了。我明白了，确切地说我有预感，我们的通信到此打住，无论多么狡猾的建议，多么执着的意愿，也无济于事了。

然而，我还是怀着深情给她写长信。我寄出第三封信后，便收到这封短信：

> 我的朋友：
> 绝不要以为我决意不再给你写信了，我只是对信没有兴

趣了。不过,你的几封信还是让我开心,但是我越来越自责,不该在你的思想里占这么大位置。

夏天快到了。这段时间我们就不写信了,九月的后半个月,你就来封格斯马尔,在我身边度过吧。你同意吗?如果同意,就不必回信了。我把你的沉默视为默许,但愿你不给我回信。

我没有回信。毫无疑问,这种沉默不过是她给我安排的最后考验。经过数月学习和数周旅行之后,我回到封格斯马尔田庄时,就完全心平气和,深信不疑了。

开头连我自己也弄不清楚的事情,三言两语怎么就能立刻说明白呢?从那时起,我整个儿陷入了悲痛,除了原因,我在这里还能描绘什么呢?因为,我未能透过最虚假的外表,感受到一颗还在搏动的爱恋的心,至今我在自身也找不出可以自我原谅的东西,而起初我只看见这种外表,却认不出自己的女友,便责怪她……不,阿莉莎,即使在当时,我也不责怪你!只是因为认不出你而绝望地哭泣。现在再看你的爱缄默的诡计和残忍的伎俩,我就能衡量出这种爱的力量,那么你越是残酷地伤我的心,我不是越应该爱你吗?

鄙夷?冷漠?都不是,根本不是人力可以制胜的东西,不是我能与之搏斗的东西。有时我甚至犹豫,怀疑我的不幸是不是庸人自扰,须知这种不幸的起因始终极其微妙,而阿莉莎始终极其巧妙地装聋作哑。我又能抱怨什么呢?她接待我时,比以往任何时候都更加笑容满面,更加殷勤而关切。第一天,我差不多被迷惑住了……她换了一种发式,头发平平地梳向后边,衬得面部线条非常直板,表情也变样了。同样,她穿了一件色彩暗淡的粗布料胸衣,极不合体,破坏了她那身段的风韵……然而归根结底,这些又有什么关系呢?她若想弥补,这些都不在话下,而且我还盲目地想,第二天她就会主动地,或者应我的请求改变……我更为担心的是她这种殷勤关切的态度,这在我们之间是极不寻常的,只怕这是出自决心而非激情,如果冒昧地讲,出自礼貌而非爱情。

晚上,我走进客厅,发现原来位置上的钢琴不见了,不禁奇怪,便失望地叫起来。

"钢琴送去修了,我的朋友。"阿莉莎回答,声调十分平静。

"我跟你说过多少次,孩子,"舅父说道,责备的口气相当严厉,"你一直用到现在,弹着不是挺好嘛,等杰罗姆走了再送去修也不迟,何必这么急,剥夺我们一大乐趣……"

"嗳,爸爸,"阿莉莎脸红了,扭过头去说,"近来钢琴的音色特别沉浊,就是杰罗姆怕也弹不成调子。"

"你弹的时候,听着也不那么糟嘛。"舅父又说道。

有一阵工夫,阿莉莎头俯向暗影里,仿佛专心计数椅套的针脚,然后她突然离开房间,过了好久才回来,用托盘给舅父端来每晚要服的药茶。

第二天,她的发型未改,胸衣也未换。她和父亲坐在屋前的长椅上,又拿起昨晚就赶着做的针线活儿,确切地说是缝补活儿。旁边一个大篮子,装满了旧袜子,她全掏出来,摊在长椅上和桌子上。几天之后，又接着缝补毛巾、床单之类的东西……她的精神全用在活儿上，嘴唇失去任何表情，眼睛也尽失光亮。

第一天晚上，就是这张没了诗意的面孔，我几乎认不出了，注视了好一会儿，也不见她对我的目光有所觉察，我几乎惊恐地叫了一声：

"阿莉莎！"

"什么事儿？"她抬起头来问道。

"我就想瞧瞧你能不能听见我说话。你的心思好像离我特别远。"

"不，它就在这儿；不过，这类缝缝补补的活儿要非常专心。"

"你缝补这工夫，要我给你念点儿什么吗？"

"只怕我不能注意听。"

"你为什么挑这样劳神的活儿干呢？"

"总得有人干呀。"

"有很多穷苦女人，干这种活儿是为挣口饭吃。你非干这种费力不讨好的活儿，总不是为了省几个钱吧？"

她立刻明确对我说，干这种活儿最开心，好长一段时间以来，她就不干别的活儿了，恐怕全生疏了……她含笑说这些情况，温柔的声音也从来没有如此让我伤心。"我说的全是自然而然的事儿，你听了为什么愁眉苦脸呢？"她那张脸分明这样说。我的心要全力抗争，但只能使我窒息，连话都到不了嘴边了。

第三天，我们一起去摘玫瑰花，然后，阿莉莎让我把花儿送到她房间去。这一天，我还没有进过她的房门。我心中立刻萌生多大希望啊！因为当时，我还怪自己不该这样伤心呢——她一句话，就能驱散我心头的乌云。

每次走进她的房间,我心情总是很激动,不知道屋里是怎么布置的,形成一种和谐而宁静的氛围,一看就认出是阿莉莎所特有的。窗帘和床帷布下蓝色的暗影,桃花心木的家具亮晶晶的,一切都那么整齐、洁净而安谧,一切都向我表明她的纯洁和沉思之美。

那天早晨我走进屋,发现我从意大利带回的马萨乔两幅画的大照片,从她床头的墙上消失了。我感到诧异,正要问她照片哪儿去了,目光忽又落到旁边摆她喜爱的书的书架上,发现一半由我送的、一半由我们共同看的书慢慢积累起来的小书库,全部搬走了,换上了清一色毫无价值的、想必她会嗤之以鼻的宗教宣传小册子。我又猛然抬起头,看见阿莉莎笑容可掬——不错,她边笑边观察我。

"请原谅,"她随即说道,"是你这副面孔惹我发笑,你一看见我的书架,脸就失态了……"

我可没有心思开玩笑。

"不,说真的,阿莉莎,你现在就看这些书吗?"

"是啊,有什么奇怪的?"

"我在想,一个聪明的人看惯了精美的读物,再看这种乏味的东西,难免不倒胃口。"

"你这话我就不明白了。"她说道,"这是些朴实的心灵,同我随便聊天,尽量表达明白,我也喜欢和他们打交道。我事先就知道,我们双方都不会退让——他们绝不会中美妙语言的圈套,而我读他们时,也绝不会欣赏低级趣味。"

"难道你只看这些了吗?"

"差不多吧。近几个月来,是这样。再说,我也没有多少看书的时间了。不瞒你说,就在最近,我想再看看你从前教我欣赏的伟大作家的书,就感觉自己像《圣经》里所讲的那种人,极力拔高自己的身长。"

"你读的是哪位伟大的作家,结果给了你这样古怪的自我评价?"

"不是他给我的,而是我读的时候自然产生的……他就是帕斯卡尔[①]。也许我碰上的那一段不大好……"

我不耐烦地打了个手势。她说话的声音清亮而单调,就像背书似的,眼睛一直盯着花束,插花摆弄起来没个完。她见了这个手势,略停了一下,然后又以同样的声调说下去:

"处处是高谈阔论,令人惊讶,费了多大的气力,只为了证明一点点东西。有时我不免想,他那慷慨激昂的声调,是不是来自怀疑,而不是发自信仰。完美的信仰没有那么多眼泪,说话的声音也不会那么颤抖。"

"这种颤抖和眼泪,才显出这声音之美。"我还想争辩,但是没有勇气了,因为在这些话里,根本见不到我从前在阿莉莎身上所珍爱的东西。这次谈话,我是根据回忆如实地记录下来,事后未做一点儿修饰或编排。

"如果他不从现世生活中先排除欢乐,"她又说道,"那么在天平上,现世生活就会重于……"

"重于什么?"我说道,听了她这种古怪的话不禁愕然。

"重于他所说的难以确定的极乐。"

"这么说你也不相信啦?"我高声说道。

"这无关紧要!"她接着说,"我倒希望极乐是无法确定的,以

[①] 帕斯卡尔(1623—1662):法国数学家、物理学家、思想家,著有《思想录》。

便完全排除交易的成分。热爱上帝的心灵走上美德之路,并不是图回报,而是出于高尚的本性。"

"这正是隐藏着帕斯卡尔的高尚品质的秘密怀疑论。"

"不是怀疑论,而是冉森派①教义。"阿莉莎含笑说道,"我当初要这些有什么用呢?"她扭头看那些书,接着说道,"这些可怜的人,自己也说不清究竟属于冉森派、寂静派②,还是别的什么派。他们拜伏在上帝面前,就像风吹倒的小草,十分单纯,心情既不慌乱,也谈不上美。他们自认为很渺小,知道只有在上帝面前销声匿迹,才能体现出一点儿价值。"

"阿莉莎!"我高声说道,"你为什么要作践自己?"

她的声音始终那么平静、自然,相比之下,我倒觉得自己这种感叹显得尤为可笑。

她又微微一笑,摇了摇头。

"最后这次拜访帕斯卡尔,我的全部收获……"

"是什么呢?"我见她住了口,便问道。

"就是基督的这句话:'要救自己的命者,必然丧命。'至于其余部分,"她笑得更明显,还定睛看着我,接着说道,"其实,我几乎看不懂了。跟小人物相处一段时间之后,也真怪了,很快就受不了大人物的那种崇高了。"

我心情这样慌乱,还能想到什么回答的话吗?……

"今天如果需要我同你一起读所有这些训诫、这些默祷……"

"嗳!"她打断我的话,"我若是见到你看这些书,会感到很伤心

---

① 冉森派:天主教新教派,在十七世纪的法国一度很有影响,后来遭到镇压。
② 寂静派:信奉神秘主义,教徒可以越过教会,直接与天主对话。

的！我的确认为，你生来适于干大事业，不应该这样。"

她说得极其随便，丝毫也没有流露出她意识到这种绝情话能撕裂我的心。我的头像一团火，本想再说几句话，哭一场——说不定我的眼泪会战胜她；然而，我臂肘支在壁炉上，双手捧着额头，待在那里一句话也讲不出来。阿莉莎则继续安安静静地整理鲜花，根本没有瞧见我的痛苦，或者佯装没有瞧见……

这时，午饭的第一次铃声响了。

"无论如何我也赶不上吃午饭。"她说道，"你快去吧。"就好像这纯粹是一场游戏似的，她又补充一句：

"以后我们接着再谈。"

这场谈话没有接续下去。我总是抓不住阿莉莎，倒不是她故意躲避我，然而总碰到事儿，一碰到就十分紧迫，必须马上处理。我得排队等待，等她料理完层出不穷的家务，去谷仓监视完修理工程，再拜访完她日益关心的佃户和穷人，这才轮到我。剩下来归我的时间少得可怜，我见她总那么忙忙碌碌。不过，也许我还是通过这些庸庸琐事，并且放弃追逐她，才会最少感到自己有多么失意。而极短的一次谈话，却能给我更多的警示。有时，阿莉莎也给我片刻时间，可实际上是为了迁就一种无比笨拙的谈话，就像陪一个孩子玩儿似的。她匆匆走到我跟前，漫不经心，笑吟吟的，给我的感觉十分遥远，仿佛与我素昧平生。我在她那笑容里，有时甚至觉得看出某种挑战，至少是某种讥讽，看得出她以这样躲避我的愿望为乐……然而，我随即又转而完全怪怨自己，因为我不想随意责备别人，自己既不清楚期待她什么，也不清楚能责备她什么。

原以为乐趣无穷的假日,就这样一天天过去了。每一天都极大地增加我的痛苦,因而我惊愕地注视着一天天流逝,既不想延长居留的时间,也不想减缓其流逝的速度。然而,就在我动身的两天前,阿莉莎陪我到废弃的泥灰石场。这是秋天一个清朗的夜晚,一点儿雾气也没有,就连天边蓝色的景物都清晰可辨,同时也看见了过去最为飘忽不定的往事——我情不自禁抱怨起来,指出我丧失多大的幸福,才造成今天的不幸。

"可是,我的朋友,对此我又能怎么样呢?"她立刻说道,"你爱上的是一个幽灵。"

"不,绝不是幽灵,阿莉莎。"

"那也是个臆想出来的人物。"

"唉!不是我杜撰出来的。她曾是我的女友,我要把她召回来。阿莉莎!阿莉莎!你是我曾经爱的姑娘。你到底把自己怎么啦?你把自己变成了什么样子?"

她默然不答,低着头,慢慢揪下一朵花的花瓣,过了半晌才终于开口:"杰罗姆,为什么不直截了当地承认,你不那么爱我了?"

"因为这不是真的!因为这不是真的!"我气愤地嚷道,"因为我从来没有这样爱过你。"

"你爱我……可你又为我惋惜!"她说道,想挤出个微笑,同时微微耸了耸肩。

"我不能把我的爱情置于过去。"

我脚下的地面塌陷了,因而我要抓住一切……

"它同其他事物一样,也必然要过去。"

"这样一种爱情，只能与我同生死。"

"它会慢慢削弱的。你声称还爱着的那个阿莉莎，只是存在于你的记忆中了。有朝一日，你仅仅会记得爱过她。"

"你说这种话，就好像有什么能在我心中取代她的位置，或者，就好像我的心能停止爱似的。你这么起劲地折磨我，难道就不记得你也曾经爱过我吗？"

我看见她那苍白的嘴唇颤抖了。她声音含混不清，喃喃说道："不，不，这一点在阿莉莎身上并没有变。"

"那么什么也不会改变。"我说着，便抓住她的胳臂……

她定下神儿来，又说道：

"有一句话，什么都能解释明白，你为什么不敢说出来呢？"

"什么话？"

"我老了。"

"住口……"

我立即争辩，说我本人也老了，同她一样。我们年龄相差多少还是多少……这工夫，她又镇定下来，唯一的时机错过了，我一味争辩，优势尽失，又不知所措了。

两天之后，我离开了封格斯马尔，走时心里对她和对我自己都不满意，还对我仍然称为"美德"的东西隐隐充满仇恨，对我始终难以释怀的心事也充满怨愤。最后这次见面，我的爱情这样过度表现，似乎耗尽了我的全部热情。阿莉莎说的话，我乍一听总是起而抗争，可是等我的申辩声止息之后，她的每句话却以胜利的姿态，活跃在我心中。唉！毫无疑问，她说得对！我所钟爱的，不过是一个幽灵了：我曾爱过并依然爱着的阿莉莎，已经不复存在……唉！不用说，我们老啦！诗意消失，面对这种可怕的局面，我的心凉透了。可是归根结底，诗意消失不过是回归自然，无须大惊小怪。如果说我把阿莉莎捧得过高，把她当成偶像供奉，并用我所喜爱的一切美化了她，那么我长时间的苦心经营，最后剩下了什么呢？……阿莉莎刚一自行其是，便回到本来的水平——平庸的水平上，而我本人也一样，但是在这种水平上，就没有爱她的欲望了。哼！纯粹是我的力量将她置于崇高的地位，而我又得竭尽全力追求美德去会她。现在看来，我这种努力该有多么荒谬而空幻啊！如果不那么好高骛远，我们的爱情就容易实现了……然而，从此以后，坚持一种没有对象的爱，又有什么意义呢？这就是固执，而不是什么忠心了。忠于什么呢？——忠于错误。干脆承认自己错了，不是最为明智吗？……

这期间，我接受推荐，要立即进入雅典学院，倒不是怀着多大抱负和兴趣，而是一想到走就高兴，好像一走就全解脱了。

第八章

不过，我又见到了阿莉莎……是三年之后的事儿了，夏季快要过去的时候。在那之前约十个月，阿莉莎来信告诉我舅父病故。当时我正游览巴勒斯坦，便写了一封颇长的回信，但是没有得到回音……

后来，忘了是借什么事情，我到了勒阿弗尔，信步就自然走到封格斯马尔田庄。我知道进去能见到阿莉莎，但又怕她有别人。我事先没有通知一声，又不愿意像普通客人那样登门拜访，于是心中迟疑，举足不前：我进去呢，还是连面也不见一见就走呢？……对，当然不见更好。我只是在林荫路上走一走，在长椅上坐一坐就行了——也许她还时常去闲坐……我甚至开始考虑留下个什么标记，能向她表明我到过这里又走了……我就这样边想边缓步走着，既已决定不见面，内心悲怆的凄苦就化为淡淡的忧伤了。我已经走上林荫路，怕被人撞见，便走在旁边的人行道上，正好沿着田庄大院围墙的斜坡。我知道斜坡有一处能俯瞰花园，攀登上去，就看见一名我认不出来的花匠在耙平一条花径，转眼他就从我的视野消失了。大院的新栅栏门关着。看家狗听见我经过，便吠了起来。再走出不远，林荫路到头了，我就拐向右边，又来到花园的围墙下，接着想去同我刚离开的林荫路平行的山毛榉树林。在经过菜园的小门时，忽然产生一个念头：从小门进花园去。

小门插着，但是门闩不堪一撞，我正要用肩头撞开……这时忽听有脚步声，我便躲到墙角。

我看不着是谁从花园里走出来，但听声音我能感到是阿莉莎。她朝前走了三步，低声唤道：

"是你吗，杰罗姆？"

我这颗怦怦狂跳的心，戛然停止跳动，喉头一发紧，连话也讲不出来。于是，她又提高嗓门，重复问道：

"杰罗姆，是你吗？"

听她这样呼唤我，我的心情激动极了，不禁双膝跪下。由于我一直没有应声，阿莉莎又朝前走了几步，转过墙角，我就突然感到她近在咫尺——近在咫尺，而我却用手臂遮住脸，就仿佛害怕马上见到她似的。她俯身看了我半晌，而我则吻遍了她两只柔弱的手。

"你为什么躲起来呢？"她问道，语气十分自然，就好像不是分别三年，而只有几天没见面。

"你怎么知道是我？"

"我在等你。"

"你在等我？"我万分惊讶，只能用疑问的口气重复她的话……

她见我还跪在地上，便说道：

"走，到长椅那儿去。不错，我就知道还能见你一面。这三天，每天傍晚我都来这儿，就像今天傍晚这样呼唤你……你为什么不应声呢？"

"如果不是被你撞见，我连你面也没见就走了。"我说道，并且极力控制刚见面时支持不住的激动心情，"我路过勒阿弗尔，只是想在这林荫路上走一走，在花园周围转一转，到泥灰矿场的长椅上坐一会儿,想必你还常来坐坐,然后就……"

"瞧瞧这三天傍晚,我来这儿读什么了。"她打断我的话,递给我一包信。我认出这正是我从意大利给她写的信。这时我抬起眼睛,见她样子变得厉害,又瘦又苍白,不觉心如刀绞。她紧紧偎着我,压在我的手臂上,就好像感到害怕或者发冷似的。她还身穿重孝,头上仅仅扎着黑色花边发带,从两侧衬得她的脸愈显苍白。她面带微笑,可是整个人儿好像要瘫倒。我不安地问她,现在是否单独一人住在封格斯马尔。不是,罗伯特和她在一起。八月份,朱丽叶、爱德华和三个孩子也来住过一段时间……我走到长椅跟前坐下,这种询问生活状况的谈话,又继续了一阵。

她问我工作情况,我很不愿意回答,要让她感到我对工作没有兴趣了。我就是要让她失望,正如她让我失望一样。然而,她却不动声色,我也不知道是否达到了目的。至于我,既满腔积怨,又满怀深情,极力用最冷淡的口气跟她说话,可是又恨自己不争气,说话的声音有时因为心情激动而颤抖。

夕阳被云彩遮住一阵工夫,要落下地平线时又露出头来,几乎正对着我们,一时间颤动的霞光铺满空旷的田野,突然涌进我们脚下的小山谷。继而,太阳消失了。我满目灿烂的霞光,什么话也没有讲,只觉得沐浴在金色的辉光中,心醉神迷,怨恨的情绪随之烟消云散,内心只有爱这一种声音了。阿莉莎一直俯身偎着我,这时直起身来,从胸口掏出一个薄纸小包,要递给我,但欲给又止,似乎迟疑不决。她见我惊讶地看着她,便说道:

"听我说,杰罗姆,这是我的紫晶十字架,这三天傍晚一直带在身上，因为，我早就想给你了。"

"给我有什么用？"我口气相当生硬地说道。

"给你女儿，算是你留着我的一个念想儿。"

"什么女儿？"我不解地看着阿莉莎，高声说道。

"求求你，平心静气地听我说。别，不要这样注视我，不要注视我，本来我就很难开口。不过，这话，我非得跟你讲不可。听我说，杰罗姆，总有那么一天，你要结婚吧？……别，不要回答我，不要打断我的话，我恳求你了。我仅仅想让你记住我曾经非常爱你，而且……我早就有这个念头了……存在心里三年了……你喜爱的这个小十字架，将来有一天，你的女儿戴上，算是对我的纪念，唔！但她不知道是谁的……你给她起名的时候……或许也可以用我这名字……"

她声音哽咽，说不下去了。我几乎充满敌意地嚷道：

"你干吗不亲手给她呢？"

她还要说什么。她的嘴唇像抽泣的孩子那样翕动，但是没有流下眼泪。她那眼神异常明亮，显得那张脸流光溢彩，具有一种超凡的天使般的美。

"阿莉莎！我能娶谁呢？你明明知道我爱的只能是你……"猛然，我拼命地一把搂住她，近乎粗鲁地把她搂在我怀里，用力亲吻她的嘴唇。一时间，她似乎顺从了，半倒在我怀里，只见她的眼神模糊了，继而合上眼帘，同时又以一种在我听来无比真实、无比动听的声音说道：

"可怜可怜我们吧，我的朋友！噢！不要毁了我们的爱情。"

也许她还说过："做事不要怯懦！"也许这是我自言自语，我也弄不清了。不过，我倒是突然跪到她面前，情真意笃地抱住她，说道：

"你既然这样爱我,为什么要一直拒绝我呢?你瞧!我先是等朱丽叶结了婚,我明白你也是等她生活幸福了;现在她幸福了,这是你亲口对我讲的。好长一段时间我以为,你要继续生活在父亲身边,可是现在,只剩下我们两个人了。"

"唔!过去就过去了,我们不要懊悔。"她喃喃说道,"现在,这一页我已经翻过去了。"

"现在还来得及,阿莉莎。"

"不对,我的朋友,来不及了。还记得那一天吧,我们出于相爱,就彼此抱着高于爱情的期望,从那一天起就来不及了。多亏了你呀,我的朋友,我的梦想升到极高极高,再谈任何世间的欢乐,就会使它跌落下来。我时常想,我们在一起生活是什么情景:一旦我们的爱情……不再完美无缺了,我就不可能再容忍……"

"你是否想过,我们没有对方的生活是什么情景吗?"

"没有!从来没有。"

"现在,你看到啦!这三年来,没有你,我艰难地流浪……"

夜幕降临。

"我冷。"她说着便站起来,用披肩紧紧裹住身子,让我无法再挽起她的手臂了。"你还记得《圣经》的这一节吧,当时我们为之不安,担心没有很好地理解:'他们没有得到许诺给他们的东西,因为上帝给我们保留了更美好的……'"

"你始终相信这些话吗?"

"不能不信。"

我们并排走着,谁也没有再说话。过了一会儿,她才接着说道:

"你想象一下吧，杰罗姆，更美好的！"她的眼泪突然夺眶而出，而她仍然重复道，"更美好的！"

我们又走到我刚才见她出来的菜园小门。她转身面对我。

"别了！"她说道，"不，你也不要再往前走了。别了，我心爱的人。更美好的……现在就要开始了。"

她注视我一会儿，眼里充满难以描摹的爱，双臂伸着，两手搭在我肩上，既拉住我又推开我……

小门一重新关上，我一听见她插上门闩的声音，便挨着门扑倒在地，简直悲恸欲绝，在黑夜中哭泣了许久。

何不拉住她，何不撞开门，何不闯进不会拒绝接纳我的房子里呢？不行，即使今天再回顾这段往事的全过程……我也觉得不能那么干，现在不能理解我的人，就表明他始终不理解我。

我感到极度不安，实在忍耐不住，几天之后便给朱丽叶写信，告诉她我去过封格斯马尔，见到阿莉莎又苍白又消瘦，我又多么深感不安。我恳求她保重身体并给我消息，可是等阿莉莎写信是等不来了。信寄出不到一个月，我收到这样一封回信：

亲爱的杰罗姆：

我要告诉你一个非常沉痛的消息：我们可怜的阿莉莎离开人世了……唉！你在信中表示的忧虑完全是有道理的。近几个月来，她身体日渐衰弱，却没有什么明显的病症；不过，她经我一再恳求，同意去看勒阿弗尔的Ａ大夫。大夫给我写信说，她没有患什么大病。可是，你去看望她之后的第三天，她突然离开了封格斯马尔。这还是罗伯特写信告诉我的，要不是罗伯特，我还根本不知道她离家出走——她很少给我写信，因而没有她的音信，我也不会很快惊慌起来。我狠狠责备罗伯特，不该放她走，应当陪她去巴黎。说起来你会相信吗，从那时候起，我们就不知道她的下落了。你能想象得出，真叫我担心死了，既见不到她，又无法给她写信。过了几天，罗伯特去了巴黎，但是没有发现一点儿线索。他那人懒洋洋的，我们怀疑他是否尽力了。必须报警，我们不能总处于这种情况不明的折磨人的状态。于是，爱德华去了，经过认真寻找，终于发现阿莉莎藏身的那家小疗养院。可惜太迟啦！我收到疗养院院长的一封信，通知我她去世的消息，同时也收到爱德华的电报，说他甚至未能见她最后一面。她临终那天，把我们的地址写在一个信封上，好让人通知我们，在另外一个信封里，她装了给勒阿弗尔公证人的信件副本，遗嘱全写在上面。信中有一段我想与你有关，不久我会告诉你。爱德华和罗伯特参加了前天举行的葬礼。护送灵柩的除了他们俩，还有几位病友——她们一定要参加葬礼，并且一直伴随她的遗体到墓地。可惜我没法儿去，第五个孩子随时要分娩了。

　　我亲爱的杰罗姆，我知道她的死讯要给你造成极痛深悲，我给你写信时也心如刀割。已有两天，我不得不卧床，写信很吃力，但是不愿意让任何人代笔，连爱德华和罗伯特也不行，只能由我向你谈唯独我们二人了解的人。现在，我差不多成了老主妇了，厚厚的灰烬已经覆盖了火热的过去，现在可以了，希望再见到你。如果你要到尼姆来办事或游览，那就请到艾格维沃来。爱德华会很高兴认识你，我们二人也能谈谈阿莉莎。再见，亲爱的杰罗姆。我非常伤心地拥抱你。

几天之后我便得知，阿莉莎将封格斯马尔田庄留给她兄弟，但是要求将她房间的所有物品和她指定的几件家具，全部寄给朱丽叶。不久我就会收到封好寄给我的一包文件。我还得知她要求给她戴上紫晶十字架，正是最后相见那次我拒收的那枚——爱德华告诉我，她如愿以偿了。

公证人转寄给我的一包密件，装有阿莉莎的日记。我这里抄录许多篇——只是抄录，不加评语。不难想象，我读这些日记时心中的感触和震动，要表述必然挂一漏万。

阿莉莎的日记

艾格维沃

前天从勒阿弗尔动身，昨天到达尼姆。这是我头一回旅行！既不用操心家务，也不必动手做饭，不免有点儿无所事事。而今天，188×年5月23日，正逢我二十五岁生日，我开始写日记——虽无多大乐趣，也算有点儿营生，因为，有生以来，也许我这是第一次感到孤独。来到这异乡，这近乎陌生的土地，我还不熟识。它要向我讲述的，一定类似诺曼底向我讲述的，我在封格斯马尔百听不厌的事情——因为无论在哪里，上帝都不会变样——然而，这片南方的土地讲一种我未学过的语言，我听着不免感到惊奇。

5月24日

朱丽叶在我身边的躺椅上打盹。我们所在的露天走廊，给这座意大利式住宅增添了魅力,它与连接花园的铺沙庭院齐平……朱丽叶待在躺椅上,就能望见起伏延伸至水塘的草坪,望见水面上嬉戏的一群五颜六色的野鸭,以及游弋的两只天鹅。据说水源是一条小溪,夏季从不枯竭。不过,小溪穿过园子,穿过越来越荒野的树丛,在干渴的灌木丛和葡萄园之间越来越窄,很快就完全窒息了。

……昨天我陪朱丽叶的时候,爱德华·泰西埃尔带父亲参观了花园、农场、贮藏室和葡萄园——因此今天一清早,我就初次散步,独自探索这个园子了。这里的许多花草树木我不认识,很想知道名字,每种植物就折一根小枝,好在吃午饭的时候能问别人。我认出了一种,就是杰罗姆在博尔盖塞别墅或多里亚-潘菲利那儿赞赏的青橡树……是我们诺尔省这种树的远亲,外观差异极大。这些树枝繁叶茂,差不多将园子尽头的一块狭小的空地遮得严严实实,给这块踩着软绵绵的草坪蒙上神秘的色彩,足以引来仙女歌唱。我对大自然的情感,在封格斯马尔打上深深的基督教烙印,到了这里,却不由自主地染上神话色彩,我不免惊讶,甚至有点惊慌。然而,越来越压抑我的这种恐惧,还是宗教式的。我还叨念着:hic nemus[1]。空气特别清新,周围静得出奇。我想到俄耳甫斯[2],想到阿尔米达[3],忽听一声鸟啼,独声啼叫,就在身边,极其婉转清脆,就好像整个大自然都在等待这声啼叫。我的心剧烈地跳动,靠在一棵树上待了片刻,这才回房,而全家上下还没有一人起床。

---

[1] 拉丁文,意为"这就是树林"。
[2] 俄耳甫斯:希腊神话中的诗人、歌手,善弹竖琴。
[3] 阿尔米达:法国作家吉诺的五幕悲剧《阿尔米达》中的主人公。

5月26日

　　一直没有杰罗姆的消息。他的信即使寄往勒阿弗尔,也会给我转来的……我的不安心情,只能对这本日记诉说。三天来,无论昨天的莱博之行,还是祈祷,都未能片刻使我释念。今天,我也写不了别的什么:我到达艾格维沃之后所产生的无名忧伤,也许没有别的缘故——这种忧伤,在我内心的极深处,现在我觉得早就有了,只是被我引以为自豪的快乐掩盖了。

5月27日

　　为什么要欺骗自己呢?我是通过推理,才对朱丽叶的幸福感到高兴的。她这幸福,当初我多么诚心祝愿,甚至愿意为之牺牲我的幸福,可今天我却痛苦地看到,这幸福来得如此容易,同我们二人当初想象的大相径庭!这事儿多复杂啊!如果……我能分辨清,看到朱丽叶是在别处,而不是在我的牺牲中找到幸福,她无须我做出牺牲就幸福了。我感到受了伤害,只是因为一种强烈的自私心理复萌。
　　现在,我得不到杰罗姆的消息就惴惴不安,这就应当扪心自问:我真的心甘情愿做出牺牲吗?上帝不再要求我这样做,我就觉得蒙受了屈辱。难道一开始我就不行吗?

5月28日

　　这样剖析我的伤感,该有多么危险!我的心思已经倾注在这本日记上。卖弄的心理,我原以为克服了,难道在这里又抬头了吗?不行,但愿这本日记不要充当我的心灵顾影自怜的镜子!我写日记是由于忧伤,而不是像我开始所想的那样出于无聊。忧伤是一种"犯罪的心态",我早就没有这种感受了,现在依然憎恨它,我要"简化"我的灵魂,清除这种状态。这本日记应当助我的心灵重获快乐。

忧伤是一种复杂的情感。当初我从不分析自己的快乐。

在封格斯马尔,我也是一个人,比在这里还要孤单……可是,我为什么不感到孤独呢?杰罗姆从意大利给我写信来的时候,我就承认他没有我也能生活,没有我也生活过来了,而我的思想追随他,只要分享他的快乐就行了。然而现在,我又情不自禁地呼唤他,觉得没有他,所有新奇的景物看着都烦人……

6月10日

这本日记刚刚开了头,就中断这么久,只因小莉丝出生了,我天天晚上长时间守护朱丽叶。我所能写信告诉杰罗姆的情况,毫无兴趣记在日记里。我要避免许多女人的无法容忍的通病:日记写得太琐碎。这本日记,我要当作自我完善的一种手段。

接下来的好多页是她的读书笔记和摘抄的片段,等等。然后,又是她在封格斯马尔写的日记:

7月16日

朱丽叶生活幸福,她这样说,看样子也如此——我没有权利,也没有理由怀疑……然而,我在她身边的时候,这种美中不足、颇不舒服的感觉,又是从何而来呢?——也许感到这种幸福太实际了,得来太容易,完全是"特制"的,恐怕要束缚并窒息灵魂……

现在我不禁扪心自问,我所期望的究竟是幸福,还是走向幸福的过程。主啊！谨防我得到极快就能实现的幸福！教会我拖延，推迟我的幸福，直到来到您的身边。

接下来许多页全撕掉了，一定是讲述我们在勒阿弗尔那次痛苦相见的日记。直到第二年，才重又记日记，但是没有注明日期，肯定写于我在封格斯马尔逗留期间。

　　我有时听他说话，就仿佛看着自己在思想。他解释我的情况，向我本人揭示我自己。没有他，我还算存在吗？只有和他在一起我才算存在……

　　我有时也犹豫，我对他的感情，真就是人们所说的爱情吗？人们一般所描绘的爱情和我所能描绘的相差太远。我希望什么也不说，爱他却又不知道自己在爱他，尤其希望爱他而他却不知道。

　　在没有他的生活中，我无论经历什么事，也不会有丝毫快乐了。我的全部美德仅仅是为了取悦于他，然而我一到他身边，就感到自己的美德靠不住了。我喜欢弹钢琴练习曲，这样觉得每天都会有点进步。也许这也是我爱读外文书的秘密所在——这倒不是说任何外语我都偏爱，也不是说我所欣赏的本国作家不如外国作家，而是说书中的含义和情绪要费些琢磨，一旦琢磨透了，并且琢磨得越来越透，无意中就可能萌生一种自豪感，在精神的愉悦上，又增添了无以名状的心灵的满足，而我似乎少不得这种心灵的满足了。

　　不是处于进展的状态，无论多么幸福也不可取。我所想象的天堂之乐，并不像混同于上帝那样，而是像持续不断而又永无止境的靠拢……如果不怕玩弄字眼儿的话，我要说不是"进展性"的快乐，我一概不屑一顾。

今天早晨,我们二人坐在林荫路的长椅上,我们什么话也不讲,也没有讲什么话的需要……突然,他问我是否相信来世。

"当然相信,杰罗姆,"我立刻高声说道,"在我看来,这不止是一种希望,而是一种确信……"我猛然感到,我的全部信念,都体现在这声叫喊里了。

"我很想知道,"他又说道……他停了片刻,才接着说,"如果没有信仰,你的生活态度会不同吗?"

"我怎么知道呢?"我回答,继而又补充道,"就说你本人吧,我的朋友,你在最热忱的信念的驱使下,就再也不可能改变生活态度了。你变了,我也不会爱你了。"

不,杰罗姆,我们的美德,不是极力追求来世的报偿,我们的爱情也不是寻求回报。受苦图报的念头,对于天生高尚的心灵是一种伤害。美德并不是高尚心灵的一件装饰品——不是的,而是心灵美的一种表现形式。

爸爸身体又不怎么好了,但愿没有什么大病,可是一连三天,他只能喝牛奶。

昨天晚上,杰罗姆上楼回房之后,爸爸和我又多坐了一会儿,不过中间出去了半晌。我独自一人,就坐到长沙发上,确切地说躺了下来,不知为什么,我几乎从未有过这种情况。灯罩拢住灯光,我的眼睛和上半身处在暗影里,而脚尖从衣裙下稍微露出来,正好映上一点儿灯光,我则机械地注视自己的脚尖。这时,爸爸回来了,他在门口停了片刻,神情古怪,既微笑又忧伤地打量我,看得我隐隐有点儿不好意思,就急忙坐起来,于是,他向我招了招手。

"过来,到我身边坐坐。"他对我说道。尽管时间已经很晚了,他还是向我谈起我母亲,这是从他们分离之后从未有过的情况。他向我讲述他如何娶了她，如何爱她，而最初那段生活，我母亲对他意味着什么。

"爸爸，"我终于问道，"请你告诉我，你干吗今天晚上对我讲这些，是什么引起来的，干吗偏偏在今天晚上对我讲这些呢？"

"就因为我回客厅见你躺在长沙发上，一刹那间真以为又见到你母亲。"

我着重记下这一情景，也是因为这天晚上……杰罗姆扶着我的座椅靠背，俯身从我的肩头上看我手捧的书。我看不见他，但是能感觉到他的气息，如同他身体传出的热气和颤动。我伴装继续看书，可是书中说的什么意思看不懂了，连行数也分辨不清，心中莫名其妙乱成一团麻。我趁着还能控制住的时候，急忙站起身，离开客厅一阵工夫，幸而他什么也没有看出来……后来，客厅只剩下我一人了，就躺在沙发上，爸爸觉得我像母亲，而当时我恰巧想到她。

昨天夜里，我睡得很不安稳，沉重的往事像痛悔的浪潮，涌上我的心头。主啊，教会我憎恶一切貌似邪恶的事物吧。

可怜的杰罗姆！他哪儿知道，有时他只需有个举动，而我有时就等待这个举动……

我还是小姑娘的时候，就已经考虑到他而希望自己漂亮点儿。现在想来，我从来只是为了他才"追求完美"，而这种完美，又只能在没有他的情况下才会达到。上帝呀！您的教诲，正是这一条最令我的心灵困惑。

能融合美德和爱情的心灵，该有多么幸福啊！有时我就产生这样的疑问：除了爱，尽情的爱，永无止境的爱，是否还有别的美德……然而有些日子，唉！在我看来，美德与爱情完全相抵触了。什么！我内心最自然的倾向，竟敢称之为美德！哼，诱人的诡辩！花言巧语的诱惑！幸福的骗人幻景！

今天早晨，我在拉布吕耶尔①的作品中看到这样一段话：

"在人生的路上，有时就遇到遭禁的极为宝贵的乐趣，极为深情的盟誓，我们渴望至少能够允许，这也是人之常情。如此巨大的魅力，只有另一种魅力能超越，即凭借美德舍弃这一切的魅力。"

为什么我要臆想出禁绝呢？难道还有比爱情更强大、更甜美的魅力在暗暗吸引我吗？啊！若能爱得极深，两个人同时超越爱情，那该有多好！……

唉！现在我再明白不过了，在他和上帝之间，唯独有我这个障碍。如果像他对我讲的那样，他对我的爱当初也许使他倾向于上帝，那么事到如今，这种爱就成为他的阻碍了。他总恋着我，心中只有我，而我成为他崇拜的偶像，也就阻碍他在美德的路上大步前进。我们二人必须有一个先行达到那种境界，可是我的心太懦弱，无望克服爱情，上帝啊，那就允许我，赋予我力量，好去教他不再爱我吧。我牺牲自己的功德，将他无限美好的功德献给您……如果说失去了他，今天我的心灵要哭泣，但这不正是为了以后能在您身上同他相聚吗……

我的上帝啊！还有更配得上您的心灵吗？他生在世上，难道就没有比爱我更高的追求了吗？他若是停滞在我这水平上，我还会同样爱他吗？一切可能成为崇高的东西，如果沉湎在幸福中，会变得多么狭隘啊！……

星期日

"上帝给我们保留了更美好的。"

---

① 拉布吕耶尔（1645—1696）：法国散文作家，著有《品格论》。

5月3日　星期三

幸福就在眼前，近在咫尺，他若是想得到，只要一伸手，就能抓住……

今天早晨同他谈了话，我做出了牺牲。

星期一晚间

他明天走……

亲爱的杰罗姆，我无限深情，始终爱你，但是这种爱，我却永远不能对你讲了。我强加给自己的眼睛、嘴唇和心灵的束缚严厉极了，因而同你分离，对我来说倒是一种解脱、一种苦涩的满足。

我尽量照理性行事，然而一行动起来，促使我行动的道理却离我而去，或者在我看来变得荒谬了，于是我不再相信了……

促使我逃避他的理由吗？我不再相信了……不过，我还照样逃避他，但是怀着忧伤的情绪，而且不明白自己为什么还要逃避。

主啊！杰罗姆和我，我们走向您，相互鼓励，携手向前，走在生活的大道上，如同两个朝圣的香客，有时一个对另一个说："你若是累了，兄弟，就靠在我身上吧。"而另一个则回答："只要感到你在我身边就足够了……"可是不行啊！您给我们指出的道路，主啊，是一条窄路，极窄，容不下两个人并肩而行。

7月5日

六周多没有翻开这本日记了。上个月，我重读了几页，发现了一种荒唐的、有罪的念头：要写得漂亮些……好给他看……

我写日记，本来是要摆脱他，现在就好像继续给他写信。

我觉得"写得漂亮"（我知道其中的含义）的那些页，我统统撕毁了。凡是谈到他的部分，也该全部撕掉，甚至应当撕掉整个日记……可我未能做到。

我撕毁那几页，就有点儿扬扬自得了……如果没有这么重的心病，我就会觉得好笑了。

我确实感到自己干得漂亮，撕掉的是至关重要的东西！

7月6日

我不得不清洗我的书架……

我拿走一本又一本，从而逃避他，可又总是遇见他。就连我独自发现的篇章，也恍若听见他给我朗诵的声音。我的兴趣，仅仅在于他所感兴趣的东西，而我的思想也采用了他的思想形式，两者难以区分开，就像从前我乐得将两者混淆那样。

有时，我故意写得糟糕一些，以便摆脱他那语句的节奏，然而，这样同他斗争，表明还忘不掉他。我干脆决定在一段时间内，只看《圣经》（也许还看看《效仿基督》），此外，在日记里，也只记下我每天所读的显眼的章节。

从七月一日起，就像"每日面包"那样，她每天抄录一段经文。我这里只抄录附有评点的几段。

7月20日

"将你的所有全部卖掉，分给穷人。"照我的理解，我这颗只想交给杰罗姆的心，也应当分给穷人。这同时不是也教他这样做吗？……主啊，给我勇气吧。

7月24日

我停止阅读《永恒的安慰》了。只因我对这种古语兴趣很大,读起来往往驰心旁骛,尝到近乎异教徒的喜悦,违背了我要从中获取教益的初衷。

又捧起《效仿基督》,但不是令我看着太费解的拉丁文本。我喜欢我所读的译本甚至没有署名——当然是新教的,不过小标题却明示:"适于所有基督教团体"。

"啊!如果你知道行进在美德的路上,你自己得到多大安宁,给别人带去多大快乐,那么你就会更加用心去做了。"

8月10日

上帝啊,我向您呼唤的时候,怀着儿童般的激情信念,用的是天使般的超凡声音……

这一切,我知道,是来自您,而不是来自杰罗姆。

可是为什么,您要处处将他的形象,置于您和我之间呢?

8月14日

用了两个多月,才算完成这项事业……主啊!帮帮我吧!

8月20日

我清楚地感到,我从忧伤的情绪里清楚地感到,我要做出的牺牲,在心中并未完成。上帝啊,让我认识到,唯独他给我带来的这种喜悦,完全是您赐予的。

8月28日

我所达到的德行的境界多么平庸,多么可怜啊!难道我太苛求自己吗？——不要再为此痛苦了。

基于多么怯懦的心理，才总是乞求上帝赐予力量！现在，我的全部祈求是一种哀怨之声。

8月29日

"瞧一瞧旷野里的百合花……"

这样简单的一句话，今天早晨却使我陷入无法排遣的忧伤中。我来到田野，心田和眼眶都充满泪水，情不自禁地一再重复这句话。我眺望空旷的平野，只见农民弯腰扶犁艰难地耕地……"旷野里的百合花……"上帝啊，你究竟在哪儿呢？

9月16日晚10时

我又见到他了。他就在这小楼里。我望见从他窗口射到草坪的灯光。我写这几行文字时，他还没有睡下，也许还在想我。他没有变——他这样讲，给我的感觉也是这样。我能按照自己的决定表现，以便促使他打消对我的爱吗？……

9月24日

噢！多么残忍的谈话，我装作无动于衷、冷若冰霜，而我的心却如醉如痴……在此之前，我只是逃避他。今天早晨，我感到上帝给了我足以制胜的力量，况且一味逃避斗争也是怯懦的表现。我胜利了吗？杰罗姆对我的爱减少了几分吗？……唉！这是我既希望又害怕的事情……我爱他从未达到如此深挚的程度。

主啊，要把他从我的身边拯救走，如果必须毁掉我，那就下手吧！……

"请您进入我的心中和灵魂里，以便带去我的痛苦，继续在我身上忍受您蒙难所余下的苦难。"

我们谈到了帕斯卡尔……我能对他说什么呢？多么可耻而荒谬的话啊！我边说边感到痛苦，今天晚上悔恨不已，就好像亵渎了神灵。我又拿起沉甸甸的《思想录》，书自动翻开，正是致德·罗阿奈兹小姐的信那部分：

"我们自愿跟随拖着我们的人，就不会感到束缚，如果开始反抗并背离，就会非常痛苦了。"

这些话直截了当地触动我，我没有勇气看下去了，便翻到另一处，发现一段妙文，我从未看过，便抄录下来。

第一本日记到此结束。第二本肯定销毁了，因为阿莉莎留下来的文字，是三年后在封格斯马尔写的，那是九月份，即我们最后一次见面的前不久。

最后这本日记开头这样写道：

9 月 17 日

上帝啊，您知道我要有他才能爱您。

9 月 20 日

上帝啊，把他给我，我就把心交给您。

上帝啊，让我再见他一面吧。

上帝啊，我保证把心给您，您就将我的爱情所求的赐给我，我就把余生完全献给您。

上帝啊，饶恕我这种可鄙的祈求吧，可是，我就是不能从我的嘴唇上抹掉他的名字，也不能忘却我这颗心的痛苦。

上帝啊，我向您呼叫，不要把我丢在痛苦中不管。

9月21日

"你们将以我的名义，向天父请求一切……"

主啊！我不敢以您的名义……

我即使不再祈求了，难道您就不大了解我的心的妄念吗？

9月27日

　　从今天早晨起，十分平静。昨晚思索，祈祷几乎整整一夜。我忽然觉得，一种明亮清澈的宁静涌到我周围，潜入我的心田，犹如儿时我所想象的圣灵。我当即躺下，唯恐这种喜悦仅仅是一时的兴奋。不久我就睡着了，并将这种欢愉带入梦乡。今天早晨起来，这种心情依然。现在我确信他要来了。

9月30日

　　杰罗姆！我的朋友，我还称你兄弟，但是我爱你远远超过手足之情……有多少次啊，我在山毛榉树林里呼唤你的名字！……每天日暮黄昏，我就从菜园的小门出去，走上已经暗下来的林荫路……你可能会突然应声回答，出现在我的目光一览无余的石坡后面，或者，我会远远望见你，望见你坐在长椅上等我，我的心不会狂跳……反之，没有见到你，我倒有点奇怪。

10月1日

　　还是不见一点儿人影。太阳沉入无比纯净的天幕。我还在等待，相信时过不久，我就要和他并排坐在那张长椅上……我已经在倾听他说话。我真喜欢听见他叫我的名字……他会来的！我的手要放在他的手中，额头要偎在他的肩上。我要坐在他身边呼吸。昨天，我就随身带了他的几封信，打算再看一遍，可是我满脑子想他，就没有看信。我还带着他喜爱的那枚紫晶十字架，记得有一年夏季，在我不愿意他走的日子里，每天晚上我都戴上小十字架。

我打算把这枚十字架还给他。这一梦想由来已久：他结了婚，他的头一个女儿取名叫小阿莉莎，我当教母，将这个首饰送给她……为什么我一直未敢对他讲呢？

10月2日

今天我的心情轻松欢快，宛若一只在天上筑了巢的小鸟儿。今天他肯定会来，我有这种感觉，知道事必如此。我真想把这事儿高声向所有人宣扬，也需要记下来。我再也不想掩饰自己的喜悦了。就连一向心不在焉、对我漠不关心的罗伯特，也注意到了我的情绪变化，他问得我心慌意乱，不知如何回答。今天晚上，我怎么等待呢？……

不知怎的，我仿佛戴了一副凸透镜，它将爱情的光芒全聚在我这颗心的唯一热点上，并且到处向我显现他那扩大了的形象。

噢！这样等待，我多累啊！

主啊！那幸福的大门，请给我打开片刻吧。

10月3日

唉！光芒全部熄灭了！他好似影子，从我的怀抱里逃逸。原先他就在这儿！他就在这儿！我还能感觉到他。我呼唤他。我的双手、我的嘴唇，在黑夜里徒然地寻找他……

我既不能静下心来祈祷，又不能安稳地入睡。我又出来，到黑魆魆的花园里，无论待在房中还是小楼里，都感到害怕。我痛苦万分，一直走到同他分手的那扇小门，重又打开，异想天开地希望他又回来了。我呼唤，在黑暗中摸索。我回到房中给他写信。我接受不了自己的哀痛。

究竟发生了什么事儿！我对他讲了什么？我又做了什么呢？在他面前，何必总夸大自己的美德呢？我这颗心完全否定的一种美德，能有多大价值呢？我暗中违背上帝教导我说的话……我满腹的心事，却一句也没有说出来。杰罗姆！杰罗姆！我的痛苦的朋友，我在你身边就肝肠寸断，离开你又痛不欲生。刚才我对你讲的那一切，你只倾听我的爱向你诉说的那部分吧。

信撕了又写……天已拂晓，灰蒙蒙的，浸透了泪水，同我的思想一样愁惨……我听见田庄头一阵响动，万物睡醒了，又活动起来了……"现在，你们起来吧，时间已到……"

这封信不会发出去。

10月5日

嫉妒的上帝啊，您既已剥夺了我的一切，那就把我的心也拿走吧。从今往后，这颗心没有了任何热情，对什么也不会产生兴趣了。请助我一臂之力，战胜我这可怜的残余吧。这所房子、这座花园，都无法容忍地激发我的爱情。我要逃往只能见到您的一个地方。

您要帮我把我的全部财富分给您的穷人，不过，让我将封格斯马尔田庄留给罗伯特，我不会忍心卖掉。我倒是写好了一份遗嘱，但是大部分必须履行的手续还不清楚。昨天，我未能和公证人谈透，怕他猜出我的决定，就去通知朱丽叶或者罗伯特……到巴黎之后再补齐吧。

10月10日

到达这里，身体十分疲惫，头两天不得不卧床休息。他们不顾我的反对，请来了大夫。大夫认为必须做手术。硬顶有什么用呢？我没有费多少唇舌就让他们相信，我特别怕动手术，希望等"体力恢复一点儿"再说。

我隐瞒了姓名和住址，但是我向疗养院办公室交了一大笔钱，足以使他们痛快地接待我，而且只要上帝认为有必要，我在这里生活多久都成。

我挺喜欢这个房间。室内非常洁净，就无须装饰四壁了。我十分诧异，自己的心情近乎快乐，这表明我对生活不再抱任何期望了。这也表明，现在我必须只考虑上帝，而上帝的爱只有占据我们的整个身心，才会无比美妙……

我随身只带了《圣经》，不过今天，我心中响起比我读到的话更高的声音，即帕斯卡尔这一失声的痛哭：

"无论什么，不是上帝的就不能满足我的期望。"

噢！我这颗失慎的心，竟然期望人间的欢乐……主啊，您将我置于绝望的境地，就是要叫我发出这声呼喊吗？

10月12日

您快来主宰吧！快来主宰我的心，来成为我的唯一主宰，主宰我的整个身心吧。我再也不想拿这颗心同您讨价还价了。

我的心灵仿佛十分衰老，可是又保持一种特别的稚气。

我仍是当年那个小姑娘,屋子必须规整,脱下的衣裙必须叠好放在床头,我才能睡着觉……

我死的时候,也打算这样。

10月13日

这本日记又读一遍,然后再销毁。"伟大的心灵不该散布自己的惶惑之感。"这句美妙的话,我想是出自克洛蒂尔德之口。

我正要将日记投入火中,却被一声警告制止了——我觉得日记已不属于我本人了,日记完全是为杰罗姆写的,我没有权利从他手中夺走。我的种种担心、种种疑虑,今天看来十分可笑,不可能再那么重视,也不会相信杰罗姆看后会内心纷扰。我的上帝啊,让他也发现一颗心的笨拙声调吧。这颗心渴望到了狂热的程度,要把他推上我本人都万难抵达的美德之巅。

"我的上帝,带我登上我达不到的这个崖顶。"

10月15日

"欢乐,欢乐,欢乐,欢乐的泪水[①]……"

不错,超过人世欢乐,越过一切痛苦,我感觉到了这种无与伦比的欢乐。我达不到的崖顶,我知道有个名称:幸福……我也明白,如果不追求这种幸福,我便虚度此生……然而,主啊!您曾许诺给放弃红尘的纯洁灵魂。"即刻就幸福了,"您的圣言说道,"即刻就幸福了,死在主的怀抱里的人。"难道我一定得等到死吗?我的信念正是在此处动摇了。主啊!我用全部气力向您呼喊。我在黑夜中;我等待黎明。我向您呼喊,到死方休。来解除我心中的干渴吧。这幸福,我渴

---

① 引自帕斯卡尔《追思》。

望马上……或者我应当确信得到啦？也许就像性急的小鸟儿，天不亮就叫起来，是呼唤而不是宣告黎明，难道我也不等天放亮就歌唱吗？

10月16日

杰罗姆，我要让你知道什么是完美的欢乐。

今天早晨，我翻肠倒肚，大吐了一阵，立刻感到身子虚弱极了，一时间可望就要死去。但其实不然。开头，我通身都极其平静；继而，一种惶恐不安的情绪袭上心头，使我的肉体和灵魂都颤抖起来，就好像猛然醒悟，一下子悟透了自己的一生。我仿佛第一次注意到，我那房间光秃的四壁惨不忍睹。我害怕了。现在我还在写，就是要自我安慰，保持镇定。主啊！但愿我至死也不会说出一句大逆不道的话。

我还能起床。我跪下来，像个孩子似的……

现在我想死去，速速死去，别等到我又明白过来自己孤单一人。

去年我又见到了朱丽叶。自从接到她告诉我阿莉莎死讯的那封信，十余年过去了。一次我到普罗旺斯地区旅行，趁机在尼姆停留。泰西埃尔家的住房相当美观，位于中心闹市区弗舍尔大街。我虽已写信告知，可是踏进门槛时，心情还是颇为激动。

一名女仆带我上楼进客厅，等了不大工夫，朱丽叶便出来见我。我恍若看见普朗蒂埃姨妈——同样的走路姿势、同样的丰盈体态、同样气喘吁吁的热情。她立刻问我的情况，问题一个接着一个，也不等我回答：问我职业生涯如何，在巴黎的住处怎样，又问我干些什么，有什么交往，到南方来做什么，为什么不能再往前走走，到艾格维沃呢，爱德华见到我会非常高兴的……然后，她又向我介绍所有人的情况，谈到她丈夫、几个孩子，还谈到她弟弟、去年的收成，以及不景气的生意……从而我得知，罗伯特卖掉了封格斯马尔田庄，搬到艾格维沃来住，现在成为爱德华的合伙人。他留在葡萄园，改良品种并扩大栽植面积，而爱德华就能腾出手来跑外面，主要管销售事宜。

在说话的工夫，我的目光不安地寻找能忆旧的物品，在客厅的新家具中间，认出了几件封格斯马尔的家具。然而，还能拨动我心弦的往事，现今朱丽叶似乎置于脑后，或者有意绝口不提。

楼梯上有两个男孩在玩耍，他们有十二三岁，朱丽叶叫过来介绍给我。大女儿莉丝随父亲去艾格维沃了。不一会儿，回来一个十岁的男孩，正是朱丽叶写信通知我那个沉痛消息时说要出生的那个。那次有些难产，朱丽叶好长时间身体没有恢复过来。直到去年，她才好像一高兴，又生了一个女孩，听口气是她最喜爱的孩子。

"她睡在我的房间，就在隔壁，"她说道，"过去看看吧。"她带我往那儿走时，又说道：

"杰罗姆，我未敢写信跟你说……你愿意当这小丫头的教父吗？"

"你若是喜欢这样，我当然愿意了，"我略感意外地说，同时俯向摇篮，又问道，"我这教女叫什么名字？"

"阿莉莎……"朱丽叶低声答道，"孩子长得有点儿像她，你不觉得吗？"

我握了握朱丽叶的手,没有回答。小阿莉莎被母亲抱起来,睁开眼睛,我便接到我的怀抱里。

"你若是成家,会是多好的父亲啊!"朱丽叶说着,强颜一笑,"你还等什么,还不快结婚?"

"等我忘掉许多事情。"我瞧见她脸红了。

"你希望很快忘记吗?"

"我希望永不忘记。"

"跟我来。"她忽然说道,并且走在前面,带我走进一间更小的屋子。只见屋里已经暗了,一扇门通向她的卧室,另一扇门通向客厅。"我有空的时候,就躲到这里来。这是这所房子里最安静的屋子,在这里,我就有点儿逃避了生活的感觉。"

这间小客厅同其他屋不一样,窗外不是闹市,而是长有树木的院子。

"我们坐一坐吧。"她说着,便倒在一张扶手椅上,"如果我理解不错的话,你是要忠于阿莉莎,永远怀念她。"

我没有立即回答,过了一会儿才说道:"也许不如说忠于她对我的看法吧……不,不要把这当成我的一个优点。我觉得自己不可能有别种做法。我若是娶了另一个女人,就只能假装爱人家。"

"唔!"她应了一声,仿佛不以为然,接着,她的脸掉转开,俯向地面,就好像要寻找什么丢失的东西,"这么说来,你认为一种毫无希望的爱情,也能长久地保存在心中啦?"

"是的,朱丽叶。"

"而生活之风每天从上面吹过,却不会吹灭它吗?……"

暮色渐浓，犹如灰色的潮水，涌上来，淹没了每件物品，而所有物品在幽暗中，仿佛又复活了，低声讲述各自的往事。我又看见了阿莉莎的房间——姐姐的家具，全由朱丽叶集中到这里了。现在，她的脸又转向我，脸庞我看不清，不知眼睛是否闭着。我觉得她很美。我们二人都默然无语。

"好啦！"她终于说道，"该醒醒了……"我看见她站起身，朝前走了一步，就像乏力似的，又倒在旁边的椅子上，双手捂住脸，看样子她哭了。

这时，一名女仆进屋，端来了油灯。

附 录

纪德生平与创作年表

李玉民　编译

安德烈·纪德（1869—1951）

安德烈·纪德的形象，可以独立于他的作品的艺术价值，其独特性与伟大，就在于他是个实验者。

萨特的一句名言："纪德选择了变成他自己的真理。"换言之，一些"真理"不断地变化，在他的身上逐渐得到证实……

他的每一本书都是独一无二的，在另一本书里能找到它的反驳或对立面；"信息"是无休无止嘲讽的、批评的、机动的：他只是把读者打发回自身，或者他所表明的诸多"作者"中仅供选择的一个，而读者一旦入围，又会被"作者"背离。

自不待言，普鲁斯特完完全全置身于《追忆似水年华》中，而克洛岱尔无论写《缎子鞋》还是《正午的分界》，每次也都完全投身其中。纪德则不然，他并不全身投入哪怕是他理想的《作品全集》中，因为他的生活——他的旅行、他的友谊、他的介入、他的战斗……——不单纯是这些作品传统的背景，而是作品整体的一部分："生活过"或者"写出来的"（有时经历和写作重合，甚至相互矛盾）。纪德整体形象的每个局部，只有同其他部分联系起来才有意义。仅此一例，"人和作品"构成一个不可分的整体，否则，一拆分便死，或成谎言。

纪德一生的经历，不是一出选择剧，而是所有实验性选择组合为一体的演出，在所谓真实的人生中，或者在想象与创作的层面上，同时或者相继进行："我始终不能容忍必须定向；选择，在我看来，既非选定，也不是摈弃我没有选定的。"(《人间食粮》)"我的头脑，优先做的是安排。然而我的心，不忍把任何东西丢在门外。"(《一种没有先入为主的精神》)

1869 年

11 月 22 日，安德烈·保罗-纪尧姆·纪德生于巴黎梅迪契街 19 号（今埃德蒙·罗斯唐广场 2 号）。他是独生子。

父亲保罗·纪德，1832 年生于泽城意大利裔的新教家庭，在巴黎大学法学院任教。母亲朱莉叶·隆多，1835 年生于鲁昂一个富有的资产阶级家庭，信奉基督教新教。二人于 1863 年在鲁昂结婚。

1877 年

安德烈入学，上巴黎达萨街阿尔萨斯学校念九年级，数月后因"不良习惯"而遭除名。这是他在正规小学系统学习仅有的经历，此后，就经常请家庭教师了，他也养成自学的习惯，所受的教育没有任何框框了。

安德烈自小在家庭受两种矛盾的教育。母亲认为"孩子应当顺从，而不需要明白为什么"，父亲则始终倾向于"无论什么事，都要向我解释清楚"。父亲把自己喜爱的书推荐给儿子，还给他朗诵莫里哀的戏剧故事、《奥德赛》中的段落、《天方夜谭》中的辛巴达冒险故事和阿里巴巴的故事、意大利戏剧的滑稽场面。这些读物给他幼小的心灵留下深刻的印迹，是他后来强烈表现出来的好奇心与探索冒险精神的种子。

1880 年

夏，表弟埃米尔·魏德迈早夭，给他的心灵第一次冲击。

10月28日，父亲保罗·纪德去世，对他的影响更大，更直接。家庭教育和生活失衡，母亲的意志占上风。安德烈的青少年时期，乃至青春期的成长，都受到母亲严厉的制约，他在窒息的氛围中逐渐形成叛逆的性格。

1882 年

年末，安德烈到鲁昂舅父家，心灵再次受到冲击。他得知舅母玛蒂尔德·隆多生活放浪，与人私奔，他表姐玛德莱娜为此痛苦不堪，便萌生了对表姐的爱。当时他十三岁，表姐还有两个月满十六岁。

1887 年

10月，安德烈重入阿尔萨斯中学，进修辞学预科班，开始与同学皮埃尔·路易交厚。皮埃尔·路易后来成为象征派诗人，署名皮埃尔·路伊。

1888 年

10月，安德烈入巴黎亨利四世中学哲学预科班，结交了同学莱翁·布鲁姆。莱翁·布鲁姆后来加入社会党，成为著名政治活动家，曾两度组阁，即"人民阵线"政府，任总理（1936—1937 与 1938 年）。法国解放后又一度任政府首脑（1946—1947）。

1890 年

3 月 1 日，舅父埃米尔·隆多去世。安德烈陪表姐玛德莱娜守灵。他觉得这便是他与表姐的订婚仪式。

夏季，纪德独自到安纳西湖畔写"书"，题为《安德烈·瓦尔特手册》。

12 月，去南方蒙彼利埃看望叔父，经济学家夏尔·纪德。他在该城结识了青年诗人保罗·瓦莱里（1871—1945），即后来的法国新象征派代表人物。

1891 年

1 月 8 日，玛德莱娜明确拒绝了纪德的求婚。纪德的母亲自始至终，也坚决反对这门婚事。

2 月 2 日，作家巴雷斯（1862—1923，后来成为民族主义运动的知识界领袖）介绍纪德认识象征派大诗人马拉美（1842—1898）。此后，纪德便成为罗马街"星期二聚会"的常客。纪德的早期作品，多少都有象征派的特点，这也是那个时期活跃的法国作家的通例。

11 月，纪德多次会见造访巴黎的爱尔兰戏剧家，英国唯美主义运动的倡导者奥斯卡·王尔德（1854—1900）。

在佩兰出版社自费出版了《安德烈·瓦尔特手册》《那喀索斯论》。直到 1909 年出版《窄门》为止，十八年间，纪德的所有作品，包括

《人间食粮》《背德者》等代表作，全是他自费出版。可见，后来成为经典的纪德作品的独特性，短时间不能为人理解，而纪德仍然坚持走自己独创之路。

1892 年

春，在慕尼黑逗留。

夏，游览布列塔尼，同行的是象征派的主要人物，诗人兼小说家亨利·雷尼埃（1864—1936）。

11 月 15 日至 22 日，在南锡服兵役，因患肺结核而退役。

出版《安德烈·瓦尔特诗抄》（遗作）。

安德烈·瓦尔特是纪德想象的人物，《手册》和《诗抄》标明"遗作"，表明在他心中已经死去。这是他不安的青春总结，抒情之作，含义模糊，语气特别随和，但是能使他度过心灵等于天使的这种悲喜剧阶段。以主题而论（积极与消极主题），纪德几乎全身心投入其中。这是他的著作中仅有的事例，只因他"还不会写作"（纪德本人在 1930 年这样承认）。

1893 年

10 月 18 日，纪德同他的朋友，年轻画家阿尔贝·洛朗，在马赛港登船前往北非，游历突尼斯和阿尔及利亚。纪德感染结核病。11 月，在突尼斯苏塞，初试同性恋情。

出版《爱的尝试》、《乌连之旅》（由莫里斯·德尼绘制插图）。

1893 年至 1894 年，是纪德的转变期，第二次诞生，他要讲述"复活的秘密"；他离开了一切（包括基督），但并非诀别。他跟死亡擦肩而过，他发现了乐趣、自由、阳光、生活……

1894 年

1 月至 2 月，在比斯卡拉逗留，直到春天，取道意大利回国。

10 月至 12 月，纪德到瑞士拉布雷维纳，在孤寂中写下第一部小说《帕吕德》，并于次年出版。

《帕吕德》是一本奇特而迷人的书，新小说派的代表人物娜塔莉·萨罗特、阿兰·罗伯-格里叶，以及著名的文学批评家罗兰·巴特（1915—1980），在半个世纪后，都把这本小说追认为当代文学的先导。

《帕吕德》是一本多重嘲讽的书，写一个人拥有蒂提尔这片沼泽地，非但不力求走出去，反而自得其乐。暧昧的嘲讽，充满滑稽的幽默，如安琪尔沙龙那个场景，就是讽刺巴黎的文学圈子，那些象征派文学家只会装腔作势而写不出东西来。纪德同样自嘲，讽刺他从前的状态，以及依然故我并想净身脱离的境况。

该书布局巧妙，浑然一体，是一种回环结构，实际上不止一本书，而是多种可能写出的书的一个总和。就在新小说首批作品发问之前五十年，《帕吕德》就引领进入"怀疑的时代"，进入"反小说"世纪。

1895 年

1 月至 5 月，纪德再度游历阿尔及利亚，重又遇见王尔德。

5 月 31 日，保罗·纪德夫人去世。

6月17日，安德烈同他表姐玛德莱娜·隆多（1867年2月7日生于鲁昂）订婚。10月7日至8日，在库沃维尔结婚，新婚旅行，一路游览瑞士、意大利、突尼斯和阿尔及利亚，直至次年5月才回国。

1896 年

5月，旅行回国。纪德被选为拉罗克–拜尼亚尔乡乡长。

1897 年

纪德同王荣博士（文学作品称亨利·盖翁）交好。《背德者》一书就题赠"献给亨利·盖翁"，称其为"真挚伙伴"。

纪德与《隐修》杂志建立长期合作关系，直到1906年杂志停办。

《人间食粮》在法兰西水星出版社出版。初版印1650册，要十八年才售罄，可见理解纪德是一个过程。一旦被人认识，便风靡于青年族群中。这是排除一切禁忌完全释放激情的快乐的"福音"，被文学批评家称为二十世纪最有影响的一本书，至少二十世纪上半叶，影响了不安的一代人，成为他们的《圣经》。

这是作者认可的他唯一的诗篇。这不是他兴致偶发之作，而是他第二个青春的宣泄。"引言"便明确表示："但愿本书教你关注你自身超过这本书，进而关注一切事物超过你自身。"

作者在"尾声"再次重复这样的立意："抛掉我这本书吧，须知对待生活有千姿百态，这只是其中的一种。去寻求你自己独特的生活方式吧。别人能做得跟你同样好的事情，你就不必去做；别人能写得跟你同样好的文章，你就不必去写。凡是你感到自身独具、别处皆无的东西，才值得你眷恋。啊！既要急切又要耐心地塑造你自己，把自己塑造成为无法替代的人。"

1898 年至 1900 年

1898 年，纪德出国旅行。去了意大利和奥地利的蒂罗尔州。2 月，在《隐修》杂志上发表文论《关于〈无根的人〉（巴雷斯的小说）》，表明他反对民族主义运动的态度。

1899 年春，纪德夫妇再度游览阿尔及利亚。

纪德同在中国任领事的诗人克洛岱尔建立通信关系。

出版傻剧《没有缚住的普罗米修斯》，开傻剧的先河。所谓"傻剧"，就是表现剧中人物的无动机行为。

1900 年，纪德出售他名下的拉罗克庄园，夫妇二人只保留属于玛德莱娜的库沃维尔庄园。纪德夫妇出游阿尔及尔，好友盖翁前去会合。

在《法兰西水星》杂志上发表文论《致安琪尔的信》。

在这世纪之交，纪德既练就了他的古典风格，又意识到自身的"重要性"。他在《空白杂志》《隐修》等杂志上，发表《借题发挥》系列文章，充当文学批评家，而现实向他提供各种机会，他可以借题发挥，逐渐阐明并形成自己的美学观。

纪德的伦理观和美学观的课程，可以说是在混沌的每种因素的冥间，或者不如说，就在这个实验者原初而自由的动力中，即罗兰·巴特所谓的"执拗的沓乱"中。当然，这一切都书写在时间上，记录在直到 1951 年 2 月 19 日才终止的一种运动里，而后世在留下来的著作中就能找到。

不管怎样，世纪之交，纪德身上发生了实质性的转变，进入了文学创作的成熟阶段。此后他的一系列作品，就是一个个坐标。每一个坐标并不是他的全部，却能标示他在人生与写作中，"把自己塑造成为无法替代的人"的旅程。

1901年至1903年

此后十数年间，纪德旅行的次数明显减少，更多时间用于思考、写作与文学活动。他可以同时酝酿多部作品，甚至在同一个时期进行不同的创作。

这三年间，有记录的旅行，只有前往德国魏玛，继而又去阿尔及利亚。

先后出版剧作《康多尔王》《扫罗》，以及小说《背德者》(1902年)。

《扫罗》比《人间食粮》晚创作两年，则是《人间食粮》的一副"解药剂"。故事讲的是以色列王扫罗过分迁就他周围的所有恶魔，结果他自身的乐趣全部被剥夺了。

《背德者》是纪德进入成熟期的第一部杰作，可以说是一部自嘲反讽的小说，表明《人间食粮》纯学说的局限与失败。这里应当说"可能的失败"，因为《人间食粮》初版，每年销售八十余册，连小众读物都谈不上。然而，十八年售出的一千六百多册书，却像种子一般散播开来，成为一战爆发后"不安的一代的《圣经》"。不过，纪德的创作总是走在前面，并不会根据后来的读者反应（假如他能预知的话）而修改自己创作的初衷。

《背德者》是一部叙述体小说。女主人公玛丝琳之死，应是米歇尔终极的解放，然而，故事却把男主人公留在惶恐与犹豫未决中，他的教训对背德主义是一种批评。从这种意义上讲，《背德者》是纪德的第一本"客观"的书。不仅从风格上看，它不是一部传统之作，还因为从结构上讲，它是由智慧和意志重新组合的：一种原本为主观的素材，不再为个人所用，经过重构，"就能变成艺术素材了"。纪德不再是米歇尔，甚至从来就没有真正是过。米歇尔是作者心中的一个"胚芽"，由他单独提取出来，培育生长，直到他选择的伦理得出最终的结果。"我们身上携带多少胚芽，也只有在我们书中才可能开花。……一个建议：优先选择（如果真有可能选择的话）最妨碍您的胚芽，这样捎带着就全解脱了。"（给批评家罗贝尔·舍菲尔的信，1902年7月。）

1905年至1908年

1905年，诗人克洛岱尔回法国逗留期间，极力劝纪德皈依天主教而未果。

1906年，纪德夫妇迁居巴黎，住进在西郊欧特伊区建造的蒙莫朗西别墅。

1907年，纪德与莫里斯·德尼结伴，游览柏林。

出版《阿曼塔斯》（1906年）、《浪子归来》（1907年）。

1908年，纪德与停刊的文学杂志《隐修》的原班人马——马赛尔·德鲁安、雅克·科波、亨利·盖翁、安德烈·鲁伊特、让·施伦贝格，共同创办《新法兰西评论》杂志。纪德很快成为灵魂人物，而《新法兰西评论》也成为二十世纪上半叶在法国影响最大的文学杂志。

《浪子归来》标为散文诗，篇幅虽短，寓意颇深，几场对话充满禅机，耐人寻味。浪子回到父母身边，并非回头，痛悔自己的所做所为，而他还鼓励并帮助小弟离家出走，则另有深意。纪德在献词中这样写道："我为私心的快慰，在此描绘救世主耶稣基督给我们讲述的这篇寓言，犹如古人所作的三联画……我就像在图像边角的一位施主，跪在浪子的对面，也像他那样，即含笑又泪流满面。"

1938年，阿尔贝·加缪看了纪德的《浪子归来》，觉得尽善尽美，立即改编成剧本，由他执导在戏剧节上演出。

1909年至1911年

1909年，由保罗·德·雅尔丹倡导的"蓬蒂尼（古镇）文化聚会十年"活动，纪德及其一班人都将是第一届的忠实参加者。第一届从1910年起至1914年，因战争而中断。第二届从1922年至1939年。

1909年2月，《新法兰西评论》创刊号，刊登了纪德多篇文章。此后，许多重要作家的处女作都是在这家杂志上发表的。杂志社于1911年创建了自己的出版社，首任社长便是加斯东·伽利玛，这就是后来发展成为法国第一大出版社的伽利玛出版社的由来。

出版小说《窄门》（1909年）、《奥斯卡·王尔德》（1910年）、《伊萨贝尔》（1911年）、《新借题发挥》（1911年）。

纪德以《背德者》一书，送别了他青年创作重抒情而流于矫揉造作的风格，又以《窄门》这部叙述体小说，迎来了广大读者。但是大多读者难免误读，以为赏阅一本高尚心灵的感人小说，认识不到《窄门》是一部批判性的新书。总之，《背德者》《窄门》《伊萨贝尔》，乃至后来的《田园交响曲》等，都是"警世类的书"。

《窄门》的构思，至少要追溯到1891年。纪德后来写道："从二十五岁起，我的书就摆在我的面前，只待我写出来了。我的时间就花在这上面。"

"你们尽力从这窄门进来吧……"杰罗姆发现阿莉莎虽然爱他，却拒绝她所爱的人，只想远离肉体和尘世，到上帝那里相会。执意向圣洁的这种苦修苦旅，把她引向骇人的孤独感和死亡。书的尾声是她要在死后交给杰罗姆的"日记"：那一页页文字发自心声，美妙而凄婉，读着让人心痛。显而易见，阿莉莎的悲剧，揭示了一种神秘论的诡辩与虚幻。以圣洁名义拒绝的这种神秘主义，与《背德者》中的米歇尔的伦理观相对立，同样摧残着心灵。纪德后来写道："我每次重新拿起这本书，心里总有一种难以言表的激动……"

1912年至1919年

纪德与盖翁一道去游历意大利（1912年）。两年后再次去意大利，并接着游历希腊和土耳其，但是放弃前往巴格达。

纪德成为鲁昂重罪法庭陪审员（1912年）。

1913年10月，创建巴黎老鸽棚剧院，由雅克·科波任经理，隶属于《新法兰西评论》杂志社。老鸽棚剧院在雅克·科波的领导下，独辟蹊径，改革戏剧技术，恢复民众戏剧传统，促进戏剧事业的发展。后来加缪立志重振悲剧，与老鸽棚剧院合作，他还写了一篇文章《科波，唯一之师》，明确指出："在法国戏剧史上，有两个阶段：科波前与科波后。"

第一次世界大战爆发，纪德在一年半期间，全力投入"法国—比利时之家"的工作，救助被占领地区的难民。

纪德于1916年与马克·阿莱格雷有了同性恋关系，二人曾去瑞士逗留（1917年），次年又前往阿尔及利亚共度四个月。他回到库沃维尔得知，玛德莱娜因愤恨，焚毁了纪德自青少年起给她写的全部信件："我痛心，就好像她杀死了我们的孩子……"

出版《梵蒂冈地窖》（1914年）、《重罪法庭回忆录》（1914年）、《田园交响曲》（1919年）。他还翻译出版了泰戈尔的《奉献集》、康拉德的《台风》，以及《惠特曼文选》。

《梵蒂冈地窖》构思于二十年前。1893年，作者确实受一则社会新闻的启发：传说教皇被共济会会员绑架，囚在梵蒂冈的地窖，一个冒名顶替者窃居了圣彼得大教堂的宝座。于是，各类骗子乘机打出解救圣父的旗号，要天真而富有的资产者与贵族大量捐款组建十字军。《梵蒂冈地窖》就是这样一个荒诞的故事，牵线将这些可笑的木偶拉上舞台。至于人物的命运，结果是开放的，悬疑的，纪德什么也不决定，他像以前对待他的普罗米修斯那样，也丢下这出傻剧："就当我什么也没有讲……"

《梵蒂冈地窖》因为嘲笑了宗教，引起了剧烈的论战，也促使克洛岱尔同纪德断绝关系，不允许他在第三章的开头，引用截取他的作品中的一段话："可是，您指的是哪位国王，哪位教皇呢？因为，各有两个，谁知道哪一个是好的。"全书五章，开头都有引语，后来版本第三章少了这段引语。克洛岱尔还要求他删除有意套用的一句话："谁又能告诉我，弗洛里苏瓦尔真的上了天堂，不会发现他那慈悲的上帝同样不是真的呢？"

其实，纪德向克洛岱尔解释了这部小说的动机："世俗成风的谎言"令他窒息，"虚伪"也让他极其憎恶，而给他人造成的影响，"人们会逐渐淡忘"。后来批评界才看出，《地窖》尤其是纪德创作的一个关键阶段，准备更新小说的表述形式，果然十年后，他推出《伪币制造者》这样一部全新小说。不过，聪明的读者透过嬉笑嘲讽，慢慢明白特定的结构、观点的变化、表述的颠覆、人物的自由、姓名的游戏，这些特点使得《地窖》成为令超现实主义者着迷的先锋派作品。

追求幸福三部曲的终篇《田园交响曲》，书名就是暗讽，它是一部日记体小说，发表在因战争停刊五年的《新法兰西评论》杂志上，获得持续的巨大成功，截至1951年纪德去世的时候，销售量高达上百万册，还被译成五十多种文字在外国出版。1938年，在日本拍摄成电影；1946年，在法国本土也拍摄了电影，拍摄者让·德拉努瓦以这部电影呼应达达运动。

《田园交响曲》叙事简洁明澈，写得极为精妙，但是公众偏重的是感人的故事，并不深究内含的精神搏斗：圣保罗教义罪孽说和法律的宗教，同只求爱与快乐的基督的宗教之间的对立。这种冲突，纪德本人经历过，并且在《你也是……》（绿皮笔记）的思考中解决了。男主人公牧师失败的悲剧，揭示了"自由诠释《圣经》"的危险，而它所批评的对象，论说文《基督教反对基督》一书，纪德始终没有写出来。

1918年春，纪德就动手写《田园交响曲》，因他与马克·阿莱格雷的英国之行而中断。旅行回国，纪德勉勉强强续写完成，只因生活极其尖锐地干扰了虚构——批评牧师同盲女热特律德的关系，转变为批判他本人同他热恋的青年的关系了。

1922 年至 1929 年

1922 年 2 月至 3 月，纪德在老鸽棚剧院，以陀思妥耶夫斯基为题开六场讲座。

夏季，纪德与赖塞尔贝格夫妇去南方蓝色海岸。1923 年 4 月 18 日，纪德同伊利莎白·冯·赖塞尔贝格的私生女出生，取名卡特琳，直到 1938 年妻子去世后，他才正式承认自己的女儿，成为他去世后唯一的继承人。

1923 年，纪德应友人之邀，由保罗·德·雅尔丹与皮埃尔·汉普陪同，前往意大利旅行，随后又去了摩洛哥。

1925 年，纪德出售了一部分藏书，变卖了建在欧特伊的别墅，又创作完成《伪币制造者》，于 7 月 14 日，便同马克·阿莱格雷登船去非洲，到刚果和乍得考察旅行，历时将近一年。

1926 年 5 月，纪德回国后，立即撰文猛烈抨击殖民制度和特许大公司的掠夺，引起议会辩论，政府被迫派员去调查。同时，他也抓紧撰写《刚果之行》和《乍得归来》两部游记。

1927 年，纪德迁至瓦诺街 1 号乙的一套房间，同一层则住着"小夫人"，赖塞尔贝格夫人（生于 1890 年）。玛德莱娜几乎不再离开库沃维尔庄园了。

1929 年 1 月，纪德阿尔及尔之行。夏尔·杜·博斯发表《安德烈·纪德谈话录》。

出版一系列重要作品。1923 年:《论陀思妥耶夫斯基》，翻译出版布莱克（1757—1827，英国浪漫派诗人）《天堂与地狱的结合》。1924年：《后果》《柯里东》（初版就入市）。1925年：《性格论》。1926年：《你也是……》（七星文库版，讨论宗教问题）、《伪币制造者》《伪币制造者日记》《如果种子不死》。1927年：《刚果之行》。1928年：《乍得归来》，同雅克·席夫兰合作翻译《普希金中篇小说》（七星文库版）。1929年：《妇女学堂》《论蒙田》。

纪德于1925年，将他的"第一部小说"，题赠给罗杰·马尔丹·杜·伽尔——二人的通信证实，《蒂博一家》的作者与《伪币制造者》的作者，关于体裁问题进行了长期争论，而这两部作品的差异不可能再大了（参照托尔斯泰—陀思妥耶夫斯基大对比），在交锋中，两者的构思都更加充实了。纪德采取跨越式创作手法，摈弃他先前那些叙述文和傻剧等"专题著作"，虚构一个庞大的布局，人物众多，各种不同的情节交错在一起，其间活跃着五花八门的道德观念和美学观点，相互对立，并彼此较量。在全书中心，一个名叫爱德华的小说家，坚持写他的"日记"（《爱德华日记》，约占小说的三分之一篇幅），同时在创作（试图创作：终究未能完成）一部小说，即《伪币制造者》，没有主题，因为他想包罗万象，"我所见所闻，别人的生活和我的生活让我了解的一切……"然而，书的主题恰恰是，现实向他提供的东西与他想写的内容之间的博弈，现实向他呈现的事实与理想现实的博弈。

不过，真正的《伪币制造者》的作者，完成了我们读的这本书，也进入了这部小说，适时品评他的这些人物；而且我们也知道，纪德也写了并发表他的《伪币制造者日记》。这部小说－概论同样也是，无疑首先就是一部关于小说的概论。《伪币》这个书名也是双关语，既指这个案件及其牵连的人与替罪羊，尤其痛斥了那些在道德上、美学上、社会上，有意无意制出假币的人，所有他所认识的弄虚作假的人。纪德在他的《伪币制造者日记》中，引用了蒂博代（1874—1936，文学批评家）这样一段评论：

"'鲜见一位作者在一部小说中亮相，将他自己写成一个酷似的人，我是说活生生的人……真正的小说家，以他可能生活的无限取向，创造他的人物；而虚拟的小说家，则遵循他真实生活的唯一路线创造人物。小说的特性，就是写活可能的生活，而不是再现真实的生活'。《伪币制造者》，小说－镜子，就体现在这一点上，会永无休止地生成与化解，是'当代叙述艺术最大胆的倾向呈几何级数增长的场所'。"

《如果种子不死》是纪德唯一的自传，叙述他头二十六年的经历，从童年起，一直到他母亲去世后与玛德莱娜订婚，其间有他进入巴黎文学界，以及北非旅行的内容，包括坦率地透露他的性生活所造成的丑闻，无论是涉及他童年的"不良习惯"（第一卷），还是讲述他在北非同性恋的体验（第二卷）。然而，纪德恰恰不想回避任何事情，他在第二页就写道："我何尝不晓得，我讲述这事以及后来的情况，会给我造成什么损害：我预感到有人可能要拿这个把柄攻击我……在这种天真无邪的年龄，都愿意整颗心灵完全透明，完全温柔而纯洁，但我回顾自身，只看到阴影、丑陋、诡诈……"

纪德寻觅自我，寻求坦诚，始终萦念心头，很早就想写回忆录，从1897年秋就有明确打算并写了开头；但是到1919年完成第一部分时，他就指出："我是个对话的人，我心中的一切，无不是争论，相互驳斥。回忆录向来只有五分坦率,再怎么求真也不行:一切总是越讲越复杂,终有难言之隐。或许在小说中,甚至更接近真相。"因此,他才着手写《伪币制造者》。

常有人把《如果种子不死》比作卢梭的《忏悔录》,但是纪德除了为亲友者讳,隐去真名实姓,采用化名外,他为自己绝不使用任何假面具。不过,赤裸裸暴露真相的这种抱负,不讲究艺术也难以实现。正如菲利普·勒若纳所指出的:"纪德拿出在文体学上的全部功夫,他在叙述中的整个结构,就是力求创造一种空间,使得明与暗能够交织,让人通过间接的光照效果,以镶边或流苏的形貌看到从后面照出来的身影,而在这一空间里,视野不再完全单独呈现一种物体两面的任何一面。"(《含混模糊的运用》)缓慢赢得的一种自由的历史,在寻觅自我中,就是这样折射出来的。

1930 年至 1935 年

纪德去德国,后又去突尼斯旅行(1930 年)。

纪德对苏联在政治和社会上所做的努力越来越感兴趣,在《新法兰西评论》杂志上发文,表明他对共产主义日益增长的认同(1932 年)。

纪德和马尔罗前往柏林,要求纳粹头目戈培尔释放保加利亚共产党领袖季米托洛夫(1934 年 1 月 4 日)。同年 2 月,纪德加入"反法西斯作家同盟警惕委员会"。7 月至 8 月,纪德去中欧旅行。

1935 年 1 月 23 日,"争取真理联盟"在巴黎,以"安德烈·纪德与我们时代"为题,组织公开大辩论。3 月至 4 月,纪德与荷兰共产党作家杰夫·拉斯特去西班牙,又赴摩洛哥旅行。6 月,在巴黎召开"世界保卫文化作家代表大会",纪德担任大会主席。

出版小说《罗贝尔》(1930年)、剧本《俄狄甫斯》(1931年)、《日记:1929—1930年》、《新食粮》(1935年)。《纪德作品全集》从1932年开始出版,至1939年出到十五卷,因爆发第二次世界大战而中断。

1936年至1939年

从1936年开始,纪德关注苏联政治和社会进步,思想越来越同情和接近共产主义。1936年6月17日,纪德应苏联政府通过苏联作家协会的邀请,同几位青年作家一道去访问,历时两月有余。回国后,纪德写了《访苏归来》,批评苏联当权者政策上的失误。12月,纪德签名知识分子声明反对政府不干涉西班牙的政策,任凭佛朗哥发动内战推翻左派联合政府。

1938年,玛德莱娜去世。

纪德再次去法属西非洲旅行(1938年)。次年,他又先后到希腊和埃及,以及塞内加尔旅行。战争爆发后不久,纪德到法国南方朋友家暂住。

出版小说《日内维埃芙》(1936年)、《日记新篇》《访苏归来》(1936年)。《访苏归来:附录》(1937年)。《日记:1889—1939年》(1939年)纳入经典的《七星文库》,开在世作家的先例。

《纪德日记》,包括七星文库版1350页,以及1944年和1950年出版的两卷(350页)、《隐私日记》(涉及玛德莱娜的部分)等,这部巨著在今天看来,似乎是纪德留下来的最持久、最独特的作品。整整一个时代的丰碑，一个向他的时代几乎所有变动开放的人记录的见证，也是个人自我观察，抓住自己而又摆脱的不懈努力：孤芳自赏吗？当然，但是又多么关注别人！始终如一追求坦诚吗？不错，但是又有多少空白，多少删节！上百本笔记手迹，纪德从极为庞杂、五花八门的材料出发，巧妙地制作，终于成为一部既间断，又协调一致的杰作。这部《日记》从多方面来看，都是异乎寻常的，再追根溯源，却难以确定缘起初衷了。

1940 年至 1946 年

1940 年 5 月，德国对法发动闪电战，法国大溃败，五分之三领土被德军占领。贝当在维希成立与德合作政府。戴高乐将军在伦敦发表号召法国人民奋起抵抗的声明。纪德表明态度，认为贝当元帅哀叹"享乐思想占胜了奉献精神"有道理，随后表示"全心全意赞同戴高乐将军的声明"。

纪德避居非占领区，法国南方加布里镇（马赛北），继而住到尼斯朋友布西家中。

1941 年，纪德与《新法兰西评论》杂志断绝关系，因为该杂志被合作分子德里瓦·拉罗舍尔拖进合作的政治中。

1942 年 5 月 4 日，纪德登船去突尼斯，逗留一年，再去阿尔及尔停留数月，然后去摩洛哥，历时两年有余，均住在朋友家中。

1945 年 2 月 8 日，卡特琳的女儿，伊莎贝勒出生，是纪德的头一个外孙女。5 月 6 日回国。12 月，同罗贝尔·勒维斯克游意大利、埃及和黎巴嫩，历时四个月。

1946年4月16日，纪德在贝鲁特做了一场重要讲座，题为"文学回忆与现实问题"。8月，卡特琳·冯·赖塞尔贝格-纪德嫁给年轻作家让·朗贝尔。

出版《戏剧集》（1942年）、《歌德戏剧导言》（七星文库版）。《臆想的记者访谈录》（1943年，在瑞士、纽约和巴黎同时出版）。《日记：1939—1944年》（纽约版）。《青春》（1945年，瑞士版）。《忒修斯》（1946年，纽约版）。

《忒修斯》这部收官之作，创作意念在纪德心中装了四十年，在阿尔及尔写就，在纽约首次印行。他重新诠释了希腊神话中的这则寓言，到七十六岁高龄推出，有一种遗嘱的意味。在忒修斯一生的历程中，我们就在跟随一位已经心平气和的老作家的足迹。全书高潮无疑是忒修斯和俄狄甫斯相会。战胜斯芬克司的俄狄甫斯，用唯一的回答应对所有问题："人"；而他庆幸双眼戳瞎，就只能看到"超现实的光明"："黑暗啊，我的光明！"战胜人身牛头怪的英雄忒修斯，到了晚年，还始终坚称是这片大地的孩子，瞪大眼睛看护人的幸福和自由。这本凝练的小书，写得笔法鲜活，充满了幽默。《忒修斯》是一个做任何事都不后悔的英雄的自传，忒修斯变成了他本人，完成了他的事业："在我之后，人类多亏了我，将承认自己更幸福，更善良，也更自由。我所做的事业，是为了未来人类的幸福。我不枉此生。"

1947 年

1947年3月至4月，纪德在阿斯科纳和蓬蒂-斯特雷萨逗留。6月5日，纪德获英国剑桥大学名誉博士称号。11月获诺贝尔文学奖。

出版剧本卡夫卡的《审判》，与让-路易·巴罗（1910—1994，著名戏剧和电影演艺家）合作改编。

开始出版《戏剧全集》（八卷）。

如果说纪德拒绝进入法兰西学院，不愿成为院士而跻身"不朽者"之列，他却接受实至名归的剑桥大学名誉博士称号，诺贝尔文学奖的荣誉。我对迟来的荣誉曾有微词，说纪德的主要作品是在二三十年前就已经问世，诺贝尔文学奖评委们还要花上这么长时间，才摸清了纪德的路数。但是仔细读了"满怀感激之情"写出的授奖词，应是上百篇授奖词中最感人、最诚恳、最深刻的一篇。这里摘录几段，换一个角度来看纪德：

"这位在今天得到诺贝尔奖荣誉的七十八岁的作家，一直是个充满争议的人物。他从写作生涯开始，就把自身置于心灵焦虑播种者先驱行列，但这并不妨碍他几乎在各个地域，都被纳入法国第一流的文学人物，也不妨碍他享受几个世纪以来广为流传而未尝稍懈的影响的滋养……他的创作勾画出了欧洲精神史上一个非常重要的时代，构成了他漫长生命的戏剧性基础。有人也许会问：这种创作的重要性和真正价值，为什么至今才认识呢？原因在于安德烈·纪德无疑属于这样一类作家，要对他们做出真正的评价，就必须长时间地透视，必须有三段辩证过程的足够空间。与他同时代的任何人相比，纪德都更有可比性……他不断地在两极活动，只为撞击出闪亮的火花。这也就是为什么，他的创作永不间断地呈现对话的外观。而在这种对话中，信仰一直反抗着怀疑，苦行主义反抗着对生活的热爱，戒律反抗着对生活的需求。就连他的外在生活也是多变不定的：他于一九二七年去刚果，于一九三六年去苏联的著名出访等，略举数例就足以证明，他不愿意让人把他纳入文学界喜欢宁静的深居简出者之列。

"……他的敌人经常误解的一个概念，就是他那著名的'非道德主义'。事实上，这个概念是指自由的行动，'无缘无故的行为'，指从良知的一切压抑下得到的解放，类似于美国遁世者梭罗所表达的那样：'最坏者莫过于做自己灵魂的奴役犯了。'应该永远记住，纪德并不认为缺乏一般公认的道德规范就是一种美德……

"（卢梭和纪德）这些传略的意义，是从代表人格的、神秘的《圣经》引语'种子'里得到的启示：种子只有付出死亡和嬗变的代价，才能获得新生，生长并结出果实。纪德写道：'我认为，并不存在审视道德的问题，也不存在面对这个问题采取某种行动的方式……实际上，我曾经希望将这一切，将最纷繁多样的观点调和起来，方法是不排除任何东西，干脆把酒神和日神的对抗托付给基督去解决。'这种说法阐明了，纪德因而饱受诟病和误解的心智活动的复杂性，但他从未因为这种复杂性而背叛自己。他的哲学具有一种不惜任何代价争取新生的倾向，而且一向能够嗅出那只神奇的凤凰，从那火焰四射的凤巢里，猛然开始新的腾飞。

"他的创作，通过几乎是无与伦比的大胆自白，谱写了一些类似挑衅性撩逗篇章，他希望抨击法利赛人；但是，在这场斗争中，却实在难免使人性中某些十分脆弱的规范受到震惊。我们必须永远记住，这种行为方式是激切热爱真理的一种形式，自从蒙田与卢梭以来，便一直是法国文学的格言。纪德成长的各个阶段，都是以文学正直完善的真正维护者出现的。而这种文学的正直完善，则建立在坚定不移地诚实表现其全部问题的人格权利和义务之上。从这一点来看，他在众多方式中表现出激发文学的活动，无疑呈现出了一种理想主义价值。"

1948 年至 1951 年

1948 年春，纪德在塞纳－瓦兹省（旧名称）购置一处房地产，取名"中途"。

1949 年 1 月至 4 月，由让·昂鲁什录制《纪德谈话录》，于 11 月 10 日至 12 月 30 日在法国电台播放。

1950 年，马克·阿莱格雷拍摄了电影《和安德烈·纪德在一起》。12 月 13 日，滑稽剧《梵蒂冈地窖》在法兰西喜剧院首演，法兰西第四共和国首任总统奥里奥尔出席观看。

出完《戏剧全集》(1948 年)。出版《同法朗西斯·雅姆通信集》《记肖邦》《赞颂、序言与会晤》(1948 年)。《法国诗选》（七星文库版）、《同保罗·克洛岱尔通信集》《秋叶集》(1949 年)。《日记：1942—1949 年》《介入文学》《同夏尔·杜·博斯通信集》(1950 年)。

1951 年 1 月，纪德打算再游摩洛哥，不料患了肺炎，于 2 月 19 日在巴黎逝世，享年八十二岁，安葬在库沃维尔。2 月 22 日，不顾纪德朋友们的愤慨，玛德莱娜的家人请了一位牧师，在纪德的墓前举行了宗教仪式。

"纪德在世一天，法国便还有一种文学生活，一种思想交流的生活，一种始终坦率的争论……而他的死结束了最能激励心智的时代。"（莫里亚克语）

多少名家怀着一颗破碎的心灵离世。而纪德则说:"我的心灵是开在十字路口的客栈。"生也善生,死也善死,从生到死,始终保持一颗完整的心灵。生前好友罗杰·马尔丹·杜·伽尔写道:"应该心领神会,无限感激他善终,死而无憾。"纪德既不枉生,也不枉死,留下他最宝贵的完整希望的心声。

2018 年 9 月

于大连金石滩

四十年从此起步 [重版后记]

李玉民

活着活着,就年轻了。这是改革开放四十年的总体感觉。

四十年如一日,就这么轻松地过来了。从一定意义上讲,年轻,就是轻松的状态。一天时光尽是晨,一年岁月皆为春。

今年对我而言,有三个整数年:北京大学校庆一百二十周年,我入北大学习六十周年,又逢改革开放四十周年。

四十年前,我活着活着,就老了,再确切点儿说,还没怎么活,就见老了。改革一开放,我就随着潮流进入1980年;身心一轻松,便自称起"80后"。八十年代,大家都意气风发,也没什么人对我的身份提出异议。

意气一旦风发,往往就想啥有啥:已成泡影的翻译梦,仿佛久别的朋友与我相逢,还把我带进开始汇集的年轻译者的队伍。许多出版社也如梦方醒,纷纷开始争夺文学翻译人才。如果说宽松是思想开放的一把尺子,那么争相吸引人才,就是事业发展的一种标志了。

无事不往来的师友,都频频联系起来,忽然都有了项目,有了出版计划,而且是大项目、大计划。从前连做梦也不敢想的事,就跟寻常事一般发生在眼前,本来应由学者专家翻译的名著,纷纷落到我们这些新手的头上。于是,"这浩浩荡荡的一代人上升,那么欢欣鼓舞,走向新生活"(纪德语)。

大项目大计划,别的出版社不说,单举不算大的漓江社为例,就推出好几套。其中有全国性影响的就有《法国廿世纪文学丛书》,由刘硕良和柳鸣九两位先生策划,确定出七十种。不可想象的庞大计划,却在轻轻松松的氛围中,不过数年,就(由安徽文艺出版社接续)如愿完成了。

那时候没有电话,主编柳鸣九先生就靠写信和面谈,组织翻译队伍。单说约我就面谈多次,不知往返多少信函。那时手勤脚勤,那种勤快是真正的年青派。

何止手勤脚勤,脑袋瓜儿也灵便了。到了不惑之年还没有怎么运转,真担心会锈死了。还好,上了油的这台机器,尽管久久搁置,零件却无一锈损,运转起来如全新一般。全新就不挑活儿,这也是新手的特点。

指派给我的活儿也是全新的。几年间分配给我十位作家,翻译十余部作品。全是陌生的,有的作家,如纪德、加缪、阿拉贡等,虽然略知其名,也于译事无补。正因为全新,翻译中就格外当心,一丝不苟,使出全身解数,尽量拿出好的译品。我应该感谢这套丛书的组织者和主编,不经过这样一批名著翻译的历练,我就难以养成翻译严谨的好习惯。

翻译的作品多,体裁也多样。不全是小说。即使小说,纪德、阿拉贡、贝尔纳诺斯、加缪、杜拉斯、莫狄阿诺、居尔蒂斯这些作家的风格也各有特点,翻译中需紧扣文本,用心体会并琢磨。小说之外,还有加缪的戏剧(前面已有初步经验,在人民文学出版社出了《缪塞戏剧选》),以及三本诗集(阿波利奈尔、艾吕雅、马克·阿兰)。我还应该感谢,这套丛书在几年之内,给予我多种体裁名著的翻译机会,让我这个初手锻炼成为多面手。

这套丛书对我还有两种影响深远的助益。其一,二十世纪法国文学在我的知识面上,近乎一片空白,自从翻译这套丛书,我才真正开始接触并了解二十世纪法国文学的精髓。这是扎扎实实的起步。其二,我译过的这些二十世纪法国名作家,因为有了初步了解,近半数后来成为我的翻译重点,诸如纪德、加缪、阿波利奈尔、马塞尔·埃梅,继而又延伸向另一些重要作家。

人生快乐,莫过于梦想成真,尤其是已经破灭的梦想变成现实。纯文学翻译构成我生活的最大乐趣。年轻不是装出来的,要全身心处于轻松的状态。四十年翻译出版上百部作品,而翻译的基础正是开放初期八十年代打下的,二十世纪法国文学丛书的翻译,则是这百部作品的奠基石。说来也就不奇怪,百部译作中,二十世纪作家占半数。

借《诺贝尔文学奖作家文集·纪德卷》出版的机会,我要特别感谢刘硕良先生。刘先生看重我的译作已非一日,曾两次策划出版我的译文集:一次已着手组织编辑录入了我的一些译作;另一次还促成正式签订了出版合同,译文集列出六十卷书目。只怪数量太多,寻常出版社承受不起。事未果,并不妨碍刘硕良先生的厚爱令我心存感激。

借此机会,我同样要特别感谢二十世纪法国文学丛书主编柳鸣九先生。柳先生牵头主编许多套大型丛书,约我翻译了雨果的《巴黎圣母院》《悲惨世界》,加缪的《戏剧卷》,以及纪德、阿波利奈尔的精选集等。柳先生同样希望出我的译文集,并且愿意为之作序。2017年夏,有一次去看望柳先生,我当面感谢他把这么多重头戏交给我。他笑着回答:"我要把机会交给有准备的人。"其实,翻译文学作品,每一部都是新的领域,一切都得从头做起,就我而言,实在谈不上"有准备"。有准备的只有两"态",即认真敬业的态度和轻松愉悦的状态。

2018 年 6 月

于大连金石滩

诺贝尔文学奖作家文集 · 福克纳卷 · 路易斯卷

寓言
[美] 威廉·福克纳 / 著
王国平 / 译
定价：50.00元

水泽女神之歌
——福克纳早期散文、诗歌与插图
[美] 威廉·福克纳 / 著
王冠 远洋 / 译
定价：30.00元

士兵的报酬
[美] 威廉·福克纳 / 著
一熙 / 译
定价：45.00元

押沙龙，押沙龙！（即将上市）
[美] 威廉·福克纳 / 著
李文俊 / 译

喧哗与骚动
[美] 威廉·福克纳 / 著
李文俊 / 译
定价：46.00元

我弥留之际
[美] 威廉·福克纳 / 著
李文俊 / 译
定价：38.00元

漓江的书，买了再说！

大街
[美] 辛克莱·路易斯 / 著
顾奎 / 译
定价：55.00元

巴比特
[美] 辛克莱·路易斯 / 著
潘庆舲 姚祖培 / 译
定价：50.00元

阿罗史密斯
[美] 辛克莱·路易斯 / 著
顾奎 / 译
定价：78.00元

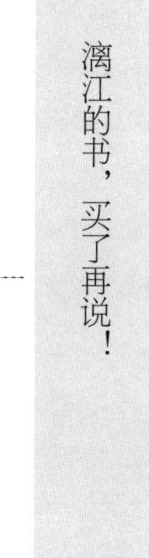

诺贝尔文学奖作家文集 ⊙ 加缪卷·泰戈尔卷

鼠疫
[法] 阿尔贝·加缪 / 著
李玉民 / 译
定价：48.00元

局外人
[法] 阿尔贝·加缪 / 著
李玉民 / 译
定价：45.00元

第一人
[法] 阿尔贝·加缪 / 著
李玉民 / 译
定价：48.00元

卡利古拉
[法] 阿尔贝·加缪 / 著
李玉民 / 译
定价：50.00元

西绪福斯神话——论荒诞
[法] 阿尔贝·加缪 / 著
李玉民 / 译
定价：35.00元

戈拉
[印] 泰戈尔 / 著
唐仁虎 / 译
定价：65.00元

纠缠
[印] 泰戈尔 / 著
倪培耕 / 译
定价：48.00元

沉船
[印] 泰戈尔 / 著
杉仁 / 译
定价：53.00元

泡影
——泰戈尔短篇小说选
[印] 泰戈尔 / 著
倪培耕 / 译
定价：58.00元

漓江的书，买了再说！

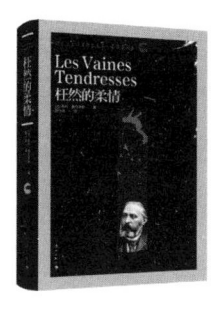

枉然的柔情
[法] 苏利·普吕多姆 / 著
胡小跃 / 译
定价：50.00元

邪恶之路
[意] 格拉齐娅·黛莱达 / 著
黄文捷 / 译
定价：50.00元

常青藤
[意] 格拉齐娅·黛莱达 / 著
沈萼梅 / 译
定价：56.00元

风中芦苇
[意] 格拉齐娅·黛莱达 / 著
蔡蓉 吕同六 / 译

即将上市

柔情
[智] 加布列拉·米斯特拉尔 / 著
赵振江 / 译
定价：50.00元

爱情书简
[智] 加布列拉·米斯特拉尔 / 著
段若川 / 译
定价：30.00元

漓江的书，买了再说！

诺贝尔文学奖作家文集 ⊙ 普吕多姆卷·黛莱达卷·米斯特拉尔卷

诺贝尔文学奖作家文集 ⊙ 纪德卷·丘吉尔卷

漓江的书，买了再说！

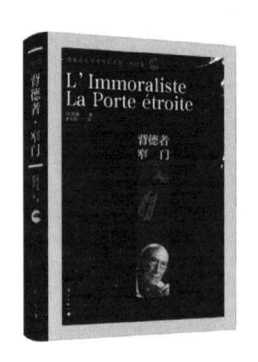

背德者·窄门
［法］纪德／著
李玉民／译
定价：46.00元

伊恩·汉密尔顿行军记
［英］温斯顿·丘吉尔／著
刘勇军／译
定价：48.00元

河战
［英］温斯顿·丘吉尔／著
王冬冬／译
定价：60.00元

从伦敦，经比勒陀利亚，到莱迪史密斯
［英］温斯顿·丘吉尔／著
张明林／译
定价：50.00元

我的非洲之旅
［英］温斯顿·丘吉尔／著
张明林／译
定价：42.00元

诺贝尔文学奖作家文集·保尔·海泽卷·塞弗尔特卷·吉勒鲁普卷

特雷庇姑娘
[德] 保尔·海泽 / 著
杨武能 / 译
定价：55.00元

紫罗兰
[捷克] 雅罗斯拉夫·塞弗尔特 / 著
星灿 劳白 / 译
定价：59.80元

磨坊
[丹麦] 吉勒鲁普 / 著
吴裕康 / 译
定价：69.80元

明娜
[丹麦] 吉勒鲁普 / 著
吴裕康 / 译
定价：50.00元

漓江的书，买了再说！

诺贝尔文学奖作家文集 ⊙ 叶芝卷

漓江的书，买了再说！

第二次来临
——叶芝诗选编
［爱尔兰］W.B.叶芝／著
裘小龙／译
定价：68.00元

图书在版编目（CIP）数据

背德者·窄门/[法]安德烈·纪德著；李玉民译．
—桂林：漓江出版社，2019.4（2023.4 重印）
ISBN 978-7-5407-8502-4

Ⅰ．①背… Ⅱ．①安… ②李… Ⅲ．①长篇小说-小说集-法国-现代
Ⅳ．① I565.45

中国版本图书馆 CIP 数据核字（2018）第 208129 号

BEIDEZHE·ZHAIMEN
背德者·窄门
[法] 纪德　著
李玉民　译

主编：张谦

出版人：刘迪才
责任编辑：辛丽芳
书籍设计：石绍康
责任监印：张璐

漓江出版社有限公司出版发行
广西桂林市南环路 22 号　邮编：541002
发行电话：010-85891290　0773-2582200
邮购热线：0773-2582200
网址：http://www.lijiangbooks.com
印刷：北京中科印刷有限公司
[北京市通州区宋庄工业区 1 号楼 101 号　邮编：101118]
开本：880mm×1230mm　1/32
印张：10.875　字数：240 千字
2019 年 4 月第 1 版　2023 年 4 月第 2 次印刷
书号：ISBN 978-7-5407-8502-4
定价：46.00 元

漓江版图书：版权所有，侵权必究
漓江版图书：如有印装问题，可随时与工厂联系调换